EL ARTE
DE CONDUCIR
BAJO LA LLUVIA

NOVELA

EL ARTE
DE CONDUCIR
BAJO LA LLUVIA

NOVELA

GARTH STEIN

Título original: *The Art of Racing in the Rain*
© 2008, Garth Stein
© De la traducción: 2008, Agustín Pico Estrada
© De esta edición: 2009, Santillana USA Publishing Co. Inc.
2023 NW 84th Ave
Doral, FL 33122
Teléfono 305 5919522
www.sumadeletras.com

Imagen de cubierta: Veer

Primera edición: enero de 2009
ISBN: 978-1-60396-615-3

Impreso en Estados Unidos
Printed in The United States of America

Para Muggs

Si recurres a tu poder mental,
tu decisión, tu instinto
y también a tu experiencia,
puedes volar muy alto.

AYRTON SENNA

Capítulo
1

Los gestos son lo único que tengo; en ocasiones, deben ser exagerados. Y si bien a veces me paso de la raya y me pongo melodramático, es porque debo hacerlo para comunicarme de forma clara y efectiva. Para que se entienda lo que quiero decir sin que quepan dudas: no tengo palabras a las que recurrir, porque, para mi gran disgusto, mi lengua tiene un diseño largo, plano y suelto, y por lo tanto es una herramienta horriblemente ineficaz para mover la comida en la boca mientras mastico, y aún menos útil para emitir inteligentes y complicados sonidos silábicos que se puedan enlazar para formar palabras y oraciones. Y por eso estoy aquí, aguardando a que Denny regrese a casa —debería llegar pronto—, tendido sobre las frescas baldosas del suelo de la cocina, sobre un charco de mi propia orina.

Soy viejo, y aunque puedo llegar a ser mucho más viejo, no es así como me quiero marchar: lleno a rebosar de medicamentos para el dolor y acribillado de inyecciones de esteroides para reducir la hinchazón de mis articulaciones. Y con la visión nublada por las cataratas. Mullidos paquetes plásticos de pañales caninos almacenados en la alacena. Estoy seguro de que Denny me compraría uno de esos carritos que he visto en las calles, los que se usan para alojar los cuartos traseros, para que los perros puedan arrastrar su propio culo cuando las cosas comienzan a fallar. Eso es humillante y degradante. No sé si es peor que disfrazar a un perro para Halloween, pero le anda cerca. Él lo haría por amor, claro. Estoy seguro de que me mantendría con vida tanto tiempo como le fuese posible, incluso si mi cuerpo se deteriora, se desintegra en torno a mí, se disuelve hasta que no me quede más que el cerebro, alimentado por cables y tubos de toda clase y suspendido en un frasco de vidrio lleno de un líquido transparente, en cuya superficie flotarían los ojos. Pero no quiero que me mantengan con vida. Porque sé lo que viene después. Lo vi en la tele. En un documental sobre Mongolia, nada menos. Fue lo mejor que he visto en televisión, después del Gran Premio de Europa de 1993, claro, la mejor carrera automovilística de todos los tiempos, en la que Ayrton Senna demostró ser un genio bajo la lluvia. Después del Gran Premio de 1993, lo mejor que vi en la tele es un documental que me lo explicó todo, me lo aclaró todo, me dijo toda la verdad: que cuando un perro termina de vivir su vida como tal, pasa a reencarnarse como humano.

Siempre me sentí casi humano. Siempre supe que en mí hay algo que me hace diferente de los demás perros. Sí, estoy metido en un cuerpo canino, pero no es más que un envoltorio. Lo importante es lo que está dentro. El alma. Y mi alma es muy humana.

Ahora estoy preparado para convertirme en hombre, aunque me doy cuenta de que perderé todo lo que fui. Toda mi memoria, todas mis experiencias. Me gustaría llevármelas a mi próxima vida. ¡He pasado por tantas cosas junto a la familia Swift! Pero no tengo mucha capacidad de decisión en el asunto. ¿Qué puedo hacer, sino forzarme a recordar? Tratar de grabar lo que sé en mi alma, es decir, en una cosa que no tiene superficie, lados, páginas, ni forma material alguna. Llevarlo tan bien metido en los bolsillos de mi existencia que, cuando abra los ojos y baje la vista a mis nuevas manos, provistas de pulgares que pueden plegarse firmemente sobre los otros dedos, ya sabré. Ya veré.

La puerta se abre y oigo su familiar saludo:

—¡Hola, Zo!

Por lo general, no puedo evitar olvidarme de mi dolor e incorporarme, menear el rabo y meterle el hocico en la ingle. En este momento en particular, resistirse requiere una voluntad de humano, pero lo hago. Aguanto. No me levanto. Estoy actuando.

—¿Enzo?

Oigo sus pasos, la preocupación latente en su voz. Me encuentra y baja la vista. Alzo la cabeza, muevo débilmente la cola, haciéndola sonar al golpearla contra el suelo. Represento mi papel.

Menea la cabeza, se pasa la mano por el cabello, deja la bolsa de plástico que contiene su cena. Huelo el pollo asado a través del plástico. Esta noche comerá pollo asado y ensalada de lechuga.

—Hola, Enzo —dice.

Se inclina hacia mí, se acuclilla, me acaricia como suele hacerlo, recorriendo el pliegue que tengo detrás de la oreja, y alzo la cabeza y le lamo el antebrazo.

—¿Qué pasó, amigo? —pregunta.

Los gestos no sirven para explicarlo.

—¿Puedes levantarte?

Lo intento y me caigo. Mi corazón late a toda prisa, da un salto, porque no, no puedo. Siento pánico. Creí estar actuando, pero realmente no puedo levantarme. Mierda. La vida imita al arte.

—Tranquilo, amigo —dice, apoyándome la mano en el pecho para calmarme—. Estoy aquí.

Me alza con facilidad, me acuna, y puedo oler su día en su cuerpo. Puedo oler todo lo que hizo. Su trabajo en el taller mecánico, donde se pasa el día de pie detrás de un mostrador, siendo amable con los clientes que le gritan porque sus BMW no funcionan bien y arreglarlos es demasiado caro y eso los enfurece tanto que le tienen que gritar a alguien. Puedo oler su almuerzo. Fue al restaurante indio que le gusta. Autoservicio. Es barato, y a veces se lleva un recipiente y roba porciones de pollo tanduri y arroz amarillo y come eso también en la cena. Huelo cerveza. Se detuvo en algún lugar. El restaurante mexicano. Huelo tortillas en su aliento. Ahora entiendo. Por lo general, soy excelente para averiguar qué ha hecho durante su ausencia, pero en este momento las emociones me han impedido prestar atención.

Me deposita con suavidad en la bañera y abre la ducha de teléfono y me dice:

—Tranquilo, Enzo.

Me acaricia y sigue hablando.

—Lamento haber llegado tarde. Tendría que haber regresado directamente a casa, pero mis compañeros de trabajo insistieron. Le dije a Craig que estaba pensando renunciar y...

Se interrumpe, y me doy cuenta de que cree que mi accidente ocurrió porque se retrasó. Oh, no. Mi intención no era ésa. Comunicarse es muy difícil, porque soy lo que soy. Hago lo que puedo. A veces hasta actúo. O mejor dicho, intento presentar mis ideas. Pero la presentación es una cosa y la expresión otra, y el hecho de que mi cuerpo no sea humano, sino canino, hace muy difíciles las cosas. No quería que se sintiera mal. Quería que viera lo obvio, que dejarme ir está bien, es lo mejor. Tiene que entenderlo por sí mismo. Ha pasado por tantas cosas, y las ha superado todas. No me necesita, ya no le sirve de nada preocuparse por mí. Para poder brillar, necesita que yo lo libere.

Es tan brillante. Reluce. Es maravilloso, con sus manos que agarran cosas y su lengua que dice cosas. Es maravillosa la forma en que se levanta y cómo mastica su comida durante tanto tiempo, convirtiéndola en una pasta antes de tragarla. Los echaré de menos a él y a la pequeña Zoë, y sé que ellos me extrañarán. Pero no puedo permitir que el sentimentalismo empañe mi gran plan. Cuando se cumpla, Denny será libre para vivir su vida y yo regresaré a la tierra bajo una nueva forma, como hombre, y lo encontraré y le estrecharé la mano y le haré saber cuánto talento tiene, y después le guiñaré un ojo y le diré: «Enzo te manda saludos», y me volveré y me alejaré deprisa y él preguntará: «¿Te conozco?, ¿nos hemos visto antes?».

Después del baño, limpia el suelo de la cocina mientras lo miro; me da mi comida, que una vez más devoro con demasiada prisa, y me deposita frente al televisor mientras prepara la cena.

—¿Vemos un vídeo? —pregunta.

«Sí, un vídeo», respondo, pero, claro, no me oye.

Pone un vídeo de una de sus carreras, enciende el televisor y miramos. Es uno de mis favoritos. Cuando los coches se ponen en sus puestos de salida, la pista está seca. Pero, en el momento mismo en que la bandera verde baja para indicar el comienzo de la carrera, cae una cortina de lluvia, un diluvio que lo cubre todo, y los coches que están a su alrededor pierden el control y hacen trompos, yendo a parar a los campos, mientras él los sobrepasa a todos como si no lloviera, como si fuera un mago que quitara el agua de su camino con un hechizo. Como en el Gran Premio de Europa de 1993, cuando Senna, en la salida misma, pasó a cuatro de los mejores pilotos, al volante de cuatro de los mejores coches: Schumacher, Wendlinger, Hill, Prost. Como si fuese un mago.

Denny es tan bueno como Ayrton Senna. Pero nadie se da cuenta porque tiene responsabilidades. Tiene a su hija, Zoë, y tenía a su esposa, Eve, que estuvo enferma hasta que murió; y me tiene a mí. Y vive en Seattle, aunque debería vivir en algún otro lugar. Y tiene un trabajo. Pero a veces, cuando se marcha, regresa con un trofeo y me lo muestra y me lo cuenta todo sobre sus carreras y sobre cómo brilló en la pista y dio una lección a todos los demás pilotos, en Sonoma, o en Texas, o en Ohio. Les enseñó en qué consiste conducir con tiempo lluvioso.

Cuando el vídeo termina dice:

—Salgamos.

Y pugno por incorporarme. Alza mi culo, me centra el peso sobre las patas traseras y quedo bien. Para demostrárselo, le froto el morro contra el muslo.

—Éste es mi Enzo.

Dejamos nuestro apartamento; la noche es fresca, ventosa y despejada. Sólo recorremos una manzana en el paseo, y enseguida regresamos, porque la cadera me hace mucho daño y Denny se da cuenta. Denny lo sabe todo. Cuando volvemos, me da mis bizcochos de cada noche y me acurruco en mi cama, junto a la suya. Toma el teléfono y marca.

—Mike. —Mike es su amigo de la agencia, donde ambos trabajan detrás del mostrador. Lo que hacen se llama atención al cliente. Mike es un tipo menudo, de amistosas manos sonrosadas, siempre lavadas hasta el punto de quedar sin olor alguno—. Mike, ¿puedes cubrirme el turno mañana? Tengo que llevar a Enzo al veterinario otra vez.

Últimamente vamos mucho al veterinario para buscar distintos medicamentos que se supone que me ayudan a estar más cómodo, aunque lo cierto es que no es así. Y como no es así, y dado todo lo que ocurrió ayer, puse en marcha el plan maestro.

Denny deja de hablar durante un momento y cuando vuelve a hacerlo su voz no parece la suya. Es ronca, como cuando está resfriado o con un ataque de alergia.

—No sé —dice—. No estoy seguro de que vaya a ser un viaje de ida y vuelta. Temo que sea sólo de ida.

Quizá yo no pueda formar palabras, pero sí las entiendo. Y lo que dice me sorprende, por más que yo haya sido quien lo planeó. Durante un momento, quedo sorprendido porque mi plan funciona. Sé que es lo mejor para todos. Es lo mejor que Denny puede hacer. Ha hecho tanto por mí durante toda mi vida. Le debo la decisión que no quiere tomar, es decir, la decisión de liberarlo. De dejarlo ascender. Recorrimos juntos un buen camino, y ahora llega a su fin; ¿qué tiene eso de malo?

Cierro los ojos y escucho vagamente las cosas que hace cada noche antes de irse a dormir. Sonidos de lavado de dientes, de agua del grifo, de gárgaras. Tantas cosas. Las personas y sus rituales. A veces se aferran tanto a las cosas...

Capítulo
2

Me sacó de una camada de cachorros, una móvil masa entremezclada de patas, orejas, rabos, detrás de un cobertizo, en un oloroso campo cerca de un pueblo del este de Washington llamado Spangle. No recuerdo mucho del lugar del que vengo, pero sí recuerdo a mi madre, una pesada labradora con colgantes mamas que oscilaban de un lado a otro mientras mis hermanos y yo la perseguíamos por el patio. Lo cierto es que nuestra madre no parecía sentir mucha simpatía por nosotros, y le daba más o menos igual que nos alimentásemos o pasáramos hambre. Parecía aliviada cada vez que uno de nosotros se marchaba. Sabía que así se libraba de una de las exigentes criaturas que, entre gruñidos, la perseguían para consumirla a fuerza de mamar.

Nunca conocí a mi padre. Los de la granja le dijeron a Denny que era un cruce de pastor con perro de aguas, pero no lo creo. Nunca vi un perro con ese aspecto en la granja, y, aunque la mujer era agradable, el hombre alfa era un desgraciado, un mal tipo que te miraba a los ojos y te mentía, incluso cuando le convenía más decir la verdad. Hizo un pormenorizado discurso sobre la inteligencia relativa de las distintas razas caninas. Creía firmemente que los más inteligentes eran los pastores y los perros de aguas, lo cual los hacía más deseables, y valiosos cuando «se los cruzaba con una labradora para darles temperamento». Puros cuentos. Todo el mundo sabe que los pastores y los perros de aguas no son particularmente inteligentes. No piensan por sí mismos. Responden y reaccionan. Especialmente los pastores de ojos azules de Australia, esos que entusiasman tanto a la gente cuando atrapan lo que les lancen. Sí, son vivos y rápidos, pero no piensan por sí mismos; lo suyo son las costumbres, los comportamientos convencionales.

Estoy seguro de que mi padre fue un terrier. Porque los terrier saben resolver problemas. Hacen lo que les ordenan, pero sólo si ello coincide con lo que querían de antemano. Había un terrier así en la granja. Un airedale. Grande, marrón y negro, rudo. Nadie se metía con él. No estaba con nosotros en el prado cerrado de detrás de la casa. Vivía en el cobertizo que estaba al pie de la colina, donde los hombres iban a arreglar sus tractores. Pero a veces subía a la colina y, cuando lo hacía, todos se apartaban de su camino. En el campo se decía que era pendenciero y que el hombre alfa lo mantenía separado porque era capaz de matar a cualquier perro que husmeara cerca. Le arrancaba la piel del pescuezo a cualquiera por una mirada casual. Y cuando había una perra en celo la montaba a conciencia, sin que le importara quién estuviese mirando ni si a alguien le preocupaba que lo hiciese. A menudo me pregunto si él me habrá engendrado. Mi color es marrón y negro, como el suyo, mi pelo es ligeramente duro, y la gente suele preguntar si tengo sangre de terrier. Me gusta pensar que el valor y la decisión están en mis genes.

Recuerdo que el día en que dejé la granja hacía calor. Todos los días eran calurosos en Spangle, y yo creía que el mundo era un lugar caluroso, porque no conocía el frío. Nuca había visto la lluvia, ni sabía mucho acerca del agua. El agua era eso que había en los baldes de donde bebían los perros mayores, y era eso que el hombre alfa rociaba con una manguera en la cara de los perros que querían pelearse. Pero el día en que llegó Denny era excepcionalmente caluroso. Mis compañeros de camada y yo luchábamos como de costumbre cuando una mano se metió entre nosotros y me agarró de la piel del pescuezo, y de pronto me encontré suspendido en el aire.

—Éste —dijo un hombre.

Fue mi primer atisbo del resto de mi vida. Él era esbelto, con músculos largos y duros. No era robusto, pero sí bien plantado. Tenía unos ojos azules glaciales y penetrantes. Su pelo rizado y corto y la barba recrecida eran oscuros y duros como el pelo de un terrier irlandés.

—El mejor de la camada —comentó la mujer del alfa. Era agradable; me agradaba que nos tuviese en su suave regazo—. El más dulce. El más bonito.

—Pensábamos quedárnoslo —dijo el hombre alfa, que regresaba, con sus grandes botas embarradas, de reparar una cerca junto al arroyo. Siempre decía lo mismo. Vamos, yo apenas tenía doce semanas y ya había oído esa frase montones de veces. La usaba para sacar más dinero.

—¿Está dispuesto a desprenderse de él?

—Si pagas lo que vale. —El hombre alfa hablaba mirando al cielo, de un azul que el sol volvía pálido, con sus ojos entornados—. Si pagas lo que vale.

Capítulo
3

Denny siempre dice:
—Con mucha suavidad. Como si hubiese cáscaras de huevo en los pedales y no quisieras romperlas. Así se conduce bajo la lluvia.

Cuando miramos vídeos juntos, cosa que hacemos desde el mismo día que nos conocimos, me explica esas cosas. ¡A mí!

Equilibrio, anticipación, paciencia. Todo eso es vital. Visión periférica, ver lo que nunca viste. Cinestesia, conducir incluso con los fondillos. Pero lo que siempre me gustó más fue oírle decir que no hay que tener memoria. No recordar ni lo que se hizo un segundo atrás. Ni lo bueno ni lo malo. Porque la memoria es el tiempo que se pliega sobre sí mismo. Recordar es desprenderse del presente. Para tener éxito en las carreras de coches, el conductor no debe recordar jamás.

Por eso los pilotos registran compulsivamente cada uno de sus movimientos, cada carrera, con cámaras de cabina, con vídeos tomados desde el interior del coche. Necesitan almacenar así los datos; un conductor no puede ser testigo de su propia grandeza. Eso dice Denny. Dice que correr es hacer. Es ser parte de un momento y sólo ser testigo de ese momento, y nada más. La reflexión viene después. El gran campeón Julián Sabella Rosa dijo: «Cuando corro, mi cuerpo y mi mente están trabajando juntos con tanta velocidad y tan bien que debo asegurarme de no pensar si no quiero cometer errores».

Capítulo

4

Denny me llevó desde la granja de Spangle a un barrio de Seattle llamado Leschi, donde vivía en un pequeño apartamento alquilado que daba al lago Washington. No me agradó demasiado la vida de apartamento, pues estaba acostumbrado a los grandes espacios abiertos y aún era cachorro. Así y todo, teníamos un balcón que daba al lago, lo que me gustaba, pues heredé la afición al agua de la raza de mi madre.

Crecí deprisa y durante ese primer año entre Denny y yo se estableció un profundo cariño, además de una recíproca sensación de confianza. Por eso quedé muy sorprendido cuando se enamoró de Eve con tanta rapidez.

La trajo a casa, y enseguida noté que ella, como él, tenía un olor dulce. Llenos de bebida fermentada que los hacía actuar de manera extraña, se aferraron como si demasiadas ropas se interpusiesen entre ambos, y tiraron el uno del otro, se apretujaron, mordiendo labios, metiendo dedos, enmarañando cabellos, convertidos en una masa de puros codos, dedos de los pies y saliva. Cayeron sobre la cama y él la montó y ella le dijo:

—¡Este campo está fértil! ¡Cuidado!

Y él respondió:

—¡Siembro en esta pradera de la fertilidad! —Y se puso a labrar el campo hasta que éste cerró sus puños sobre las sábanas, arqueó la espalda y gritó de placer.

Cuando él se levantó y se fue a hacer sus ruidos acuáticos al cuarto de baño, ella me acarició la cabeza, que yo tenía muy cerca del suelo, porque apenas pasaba del año y aún era inmaduro y todos esos gritos me habían intimidado un poco. Dijo:

—No te importa que yo también lo ame, ¿verdad? No me interpondré entre vosotros.

La respeté por tener aquella delicadeza, pero de inmediato supe que sí se interpondría entre nosotros, y me pareció que su negación preventiva era engañosa.

Traté de no mostrar mi desazón, porque me daba cuenta de cuán encaprichado con ella estaba Denny. Pero debo admitir que no me mostré muy alegre por su presencia. Y, por eso, a ella tampoco le agradaba mucho la mía. Ambos éramos satélites que orbitaban en torno al sol que era Denny, y competíamos por la supremacía gravitatoria. Claro que ella tenía la ventaja que le daban su lengua y sus pulgares, y cuando la veía besarlo y acariciarlo, ella a veces me echaba un vistazo y me guiñaba un ojo, como si alardeara: «¡Mira mis pulgares! ¡Mira lo que pueden hacer!».

Capítulo
5

L os monos tienen pulgares.

Son prácticamente la especie más estúpida que hay en el planeta, después del ornitorrinco, que hace su madriguera bajo el agua, aunque respira aire. El ornitorrinco es horriblemente estúpido, pero es sólo un poco más tonto que el mono. Pero los monos tienen pulgares. Esos pulgares que tienen los monos deberían pertenecerles a los perros. «¡Dadme mis pulgares, jodidos monos!». (Me gusta, y mucho, esa observación de Al Pacino en *Scarface*, aunque no tiene punto de comparación con las películas de *El Padrino*, que son excelentes).

Veo demasiada tele. Cuando Denny se marcha por la mañana, la enciende para mí, y se ha transformado en un hábito. Me advirtió que no la viera todo el día, pero lo hago. Por suerte, sabe que me encantan los coches, así que me deja ver mucho el Speed Channel. Las carreras clásicas son las mejores, y me gustan especialmente las de Fórmula 1. También me agradan las de NASCAR, pero aún más las que se corren en circuitos cerrados. Aunque sabe que las carreras son lo que más me gusta, Denny me dijo que es bueno que tenga variedad en mi vida, así que a menudo pone otros canales, que también disfruto mucho.

A veces, cuando me pone el History Channel o el Discovery Channel o PBS, o incluso uno de los canales infantiles —cuando Zoë era pequeña acababa pasándome la mitad del día tratando de quitarme de la cabeza sus estúpidas cancioncillas—, aprendo cosas de otras culturas y otras formas de vida y me pongo a pensar acerca de mi lugar en el mundo y en lo que tiene sentido y lo que no.

Hablan mucho de Darwin; prácticamente todos los canales educativos emiten en algún momento un programa sobre la evolución, por lo general bien pensado e investigado. Así y todo, no entiendo por qué la gente insiste en enfrentar el concepto de evolución con el de creación. ¿Cómo no se dan cuenta de que espiritualidad y ciencia son una misma cosa? Los cuerpos evolucionan, las almas evolucionan, y el universo es un lugar fluido que une ambos fenómenos en un maravilloso paquete que se llama ser humano. ¿Qué tiene de malo esa idea?

Los teóricos de la ciencia no dejan de hablar de que los monos son los parientes evolutivos más cercanos al hombre. Pero eso es especulación. ¿En qué se basan? ¿En que ciertos cráneos antiguos se parecen al del hombre moderno? ¿Y eso qué prueba? ¿Se basan en el hecho de que los primates andan de pie? Ser bípedo no es ni siquiera una ventaja. Mira lo que es el pie humano, lleno de dedos torcidos y depósitos de calcio y pus que sale de uñas encarnadas que ni siquiera son lo suficientemente duras como para escarbar la tierra. Pero, aun así, anhelo que llegue el momento en que mi alma habite uno de esos mal diseñados cuerpos bípedos y pueda tener las preocupaciones de salud propias de los hombres. ¿Y qué tiene de especial que el cuerpo del hombre haya evolucionado a partir del de los monos? No importa que venga de los monos o de los peces. La idea importante es que, cuando el cuerpo se volvió lo suficientemente «humano», la primera alma humana entró en él.

Te presentaré una teoría: el pariente más cercano del hombre no es el chimpancé, como creen los de la televisión, sino, de hecho, el perro.

Ésta es mi lógica:

Argumento número 1: el espolón.

En mi opinión, el así llamado espolón, que se suele amputar de las patas delanteras de los perros a una edad temprana, es, en realidad, prueba de la existencia de un pulgar rudimentario. Es más, creo que los hombres han eliminado sistemáticamente ese pulgar de ciertas razas mediante un proceso conocido como «cría selectiva» *sólo para evitar que los perros evolucionen hasta convertirse en mamíferos con manos prensiles y, por ende, «peligrosos».*

Además, considero que la continua domesticación (por usar ese tonto eufemismo) a la que el hombre ha sometido al perro está motivada por el miedo. Miedo a que los perros, si se les deja evolucionar por su cuenta, lleguen, de hecho, a desarrollar pulgares y lenguas más pequeñas, lo cual los volvería superiores a los hombres, que debido a su andar bípedo son lentos y torpes. Es por eso por lo que los perros viven bajo la constante supervisión de los hombres, que los matan enseguida cuando los encuentran viviendo por su cuenta.

Por lo que me ha contado Denny acerca del gobierno y sus procesos internos, creo que este despreciable plan fue concebido en alguna habitación trasera de la Casa Blanca, nada menos, probablemente por algún maligno asesor de un presidente de catadura y fortaleza moral discutibles, y seguramente basándose en la correcta estimación, hecha, desgraciadamente, desde la paranoia más que desde la percepción espiritual, de que *todos los perros tienen inclinaciones progresistas en los temas sociales.*

Argumento número 2: el hombre lobo.

Sale la luna llena. La niebla cubre las ramas más bajas de los abetos. Un hombre emerge del rincón más oscuro del bosque y se encuentra transformado en...

¿Un mono?

Me parece que no.

Capítulo
6

S e llamaba Eve y, al principio, sentí resentimiento por la manera en que cambió nuestras vidas. Me fastidiaba la atención que Denny le prestaba a sus manos pequeñas, a sus nalgas rollizas y redondeadas, a sus modestas caderas. La forma en que contemplaba sus suaves ojos verdes, que asomaban por debajo de unos mechones de cabello rubio y lacio muy a la moda. ¿Envidiaba yo su cautivadora sonrisa, que compensaba todo lo que en ella hubiera podido considerarse no tan especial? Quizás. Porque ella era una persona, y yo no. Era todo lo que yo no era. Yo, por ejemplo, pasaba largos periodos sin cortarme el pelo ni bañarme; ella se bañaba a diario, y tenía una persona dedicada a teñirle el cabello al gusto de Denny y nada más. Mis uñas crecían demasiado y arañaban el suelo de madera; ella solía acicalar las suyas con palitos y cortaúñas y limas para asegurarse de que mantuvieran la forma y el tamaño adecuados.

La atención que prestaba a cada detalle de su apariencia también se reflejaba en su personalidad. Era una organizadora increíble, meticulosa por naturaleza. Se pasaba la vida haciendo listas y tomando notas de cosas que se debían hacer o buscar o conseguir. A menudo se trataba de listas que llamaba «para mi amor» y que se referían a Denny y a mí. Así que nuestros fines de semana estaban llenos de viajes al Home Depot o de esperas en la cola del Centro de Residuos y Reciclado de Georgetown. A mí no me gusta pintar habitaciones, reparar picaportes ni lavar cortinas. Pero, al parecer, a Denny sí, porque cuanto más trabajo de ése le daba ella para hacer, más prisa se daba él en terminar la tarea y recibir su recompensa, que, por lo general, incluía muchos morreos y caricias.

Al poco tiempo de que ella se mudara a nuestro apartamento, se casaron en una pequeña ceremonia, a la que asistimos un grupo de los amigos más íntimos de ambos y la familia inmediata de Eve. Denny no tenía hermanos ni hermanas a los que invitar, y explicó la ausencia de sus padres diciendo que simplemente no les gustaba viajar.

Los padres de Eve les dejaron claro a todos los participantes que el lugar donde se celebró la boda, una encantadora casita de playa en la isla Whidbey, pertenecía a unos amigos que no se encontraban allí. Se me permitió participar sólo bajo reglas estrictas: no podía andar libremente por la playa ni nadar en la bahía, pues de ello podía resultar que los caros suelos de caoba se rayaran con arena pegada a mis patas. Y me vi obligado a orinar y defecar en lugares muy precisos, cerca de los cubos de reciclaje.

Cuando regresamos de Whidbey, noté que Eve circulaba por el apartamento con más autoridad, y que se mostraba mucho más osada a la hora de mover o reemplazar cosas: toallas, ropa de cama e incluso muebles. Había entrado en nuestras vidas y lo había cambiado todo. Y aunque su intrusión me hacía desdichado, había algo en ella que me impedía sentir verdadera rabia por su presencia. Creo que era su vientre hinchado.

Había algo en el esfuerzo que le costaba tumbarse de costado para descansar tras quitarse la blusa y la ropa interior, en el modo en que sus senos caían sobre el pecho cuando se tendía en la cama. Me recordaba a mi madre a la hora de alimentarnos, cuando suspiraba y se echaba, antes de presentarnos sus mamas. Era como si dijese: «Esto es lo que uso para daros de comer. ¡Ahora, mamad!». Y aunque las atenciones que Eve le prodigaba a su criatura no nacida me ponían celoso, no tenía razón. Ahora me doy cuenta de que nunca le di un solo motivo para que me prodigara parecidos cuidados. Tal vez lo que me dolía era que, aunque yo amaba la forma en que se comportaba ahora que estaba encinta, sabía que nunca podría ser la fuente de sus afectos como lo era su bebé.

Se dedicaba a la criatura incluso antes de que naciera. La tocaba a través de su piel tensa. Le cantaba y bailaba con ella al son de la música del estéreo. Aprendió a hacerla moverse mientras bebía zumo de naranja, cosa que hacía a menudo, pues me explicó que aunque las revistas de salud decían que había que hacerlo por el ácido fólico, ella y yo sabíamos que lo bueno era que la hacía dar patadas. Una vez me preguntó si quería ver cómo se sentía. Sí que quería, de modo que apretó mi cara contra su vientre después de beberse el ácido zumo y la sentí moverse. Creo que era un codo que empujaba con perversidad, como un ser que quisiese salir de una tumba. Me costaba imaginar exactamente qué ocurría detrás de la cortina, en el interior del saco mágico de Eve, donde el cachorro se iba formando. Pero sabía que eso que llevaba dentro era independiente de ella, y que tenía voluntad propia, y que se movía cuando quería o cuando el ácido lo instaba a hacerlo, y que no se trataba, en fin, de algo que ella controlase.

Admiro al sexo femenino. Las hacedoras de la vida. Debe de ser asombroso tener un cuerpo que puede llevar otro ser vivo en su interior. (No tengo en cuenta, claro, el caso de las tenias que he alojado en mis tripas, porque en realidad no cuentan como otra vida. Son parásitos y, para empezar, no deberían haber estado ahí). La vida que Eve llevaba en su interior era algo creado por ella. Por ella y por Denny. En aquellos días yo anhelaba que el bebé se pareciese a mí.

Recuerdo el día en que el bebé llegó. Yo acababa de alcanzar la edad adulta, a los dos años, según el calendario canino. Denny estaba en Daytona, Florida, para la carrera más importante de su vida. Se había pasado todo el año buscando patrocinadores, suplicando, rogando, acosando, hasta que tuvo suerte y dio con la persona justa en el vestíbulo de hotel justo, quien le dijo:

—Tienes cojones, hijo. Llámame mañana.

Así fue como encontró su tan anhelado patrocinador y pudo comprarse una plaza en un Porsche 993 de competición para las 24 horas de Daytona.

Las carreras de resistencia no son para débiles. Se trata de cuatro pilotos que se pasan seis horas cada uno al volante de un automóvil de carreras ruidoso, potente, exigente y caro, en un ejercicio de destreza y coraje. Las 24 horas de Daytona, que se transmiten en directo por televisión, son un evento tan impredecible como emocionante. Que Denny hubiera logrado la oportunidad de participar en el mismo año en que iba a nacer su hijo era una de esas coincidencias cuyas posibles interpretaciones varían. A Eve la afligía lo poco adecuado del momento. Denny estaba feliz porque su momento hubiese llegado, y sentía que tendría todo lo que siempre deseara.

Pero es verdad que no era el momento oportuno. El mismo día de la carrera, cuando aún faltaba una semana para la fecha de parto estimada, Eve tuvo contracciones. Llamó a las comadronas, que invadieron nuestra casa, donde se hicieron cargo de la situación. Esa noche, mientras sin duda Denny estaba conduciendo en el circuito de Daytona y ganando la carrera, Eve estaba incorporada en la cama, doblada en dos, asistida por dos regordetas damas que la sujetaban de los brazos. Tras emitir un monstruoso bramido que pareció durar una hora, expulsó un pequeño cuajarón sanguinolento de tejido humano, que pataleó convulsivamente antes de echarse a berrear. Las señoras ayudaron a Eve a recostarse y depositaron la cosita morada sobre su torso. La boca del bebé acabó encontrando el pezón de Eve y se puso a mamar.

—¿Pueden dejarnos solas un minuto...? —alcanzó a decir Eve.

—Por supuesto —respondió una de las damas, dirigiéndose a la puerta.

—Ven con nosotras, perrito... —me dijo la otra, mientras salían.

—No —la interrumpió Eve—, puede quedarse.

¿Me podía quedar? A mi pesar, me sentí orgulloso por ser incluido en el círculo íntimo de Eve. Las dos señoras se marcharon a ocuparse de lo que se tuvieran que ocupar y yo contemplé fascinado cómo Eve amamantaba a su nuevo bebé. Al cabo de unos minutos mi atención se desplazó de la primera comida del bebé al rostro de Eve, y vi que lloraba, y me pregunté por qué.

Dejó caer su mano libre, y los dedos colgaron junto a mi morro. Dudé. No quise dar por sentado que me estaba llamando. Pero entonces, sus dedos se movieron y cuando me miró a los ojos, supe que eso era lo que hacía. Le toqué la mano con la nariz. Puso los dedos en mi coronilla y me rascó, sin dejar de llorar ni de amamantar al bebé.

—Ya sé que le dije que fuera al circuito —aseguró—. Ya sé que le insistí, ya lo sé. —Las lágrimas le corrían por las mejillas—. ¡Pero cuánto me gustaría que estuviese aquí!

Yo no sabía qué hacer, pero sí que no tenía que moverme. Ella me necesitaba.

—¿Prometes protegerla siempre? —preguntó.

No me lo preguntaba a mí. Se lo preguntaba a Denny, de quien yo no era más que un sustituto. Aun así, sentí el peso de la responsabilidad. Entendía que, como perro, nunca podría relacionarme con los humanos tanto como hubiera querido. Pero en ese momento me di cuenta de que había algo que podía hacer. Les podía dar a las personas que me rodeaban algo que necesitaban. Podía confortar a Eve durante la ausencia de Denny. Podía proteger al bebé de Eve. Y aunque siempre ansiaría más, había encontrado, en cierto modo, un punto de partida.

Al día siguiente Denny regresó de Daytona, Florida, de mal talante. Su ánimo cambió en cuanto tuvo en brazos a su niñita, a quien llamaron Zoë, no por mí, sino por la abuela de Eve.

—¿Ves a mi angelito, Enz? —me preguntó.

¿Si la veía? ¡Qué pregunta! ¡Prácticamente la había acompañado en su llegada al mundo!

Consciente de que caminaba sobre una capa de hielo muy delgada, Denny se conducía con mucha cautela desde su regreso. Maxwell y Trish, los padres de Eve, estaban en la casa desde el nacimiento de Zoë, cuidando de su hija y de su nieta recién nacida. Yo los llamaba los Gemelos, por lo parecidos que eran, con los cabellos teñidos con un color del mismo tono artificial, y porque inevitablemente se vestían con prendas que hacían juego: pantalones color caqui, o pantalones sueltos de poliéster, siempre con suéteres o polos. Cuando uno se ponía gafas de sol, el otro también lo hacía. Y lo mismo ocurría cuando se trataba de bermudas, que usaban con calcetines que les llegaban a las rodillas. Y siempre olían a productos químicos: plástico y potingues para el pelo con base de petróleo.

Desde que llegaron, los Gemelos se pasaban el día regañando a Eve por haber tenido a su bebé en casa. Le dijeron que eso era poner en peligro la salud de la criatura, y que en estos tiempos modernos era una irresponsabilidad tener un bebé en cualquier lugar que no fuese uno de los hospitales más prestigiosos, con los médicos más caros. Eve procuró explicarles que las estadísticas demuestran precisamente lo contrario en el caso de madres saludables, y que cualquier señal de alarma habría sido detectada de inmediato por el experto equipo de matronas tituladas, pero ellos no cedían. Afortunadamente para Eve, la llegada de Denny significó que los Gemelos dejaron de ocuparse de sus errores para concentrarse en los de él.

—Eso sí que es tener mala suerte. —Maxwell hablaba a Denny en la cocina. Maxwell estaba feliz. Me di cuenta por su voz.

—¿Te devolverán algo de tu dinero? —preguntó Trish.

Denny estaba afligido, aunque no supe por qué hasta que, esa misma noche, más tarde, vino Mike y ambos abrieron sus cervezas. Ocurrió cuando Denny estaba a punto de comenzar su tercer turno al volante. El coche respondía bien y todo parecía estar en orden. Iban segundos en su categoría, y a Denny no le costaría nada tomar la cabeza cuando el sol se pusiera y llegara el momento de conducir de noche. Pero el piloto encargado del segundo turno estrelló el vehículo contra el muro de contención durante la tercera vuelta.

Chocó cuando un Daytona Prototype —un coche mucho más veloz que el de ellos— se disponía a pasarlo. Primera regla de la conducción deportiva: jamás te apartes para dejarle paso a nadie. Haz que ellos te tengan que pasar. Pero el conductor del equipo de Denny se hizo a un lado y pisó las canicas, que es como se llama a los fragmentos de caucho que se van desprendiendo de los neumáticos y que se acumulan al borde de la pista. Pisó las canicas y la cola del auto se desequilibró, y se estrelló contra el muro casi a la máxima velocidad, y el coche se deshizo en un millón de pedacitos.

El conductor salió indemne, pero la carrera había terminado para el equipo. Y Denny, que se había pasado un año trabajando para brillar en esta ocasión, se encontró plantado en el campo, enfundado en el elegante traje de piloto que le habían dado, cubierto de pies a cabeza con los logotipos de los patrocinadores, tocado con su propio casco especial, que él había equipado con toda clase de dispositivos de radiotransmisión y orificios de ventilación adaptados y de protección reforzada, viendo cómo la oportunidad de su vida se había desviado malamente, y era sacada de la pista, amarrada a un remolque y llevada al depósito de chatarra sin que él hubiese conducido ni siquiera una vuelta.

—Y no te devuelven tu dinero —dijo Mike.

—Nada de eso me importa —dijo Denny—. Tendría que haber estado aquí.

—El parto se adelantó. No se pueden saber las cosas de antemano.

—Sí que se puede. Si haces las cosas bien, puedes.

—En cualquier caso —dijo Mike, alzando su botella de cerveza—, por Zoë.

—Por Zoë —se hizo eco Denny.

«Por Zoë —pensé—, a quien siempre protegeré».

Capítulo

7

Cuando sólo estábamos Denny y yo, él ganaba diez mil dólares al mes en su tiempo libre llamando a gente por teléfono, como quien dice. Pero cuando Eve quedó encinta, Denny comenzó a trabajar detrás del mostrador del concesionario de coches finos donde se ocupaban de reparar únicamente marcas alemanas caras. A Denny le gustaba de verdad este trabajo, pero ocupaba todo su tiempo libre y ya no pasábamos los días juntos.

Algunos fines de semana, además, Denny daba clases en alguno de los cursos de conducción de alto nivel que organizaban los muchos clubs de automóviles —BMW, Porsche, Alfa Romeo— de la zona, y solía llevarme, lo que me agradaba mucho. En realidad, no le gustaba dar ese tipo de clases, pues cuando ello ocurría no conducía, sino que se limitaba a sentarse en el asiento del acompañante y decirles a otras personas cómo se conduce. Y, según comentaba, lo que le pagaban apenas compensaba lo que gastaba en gasolina para llegar allí. Tenía la ilusión, o mejor dicho la fantasía, de mudarse a algún lugar —Sonoma, Phoenix, Connecticut, Las Vegas, Europa, incluso— para trabajar en una escuela importante y conducir más, pero Eve le dijo que creía que nunca podría dejar Seattle.

Eve trabajaba en una gran empresa mayorista de ropa, porque ello nos daba dinero y seguro médico, y también porque nos permitía comprar ropa con descuento para toda la familia. Volvió al trabajo unos meses después del nacimiento de Zoë, aunque lo que quería en realidad era quedarse en casa con su bebé. Denny se ofreció a dejar su trabajo para ocuparse de Zoë, pero Eve le dijo que eso no sería práctico. Así que cada mañana dejaba a Zoë en la guardería, de donde la recogía por la noche al regresar del trabajo.

Como Denny y Eve trabajaban y Zoë estaba en la guardería, yo me quedaba solo. Me pasaba casi todos los días aburrido, solo en el apartamento, vagando de una habitación a otra, echándome a dormir en uno u otro lugar, dejando correr las horas, a veces sin hacer más que mirar por la ventana, observando los autobuses que pasaban por la calle para ver si llegaba a discernir sus horarios. Hasta entonces, no me había dado cuenta de cuánto disfrutaba del ajetreo que reinaba en la casa desde la llegada de Zoë. Me hacía sentirme parte de algo. Yo era una figura central a la hora de entretener a la niña. A veces, después de mamar, cuando estaba despierta y espabilada, bien asegurada a su sillita, Eve y Denny jugaban a tirarse una pelota hecha con calcetines enrollados de un extremo a otro de la sala de estar. Yo saltaba para capturarla, corría y bailaba como un payaso de cuatro patas. Y cuando, contra todas las previsiones, lograba hacerme con la pelota y le pegaba con el hocico, Zoë chillaba y reía. Sacudía las piernas con tantos bríos que la sillita se desplazaba. Y Eve, Denny y yo nos desternillábamos de risa.

Pero, después, todos se marcharon y me dejaron solo.

Los días vacíos me venían grandes y se me hacían eternos. Me los pasaba mirando por la ventana y recordando cómo Zoë y yo jugábamos a Enzo-Busca, juego inventado por mí y bautizado por ella. Consistía en que Denny o Eve la ayudaban a arrojar una bola de calcetines o uno de sus juguetes de un extremo a otro de la habitación, y yo se lo traía de regreso empujándolo con el hocico, y ella se reía y yo meneaba el rabo. Hasta el día en que un afortunado accidente cambió mi vida. Denny encendió la tele una mañana para ver el estado del tiempo y olvidó apagarla antes de marcharse.

Os diré una cosa: el Weather Channel, el canal del tiempo, no se ocupa sólo de la meteorología. ¡Trata sobre el mundo! Enseña cómo el clima nos afecta a todos, a nuestra economía global, nuestra salud, felicidad, ánimo. El canal aborda con gran detalle toda suerte de fenómenos meteorológicos, huracanes, ciclones, tornados, monzones, granizo, lluvia, tormentas eléctricas. Sienten especial predilección por la confluencia de diversos fenómenos. Absolutamente fascinante. Tanto es así que cuando Denny regresó del trabajo esa noche me encontró pendiente de la televisión.

—¿Qué miras? —preguntó al entrar. Me lo preguntó como si yo fuese Eve o Zoë, como si hablarme así fuera lo más natural del mundo. Pero Eve se encontraba en la cocina preparando la cena y Zoë estaba con ella; me hablaba a mí. Lo miré y después volví la mirada a la televisión, donde pasaban revista al principal suceso del día: inundaciones debidas a lluvias intensas en la Costa Este.

—¿El Weather Channel? —dijo en tono burlón—. Mira esto.

Tomó el mando a distancia y puso el Speed Channel, el canal de las carreras.

Yo había visto mucha televisión mientras crecía, pero sólo cuando alguna persona la estaba viendo. A Denny y a mí nos gustaban las carreras y las películas; Eve y yo veíamos vídeos musicales y cotilleos de Hollywood; Zoë y yo mirábamos programas infantiles. (Traté de aprender a leer con *Barrio Sésamo*, pero no lo logré. Llegué, eso sí, a tener algún grado de alfabetización, y aún recuerdo la diferencia entre «abrir» y «cerrar» una puerta, pero, después de dilucidar las formas de cada letra, no logré entender qué sonidos representaban o por qué lo hacían). ¡Pero, de pronto, la idea de que podía mirar la tele solo entró en mi vida! Si yo hubiese sido un personaje de historieta, una bombilla se hubiese encendido sobre mi cabeza. Ladré, excitado, a los coches que corrían por la pantalla. Denny rió.

—Mejor, ¿eh?

¡Sí! ¡Mejor! Me estiré profunda, gozosamente, meneando la cola, para expresar tan bien como podía mi felicidad y mi aprobación. Y Denny me entendió.

—No sabía que fueras un perro aficionado a la televisión —dijo—. Puedo dejártela encendida durante el día si quieres.

«¡Quiero! ¡Quiero!».

—Pero debes ser moderado —añadió—. No quiero que estés todo el día frente a la tele. Cuento con que seas responsable.

«¡Soy responsable!».

Aunque hasta ese momento de mi vida —ya tenía tres años— había aprendido muchas cosas, mi educación realmente cobró impulso cuando Denny comenzó a dejarme el televisor encendido. El tedio me abandonó y el tiempo volvió a correr con rapidez. Los fines de semana, cuando todos estábamos juntos, parecían cortos y llenos de actividad, y, aunque las noches de domingo eran agridulces, me consolaba pensar que me esperaba una semana de televisión.

Sumergido en mi educación perdí, creo, la noción del tiempo, así que la llegada del segundo cumpleaños de Zoë me sorprendió. De pronto, me encontré en medio de una fiesta en el apartamento. Los invitados eran los amigos que Zoë se había hecho en el parque y la guardería. Había bullicio y actividad, y todos los niños jugaron conmigo, luchando sobre la alfombra, y los dejé que me disfrazaran con un gorro y una camiseta. Zoë decía que yo era su hermano mayor. Desparramaron tarta de limón por todo el suelo, y yo ayudé a Eve, limpiándola, mientras Denny abría los regalos con los niños. Me agradó ver a Eve limpiando de buena gana tantas cosas, arreglando tanto desorden, dado que muchas veces se quejaba de tener que hacerlo cuando alguno de nosotros ensuciaba algo. Me elogió, incluso, por mi habilidad para limpiar las migas mientras competíamos, ella con su aspiradora, yo con mi lengua. Cuando todos se marcharon y terminamos con la limpieza, Denny dijo que tenía un regalo sorpresa para Zoë. Le mostró una foto que ella miró con escaso interés. Pero cuando le enseñó la misma foto a Eve, Eve lloró. Y después rió y lo abrazó, y volvió a mirar la foto, y a llorar. Denny tomó la foto y me la mostró, y resultó que era una foto de una casa.

—Mira, Enzo —dijo—. Éste es tu nuevo patio. ¿No te emociona?

Supongo que me emocionó. Pero lo cierto es que recuerdo que más bien me confundió. No comprendí las implicaciones del anuncio. Y después todos se pusieron a meter cosas en cajas y a afanarse de un lado a otro, y, antes de que me diera cuenta de lo ocurrido, me encontré en un lugar completamente nuevo.

La casa era agradable. Era una linda casita de estilo antiguo, como las que salen en el programa *Esta vieja casa*. Tenía dos dormitorios y sólo un cuarto de baño, pero los espacios comunes eran grandes. Estaba muy cerca de sus casas vecinas, sobre una ladera en el distrito central. Pendían muchos cables de electricidad de unos postes que había en la acera, y, aunque nuestra casa estaba cuidada y bien mantenida, algunas de las vecinas tenían jardines con el césped sin cortar, pintura que se caía a pedazos y musgo en los techos.

Eve y Denny estaban enamorados del lugar y se pasaron toda la primera noche rodando desnudos por todas las habitaciones, menos la de Zoë. Cuando Denny volvía del trabajo, lo primero que hacía era saludar a las mujeres. Después, me sacaba al jardín y me tiraba la pelota, que yo le devolvía de buena gana. Y cuando Zoë creció un poco, corría y chillaba mientras yo fingía perseguirla. Eve la regañaba:

—No corras así. Enzo te puede morder.

Dudaba así de mí durante los primeros años. Pero una vez Denny se volvió hacia ella y le dijo:

—Enzo nunca le haría daño, ¡jamás! —Y tenía razón. Yo sabía que no era como los otros perros. Tenía cierto grado de voluntad, la suficiente como para dominar mis instintos. Pero lo que Eve decía no era descabellado, pues la mayor parte de los perros no puede evitarlo. Cuando ven correr a un animal, le siguen el rastro para atraparlo. Auque yo no soy de ésos.

Claro que Eve no lo sabía, y yo no tenía modo de explicárselo, de modo que nunca jugué a lo bruto con Zoë. No quería darle motivos de preocupación a Eve. Porque ya lo había olido. Cuando Denny no estaba, quien me alimentaba era Eve, y cuando se inclinaba para darme mi cuenco de comida y mi nariz quedaba cerca de su cabeza, yo detectaba un feo olor, como a madera podrida, setas, descomposición. Podredumbre húmeda, rezumante. Salía de sus oídos y de sus narices. En la cabeza de Eve había algo que no debía estar allí.

Si mi lengua me lo hubiese permitido, se lo habría dicho. Les podría haber advertido de lo que ocurría mucho antes de que lo descubriesen con sus máquinas, sus ordenadores y sus superdispositivos que ven dentro de la cabeza humana. Creen que esas máquinas son sofisticadas, pero lo cierto es que son torpes y primitivas, totalmente reactivas, basadas en una filosofía médica obsesionada con los síntomas, que siempre llega tarde. Mi nariz, sí, mi bonito hocico negro y húmedo, husmeó la enfermedad del cerebro de Eve antes de que ella supiese que estaba allí.

Pero mi lengua no es ágil. Así que no pude hacer más que mirar, sintiéndome vacío por dentro. Eve me había encomendado la misión de proteger a Zoë a cualquier precio, pero nadie estaba encargado de proteger a Eve. Y yo no podía hacer nada por ayudarla.

Un sábado por la tarde, en verano, después de pasar la mañana en la playa de Alki, nadando y comiendo pescado y patatas fritas comprados en Spud's, regresamos a casa, enrojecidos y cansados por el sol. Eve puso a Zoë a dormir una siesta. Denny y yo nos sentamos frente a la tele a estudiar.

Puso una cinta de una carrera de resistencia en la que había participado, como parte de un equipo de tres, en Portland, unas semanas atrás. Era una carrera emocionante, de ocho horas de duración. Denny y otros dos pilotos hicieron turnos de dos horas, y acabaron quedando primeros en su categoría merced a su heroísmo del último momento. Entre otras cosas, Denny estuvo a punto de hacer un trompo, pero se recuperó justo a tiempo y pasó a los competidores que le llevaban la delantera.

Ver toda una carrera grabada con una cámara ubicada en la cabina del coche es una experiencia impresionante. Da una maravillosa sensación de la perspectiva del corredor, que suele faltar en las que se transmiten por televisión, con sus múltiples cámaras y diversos coches a los que seguir. Ver la carrera desde la cabina de un único coche te hace entender de verdad cómo es conducir; qué se siente al tener el volante en las manos, conocer de verdad la salida, la pista, el atisbo por el espejo retrovisor de los rivales que vienen por detrás de ti, la sensación de aislamiento, la concentración y la decisión necesarias para el triunfo.

Denny puso la cinta desde el comienzo de su último turno. La pista estaba mojada y el cielo cubierto de oscuras nubes que anunciaban más lluvia. Miramos varias vueltas en silencio. Denny conducía tranquilo, casi solo, pues su equipo se había rezagado tras tomar la decisión crucial de detenerse para reemplazar sus neumáticos por otros especiales para lluvia. Otros participantes habían preferido pensar que la lluvia pasaría y que la pista no tardaría en secarse. De modo que siguieron en carrera, sacándole dos vueltas de ventaja al equipo de Denny. Pero volvió a llover, lo que le dio una marcada ventaja a Denny.

A toda velocidad y sin esfuerzo, Denny pasaba a los otros coches: Miatas, poco potentes, pero veloces en las curvas gracias a su estupendo equilibrio, Vipers de grandes motores y pésima dirección. Denny, en su rápido y poderoso Porsche Cup Car, cortando la lluvia.

—¿Por qué eres mucho más veloz que los otros en las curvas? —preguntó Eve.

Alcé la vista. Estaba de pie en el umbral, mirando.

—La mayor parte de ellos no lleva neumáticos para la lluvia —dijo Denny.

Eve se sentó junto a Denny en el sofá.

—Algunos sí.

—Sí, algunos sí —confirmó él.

Seguimos mirando. Denny se colocó detrás de un Camaro amarillo. Parecía que lo hubiese podido pasar en la duodécima curva, pero no lo hizo. Eve se dio cuenta.

—¿Por qué no lo pasaste? —preguntó.

—Lo conozco. Su motor es muy potente y en la recta me habría vuelto a adelantar. Creo que lo supero en la próxima serie de curvas.

Así fue. En la siguiente curva, Denny iba a unos centímetros del parachoques trasero del Camaro. Se mantuvo así durante la doble curva siguiente y luego, en la salida, se puso junto a él. Y cuando entraron en otra curva, lo pasó a toda velocidad.

—Esta parte de la pista se pone realmente resbaladiza con la lluvia —dijo—. No le queda más remedio que rezagarse. Cuando vuelva a tener buena adherencia en las ruedas, yo ya estaré fuera de su alcance.

Otra vez estaba en la recta. Sus faros iluminaban las señales de curva contra un cielo cada vez más oscuro. En el espejo retrovisor panorámico de Denny, el Camaro se hizo cada vez más pequeño, hasta que, al fin, desapareció.

—¿Él tenía neumáticos para lluvia? —preguntó Eve.

—Creo que sí. Pero su coche no estaba bien balanceado.

—Aun así, tú conduces como si la pista no estuviese mojada. Los demás, sí.

Curva doce otra vez, y después a toda marcha por la recta. Ante nosotros brillaban las luces traseras de otros competidores, las próximas víctimas de Denny.

—Lo tienes ante tus ojos —dijo Denny en voz baja.

—¿El qué? —preguntó Eve.

Al cabo de un momento Denny explicó:

—Un día, cuando tenía diecinueve años e iba a la escuela de conducir de Sears Point, llovía, y trataban de enseñarnos cómo se maneja el coche en la lluvia. Una vez que los conductores terminaron de explicar sus secretos, todos los estudiantes quedamos totalmente confundidos. No teníamos ni idea de lo que nos estaban hablando. Miré al tipo que tenía a mi vera. Era un francés llamado Gabriel Flouret, y conducía muy rápido. Sonrió y dijo: «Lo tienes ante tus ojos».

Haciendo sobresalir el labio inferior, Eve miró a Denny con los ojos entornados.

—Y ahí lo entendiste todo —dijo, en tono de broma.

—Así es —respondió Denny, muy serio.

En la tele, seguía lloviendo. El equipo de Denny había tomado la decisión correcta. Los otros se detenían para cambiar los neumáticos.

—Los conductores le temen a la lluvia —nos dijo Denny—. La lluvia amplifica tus errores y una pista mojada puede hacer que tu coche reaccione de forma inesperada. Cuando ocurre algo inesperado, debes reaccionar. Y reaccionar a esa velocidad, siempre es reaccionar demasiado tarde. De modo que hay motivo para tener miedo.

—A mí me da miedo sólo mirarlo —dijo Eve.

—Si yo obligo al coche a hacer algo de forma intencionada, debo saber cómo va a responder. En otras palabras, sólo es impredecible si no soy... dueño de mis actos.

—¿Le haces dar un trompo antes de que lo dé? —preguntó ella.

—¡Exacto! Si quien inicia la acción soy yo, soltando un poco el control, sé lo que ocurrirá antes de que ocurra. Así, puedes reaccionar antes de que el coche ni siquiera sepa qué está ocurriendo.

—¿Y tú sabes hacerlo?

En ese momento, en la pantalla, Denny pasaba a los otros coches. De pronto, la parte trasera del suyo viró hacia un lado. Pero sus manos ya giraban el volante para compensar el coletazo y enderezar el rumbo. En vez de dar un trompo completo, se aferró a la recta y siguió su camino, dejando atrás a los otros. Eve lanzó un suspiro de alivio y se llevó la mano a la frente.

—A veces —dijo Denny—. Pero todos los pilotos hacen trompos. Ocurre porque siempre se busca ir más allá del límite. Pero estoy trabajando en ello. Todo el tiempo. Y tuve un buen día.

Ella se quedó con nosotros un momento más. Cuando se incorporó, le sonrió a Denny, casi como si no quisiera hacerlo.

—Te amo —dijo—. Amo todo lo que tiene que ver contigo, hasta las carreras. Y sé que, en cierto modo, tienes razón en todo lo que dices. Pero a mí me sería imposible hacerlo.

Se fue a la cocina; Denny y yo seguimos mirando el vídeo. En medio de la oscuridad, los coches seguían recorriendo el circuito.

Nunca me canso de mirar vídeos con Denny. Sabe mucho y he aprendido mucho de él. No dijo nada más. Sólo siguió mirando el vídeo. Pero mis pensamientos volvían a lo que me acababa de enseñar. Un concepto tan simple, pero tan verdadero: tenemos ante nuestros ojos la respuesta a lo que preguntamos. Somos los creadores de nuestros propios destinos. Pero, actuemos intencionadamente o por ignorancia, nadie más que nosotros mismos es responsable de nuestros éxitos o fracasos.

Reflexioné sobre cómo se aplicaba este concepto a mi relación con Eve. Era cierto que su participación en nuestras vidas me inspiraba algunos celos, y sé que ella lo percibía y que, para protegerse, se mostraba distante. Y aunque la llegada de Zoë había cambiado mucho nuestra relación, aún existía una distancia entre nosotros.

Dejé a Denny frente a la tele y fui a la cocina. Eve preparaba la cena. Me miró cuando entré.

—¿Te aburrió la carrera? —preguntó con descuido.

Yo no estaba aburrido. Podría haber mirado la carrera durante todo ese día y también el siguiente. Quería manifestarle algo. Me tumbé junto a la nevera, uno de mis lugares favoritos.

Me daba cuenta de que mi presencia la incomodaba. Por lo general, si Denny estaba en la casa, me quedaba junto a él. Que la hubiese escogido a ella parecía confundirla. No entendía cuál era mi intención. Pero, concentrada en la preparación de la cena, no tardó en olvidarme.

Comenzó por poner a asar unas hamburguesas, que olían bien. Luego lavó un poco de lechuga y la centrifugó hasta que quedó seca. Cortó manzanas. Puso cebollas y ajos en una olla y les añadió una lata de tomates. La cocina olía a comida. El aroma y el calor del día me amodorraron. Creo que dormía cuando sentí sus manos, acariciándome el flanco primero, rascándome la barriga después. Me puse panza arriba para reconocer su dominio y me recompensó con más cariñosas caricias.

—Perro bueno —me dijo—. Perro bueno.

Volvió a sus preparativos. De cuando en cuando, me acariciaba el pescuezo con su pie desnudo al pasar junto a mí. No era gran cosa, pero significó mucho para mí.

Siempre quise amar a Eve como Denny la amaba, pero nunca lo hice, porque la temía. Ella era mi lluvia. Era mi elemento impredecible. Era mi miedo. Pero un piloto no puede temerle a la lluvia, un piloto debe amarla. Yo, por mi cuenta, podía cambiar lo que me rodeaba. Al cambiar mi ánimo, mi energía, hice que Eve me viera de otra manera. Y, aunque no sea el amo de mi destino, sí puedo decir que tuve un atisbo de qué es serlo, y sé cuál es el objetivo por el que debo bregar.

Capítulo
9

Un par de años después de que nos mudáramos a la casa nueva, pasó algo muy aterrador.

Denny consiguió una plaza para competir en Watkins Glen. Era otra carrera de resistencia, pero con un equipo conocido, así que esta vez no tuvo que conseguir todo el patrocinio para pagar su plaza. Antes, esa misma primavera, había ido a Francia a participar en un test de prueba para la Fórmula Renault. Era un intento caro, que no podía permitirse. Le dijo a Mike que sus padres se lo habían regalado, pero yo tenía mis dudas. Sus padres vivían muy lejos, en un pueblo pequeño, y nunca lo habían visitado durante todo el tiempo que yo llevaba con él. No habían ido para la boda. Ni cuando nació Zoë, ni en ninguna otra ocasión. Pero no importaba. Viniera de donde viniese la financiación, Denny fue al test e hizo muy buen papel, porque en Francia llueve en primavera. Cuando le contó a Eve su aventura, le dijo que uno de los buscadores de talentos que asisten a estas cosas se le acercó después de una sesión y le preguntó:

—¿Puedes marchar tan rápido con la pista seca como cuando está mojada?

Y, mirándolo a los ojos, Denny le respondió:

—Pruébame.

Tienes ante tus ojos la respuesta a tu pregunta.

El buscador de talentos le ofreció participar de una prueba de dos semanas y Denny fue. Probó, practicó, afinó su preparación. Era un asunto importante. Se desenvolvió tan bien que le ofrecieron una plaza en la carrera de resistencia de Watkins Glen.

Cuando se fue a Nueva York, todos sonreímos, porque no veíamos la hora de contemplar la carrera por el Speed Channel.

—¡Es muy emocionante! —decía Eve entre risitas—. ¡Papi es un corredor profesional!

Y Zoë, a quien amo mucho, tanto que sacrificaría mi vida sin titubear para protegerla, vitoreaba y se ponía al volante del coche de carreras de juguete que tenía en la sala de estar, y daba vueltas y vueltas hasta que todos nos mareábamos. Luego, alzaba los brazos y proclamaba:

—¡Soy la campeona!

La excitación me afectaba tanto que hacía estupideces, como cavar agujeros en el jardín. O me enroscaba antes de extenderme por completo en el suelo, panza arriba, con las patas estiradas y el lomo arqueado para que me rascaran la barriga. Y perseguía todo lo que se moviera. ¡Como si corriese en una carrera!

Fueron los mejores momentos. De verdad.

Y después, fueron los peores.

Llegó el día de la carrera y Eve se despertó abrumada por una repentina oscuridad. Un dolor tan insufrible que, plantada en la cocina de madrugada, antes de que Zoë se despertara, vomitó copiosamente en el fregadero. Vomitaba como si se estuviese vaciando del todo, como si quisiera volverse igual que un calcetín.

—No sé qué me pasa, Enzo —dijo. Era raro que me hablara con franqueza, como lo hace Denny, como si fuese su verdadero amigo, su compañero del alma. La última vez que me había hablado así fue cuando nació Zoë.

Pero esta vez sí me habló como si fuese su amigo del alma. Preguntó:

—¿Qué me pasa?

Ella sabía que yo no podía responderle. Su pregunta era puramente retórica. Eso era lo más frustrante de todo; yo sabía cuál era la respuesta.

Sabía lo que le pasaba, pero no tenía modo de decírselo, así que le hurgué el muslo con el morro. Sepulté mi hocico entre sus piernas. Esperé, asustado.

—Siento como si me aplastaran el cráneo —dijo.

No pude responder. No tenía palabras. No podía hacer nada.

—Me aplastan el cráneo —repitió.

Y, a toda prisa, recogió algunas cosas mientras yo la miraba. Metió la ropa de Zoë en una bolsa. También algunas prendas suyas y cepillos de dientes. Todo muy deprisa. Y despertó a Zoë y la hizo calzarse sus pequeñas zapatillas y ¡bam!, se cerró la puerta, y ¡clic, clic!, el pestillo bajó, y se marchó.

Yo no me marché. Yo estaba allí. Yo seguía allí.

Capítulo
10

Idealmente, un conductor domina todo lo que le rodea, dice Denny. Idealmente, un conductor controla su coche de manera tan completa que corrige un trompo antes de que ocurra, se anticipa a todas las posibilidades. Pero no vivimos en un mundo ideal. En nuestro mundo, a veces hay sorpresas, errores, accidentes, y el conductor debe reaccionar.

Denny dice que cuando el conductor reacciona es importante que recuerde que su coche sólo es tan bueno como lo sean sus neumáticos. Si las ruedas no tienen tracción, nada de lo demás sirve. Potencia, maniobrabilidad, frenado. Cuando se patina, todo lo que se haga es en vano. Hasta que la vieja y buena fricción reduzca la velocidad, y los neumáticos recuperen la tracción, el conductor queda a merced de la inercia. Y la inercia es una poderosa fuerza de la naturaleza.

Es importante que el conductor entienda este concepto y no se entregue a sus impulsos naturales. Cuando la parte trasera de un coche da un coletazo, el conductor puede ser dominado por el pánico y levantar el pie del acelerador. Si lo hace, el peso del vehículo se recargará sobre las ruedas delanteras, perderá tracción en las traseras y el coche hará un trompo.

Un buen conductor procurará aprovechar el trompo girando las ruedas en el sentido de éste. Así, quizá tenga éxito. Pero hay un instante crítico en que el trompo da por cumplida su misión, que es quitarle velocidad a un coche que va demasiado deprisa. De pronto, las ruedas encuentran a qué aferrarse y el conductor vuelve a tener tracción... desgraciadamente para él, pues sus ruedas delanteras han dado un marcado giro hacia la dirección equivocada. Ello induce un trompo de sentido inverso, pues el automóvil ha quedado totalmente privado de equilibrio. Así, si el conductor se excede al contrarrestar un trompo, produce otro, en sentido inverso, mucho más peligroso que el primero, pues es mucho más veloz.

Pero si el conductor en cuestión tiene suficiente experiencia, en el momento mismo en que sus ruedas pierden agarre quizá resista a su instinto de quitar el pie del acelerador y, en cambio, aumente la presión, aflojando levemente su agarre del volante al mismo tiempo. El aumento de aceleración devuelve las ruedas traseras a su cauce y el coche se equilibra. Aflojar la presión sobre el volante le quita potencia a la inercia lateral. Así, el trompo se neutraliza, pero el conductor deberá lidiar con el problema secundario que genera su corrección: al aumentar el radio de giro, corre el riesgo de despistarse.

¡Ay! ¡Nuestro piloto no obtuvo el resultado que buscaba! Pero sí sigue controlando su coche. Aún puede actuar de forma positiva. Por lo menos le queda historia, y puede buscar un fin de la historia en el que complete la carrera sin incidentes. Y, tal vez, si sabe llevar bien las cosas, gane.

Capítulo
11

Cuando quedé súbita y firmemente encerrado en la casa, no me dejé llevar por el miedo. No reaccioné en exceso ni me quedé paralizado. Evalué la situación rápida y cuidadosamente y entendí estas cosas: Eve estaba enferma, era posible que su mal estuviese afectando a su juicio y era de suponer que no regresaría a por mí. Denny llegaría a casa en tres días, o dos noches.

Soy un perro y sé ayunar. Es parte del legado genético que tanto desprecio. Cuando Dios les dio cerebros grandes a los hombres, les quitó las almohadillas de los pies y los hizo vulnerables a los hongos. Cuando privó a los perros del uso de los pulgares, les dio la capacidad de sobrevivir sin comida durante largos periodos. Aunque un pulgar —¡un pulgar!— me habría sido muy útil al permitirme girar el estúpido picaporte y salir, la segunda mejor herramienta, y la única de la que disponía, era mi capacidad de pasar mucho tiempo sin ingerir alimentos.

Me cuidé de racionar el agua del inodoro durante tres días. Vagué por la casa husmeando la ranura de la puerta de la alacena y fantaseando con un gran cuenco de mis bizcochos, recogiendo algún que otro polvoriento copo de cereal dejado en algún rincón por Zoë. Y oriné y defequé sobre el felpudo de la puerta trasera, cerca de las máquinas del lavadero. No tuve pánico.

Durante la segunda noche, cuando ya llevaba unas cuarenta horas de soledad, creo que comencé a alucinar. Lamiendo las patas de la sillita de Zoë, donde descubrí vestigios de yogur derramado hacía mucho, hice despertar involuntariamente mi estómago, cuyos jugos digestivos cobraron vida con un desagradable rugido. Entonces oí un sonido que procedía del dormitorio de la niña. Cuando fui a investigar, vi algo horrible y aterrador. Uno de sus animales de peluche se estaba moviendo solo.

Era la cebra. La cebra de peluche que le habían enviado sus abuelos paternos, quienes, a juzgar por lo que veíamos en Seattle, bien podrían haber sido también animales de juguete. Nunca me había gustado esa cebra, que me parecía una competidora en lo que se refería a los afectos de Zoë. En realidad, me sorprendí al verla en la casa, pues era uno de los juguetes favoritos de la niña y la llevaba a todas partes e incluso dormía con ella, lo que había marcado unos surcos en la felpa del animal, justo por debajo de la cabeza. Me costó entender que Eve no la hubiese recogido cuando guardó sus cosas. Pero supuse que habría estado tan urgida, o tan dolorida, que pasó por alto la cebra.

La ahora viviente cebra no me dijo nada, pero en cuanto me vio comenzó una espasmódica danza giratoria, que culminó refregando repetidamente su ingle castrada contra el rostro inocente de una muñeca Barbie. Eso me enfureció y le gruñí a la depravada cebra, que no hizo más que sonreír y continuar con sus ataques. Esta vez abusó de una rana de peluche, a la que montó desde atrás, con una pezuña alzada en el aire, como un vaquero domador, cabalgándola a pelo entre gritos de «¡yi-haaa!, ¡yi-haa!».

Me quedé mirando cómo la muy desgraciada abusaba de cada uno de los juguetes de Zoë y los humillaba con gran malevolencia. Finalmente, no pude soportarlo más y me lancé sobre ella, enseñando los dientes, para terminar con el brutal espectáculo de una vez por todas. Pero antes de que pudiese atrapar a la cebra demente entre mis dientes, dejó de bailar y se alzó ante mí sobre sus patas traseras. Luego, con las delanteras, se abrió la costura que tenía en la barriga. ¡Su propia costura! Comenzó a sacarse el relleno. Continuó el proceso, abriendo cada una de sus costuras y deshaciéndose puñado a puñado, hasta que terminó de extraer toda la sangre del demonio, fuera cual fuese, que la había hecho cobrar vida, y quedó convertida en un simple montón de tela y relleno que se movía en el suelo, palpitando como un corazón arrancado de un pecho, cada vez más despacio, hasta que se detuvo por completo.

Traumatizado, dejé la habitación de Zoë, con la esperanza de que lo que acababa de ver sólo estuviese en mi mente, que fuera una visión producida por la falta de glucosa en mi sangre, pero sabiendo al mismo tiempo que no lo era, que había sido verdad. Algo terrible había ocurrido.

Denny regresó a la tarde siguiente. Oí el taxi que se detenía, lo vi descargar sus cosas y llevarlas a la puerta trasera. No quería mostrarme demasiado excitado por verlo, pero como también me preocupaba lo que había hecho en el felpudo, le advertí con un par de breves ladridos. Por la ventana, vi su expresión de sorpresa. Sacó las llaves y abrió la puerta, y traté de cerrarle el paso. Pero venía con demasiada prisa y pisó el felpudo. Se oyó un sonido húmedo. Bajó la vista antes de entrar, dando cautelosos saltitos sobre una sola pierna.

—¿Qué es esto? ¿Qué haces aquí?

Paseó la mirada por la cocina. No había nada en desorden. Yo era lo único que no estaba donde debía.

—¡Eve! —llamó.

Pero Eve no estaba allí. Yo no sabía dónde se encontraba, pero no estaba conmigo.

—¿Están en casa? —me preguntó.

No respondí. Tomó el teléfono y marcó.

—¿Eve y Zoë están ahí? —preguntó sin saludar—. ¿Puedo hablar con Eve?

Al cabo de un momento dijo:

—Enzo está aquí.

Pausa.

—Yo también estoy tratando de entender. ¿Lo dejaste aquí?

Otra pausa.

—Esto es una locura. ¿Cómo no vas a acordarte de que el perro está en la casa?... ¿Estuvo aquí todo el tiempo?

Después, muy enfadado, gritó:

—¡Mierda!

Y después colgó el teléfono y soltó, lleno de frustración, un único, largo y muy fuerte grito. A continuación me miró y dijo:

—Estoy muy enfadado.

Recorrió la casa a toda prisa. No lo seguí. Aguardé junto a la puerta trasera. Regresó al cabo de un momento.

—¿Éste fue el único lugar que usaste? —preguntó, señalando el felpudo—. Buen chico, Enzo. Bien hecho.

Sacó una bolsa de basura de la alacena, metió en ella el empapado felpudo, la cerró con un nudo, la dejó fuera. Limpió el suelo con un trapo.

—Debes de estar muerto de hambre.

Llenó mi cuenco de agua y me dio algunas de mis galletas, que comí con demasiada prisa, sin disfrutarlas, pero llenando al menos el hueco de mi panza. En silencio, furioso, me vio comer. Y, muy pronto, Eve y Zoë aparecieron en el porche trasero.

Denny abrió la puerta con brusquedad.

—Increíble —dijo con voz llena de amargura—. Eres increíble.

—Estaba enferma —replicó Eve, entrando en la casa. Zoë se escondía detrás de ella—. No podía pensar.

—Se podría haber muerto.

—No se ha muerto.

—Se podría haber muerto —repitió Denny—. Nunca oí una cosa tan estúpida. Descuidada. Totalmente inconsciente.

—¡Estaba enferma! —le gritó Eve—. ¡No podía pensar!

—No piensas. La gente se muere. Los perros se mueren.

—No puedo más, no puedo hacerlo sola otra vez. —Lloraba, estremeciéndose como un árbol delgado en un día ventoso. Zoë se escabulló y desapareció en el interior de la casa—. Siempre te marchas, y yo tengo que cuidar sola a Zoë y a Enzo y no puedo hacerlo. ¡Apenas puedo cuidar de mí misma!

—Deberías haber llamado a Mike o haberlo llevado a una perrera, ¡o algo! Cualquier cosa menos tratar de matarlo.

—No traté de matarlo —susurró ella.

Oí un llanto y miré. Zoë estaba en la puerta del pasillo, llorando. Eve pasó frente a Denny, apartándolo, y se arrodillo frente a Zoë.

—Oh, nena, lamento que estemos peleando. No lo haremos más. Por favor, no llores.

—Mis animales —gimoteó Zoë.

—¿Qué les pasa a tus animales?

Eve tomó la mano de Zoë y fue con ella por el pasillo. Denny las siguió. Yo me quedé donde estaba. No tenía intención de acercarme a la habitación donde había visto el baile de la cebra degenerada. No quería verla.

De pronto, oí unas pisadas atronadoras. Me encogí junto a la puerta trasera cuando Denny irrumpió en la cocina y se precipitó sobre mí. Estaba inflamado, indignado. Me clavaba los ojos y apretaba las mandíbulas.

—Perro estúpido —gruñó y, con un tirón, me agarró un gran pliegue de la piel del pescuezo. Me quedé paralizado, asustado. Nunca me había tratado así. Me arrastró por la cocina y el pasillo hasta el dormitorio de Zoë, donde ella estaba sentada en el suelo, atónita, en medio de un inmenso desorden. Sus muñecas, sus animales, todos hechos trizas, destripados, un desastre absoluto. Una carnicería total. Sólo pude suponer que la maligna cebra endemoniada se había rearmado a sí misma y había destruido a los otros animales cuando me marché. Debí eliminarla mientras pude. Me la tendría que haber comido, aunque ello me costara la vida.

Denny estaba tan encolerizado que su ira llenaba toda la habitación, toda la casa. No había nada tan grande como la ira de Denny. Se irguió, y rugió y me pegó en un lado de la cabeza con su gran mano. Caí con un gruñido, aplastándome contra el suelo cuanto pude.

—¡Perro malo! —bramó, alzando la mano para volver a golpearme.

—¡Denny, no! —Eve corrió hacia mí y me cubrió con su cuerpo. Para protegerme.

Denny se detuvo. No la pegaría a ella. Jamás. Como tampoco me pegaría a mí. Sabía que no me había pegado, aunque sentía el dolor de su golpe. Le había pegado al demonio, a la cebra maligna, la criatura oscura que entró en la casa y poseyó al animal de peluche. Denny creía que el espíritu maligno estaba en mí, pero no era así. Yo lo había visto. El demonio había poseído a la cebra y me había dejado en la escena del crimen, sin voz para defenderme. Me había endilgado su delito.

—Compraremos animales nuevos, mi amor —le dijo Eve a Zoë—. Iremos a la juguetería mañana.

Con tanta suavidad como me fue posible, me arrastré en dirección a Zoë, la triste niñita sentada en el suelo, rodeada de los restos de su mundo de fantasía, con el mentón apoyado en el pecho y las mejillas surcadas de lágrimas. Yo sentía su dolor, porque conocía íntimamente su mundo de fantasía. Ella me permitía verlo y a menudo me incluía en él. A través de esos juegos, aparentemente tontos y con nombres significativos, yo veía lo que pensaba ella de sí misma y de su lugar en la vida. Cómo adoraba a su padre y siempre quería complacer a su madre. Cómo confiaba en mí, pero sentía miedo cuando yo ponía caras demasiado expresivas, que la hacían dudar de la concepción del mundo que le enseñaban los adultos y que negaba que los animales pudieran pensar. Me arrastré hasta ella y apoyé el hocico junto a su muslo bronceado por el sol del verano. Y alcé un poco las cejas, como preguntándole si me perdonaría alguna vez por no haber protegido a sus animales.

Se tomó un largo rato antes de responderme, pero al fin lo hizo. Me puso una mano en la cabeza y la dejó ahí. No me rascó. Pasaría largo tiempo antes de que volviera a hacerlo. Pero me tocó, lo que significaba que me perdonaba por lo ocurrido, aunque la herida estaba demasiado fresca y el dolor aún era demasiado grande como para olvidar.

Más tarde, después de que todos comieran y de que pusieran a Zoë a dormir en su cuarto, que había sido limpiado de todo rastro de la masacre, me encontré a Denny sentado en los peldaños del porche, con un vaso de bebida fuerte en la mano. Me pareció raro, pues no bebía esa clase de alcohol casi nunca. Me aproximé con cautela y me vio.

—Está bien, chico. —Dio unas palmaditas en el peldaño junto a él y me acerqué. Le olfateé la muñeca y le di un prudente lametón. Sonrió y me acarició cariñosamente el pescuezo.

—Lo siento de verdad —dijo—. Perdí la cabeza.

El jardín de nuestra casa no era grande, pero sí agradable al atardecer. Estaba bordeado por una franja de tierra cubierta de aromática viruta de cedro, donde plantaban flores en primavera. En un rincón había un arbusto que daba flores que atraían a las abejas. Yo me inquietaba siempre que Zoë jugaba cerca de él, pero nunca la picaban.

Denny vació su copa con un largo trago y se estremeció involuntariamente. Sacó una botella de algún lado, lo que me sorprendió, porque no la había notado, y volvió a llenar su vaso. Se levantó, dio un par de pasos y se estiró.

—Logramos el primer puesto, Enzo. No sólo nos clasificamos. Fuimos los primeros de todos. ¿Sabes qué significa eso?

El corazón me dio un salto. Sabía lo que significaba. Significaba que era el campeón. ¡Significaba que era el mejor!

—Significa que he obtenido una plaza en la categoría de turismos para la próxima temporada, eso significa —me dijo Denny—. Tuve una oferta de un verdadero, de un auténtico equipo de carreras. ¿Sabes qué es una oferta?

Me encantaba cuando me hablaba así. Estirando el momento de la definición. Siempre me gustó cualquier narración que conduce a algo. Claro, tengo sentido del drama. Para mí, una buena historia consiste en plantear expectativas y después revelarlas de maneras sorprendentes y emocionantes.

—Que me hayan hecho una oferta significa que puedo competir en una carrera, si logro aportar mi parte de dinero de patrocinio para la temporada, lo cual es razonable y hasta casi posible, y si estoy dispuesto a permanecer casi seis meses lejos de Eve, de Zoë y de ti. ¿Lo estoy?

No dije nada, porque mis sensaciones eran ambivalentes. Por una parte, era el primer devoto de Denny y el más firme partidario de su carrera. Pero también sentí algo parecido a lo que Eve y Zoë debían de experimentar cada vez que él se marchaba: un vacío en la boca del estómago ante la idea de su ausencia. En aquel momento debió de leerme la mente, pues, tras dar un sorbo, dijo:

—No lo sé. —Era lo mismo que yo estaba pensando—. No puedo creer que te haya dejado así. Ya sé que tenía un virus, pero es igual. NO hay excusa posible.

¿De veras creía eso, o se mentía a sí mismo? O quizá sólo lo creía porque Eve quería que lo creyera. No importaba. Si yo hubiese sido una persona, le habría podido contar la verdad acerca de lo que le ocurría a Eve.

—Fue un virus malo —dijo, más para sí que para mí—. No la dejó ni pensar.

Y, de pronto, dudé. De haber sido yo una persona, con capacidad de decirle la verdad, tal vez él no hubiese querido saberla.

Suspiró, volvió a sentarse y llenó su copa otra vez.

—Te voy a descontar todos esos animales de peluche de tu comida. —Hablaba con una risita. Me miró y me tomó del mentón—. Te quiero, chico —dijo—. Y te prometo que nunca te volveré a hacer eso. Ocurra lo que ocurra. Lo siento de verdad.

Hablaba más de la cuenta, estaba borracho. Pero hizo que yo también lo amara mucho.

—Eres duro —siguió—. Pudiste pasar tres días así porque eres un perro duro.

Me sentí orgulloso.

—Sé que nunca harías de forma consciente nada que pudiese herir a Zoë.

Apoyé la cabeza sobre su pierna y lo miré.

—A veces pienso que entiendes mis palabras —afirmó—. Como si hubiese una persona dentro de ti. Como si lo supieras todo.

Y lo sé, me dije. Lo sé.

Capítulo
12

La afección de Eve era escurridiza e impredecible. Un día sufría un dolor de cabeza de magnitud abrumadora. Otro, náuscas que la dejaban incapacitada. Un tercero comenzaba con mareos y terminaba de un talante oscuro y airado. Y esos días nunca eran consecutivos. Entre uno y otro pasaban incluso semanas, tiempo de alivio, en que todo marchaba como de costumbre. Y de pronto Denny recibía una llamada y corría a asistir a Eve, la buscaba en su trabajo y la traía a casa. Después, hacía que algún amigo trajese el coche de Eve y se pasaba lo que quedaba de día mirándola, impotente.

La naturaleza intensa y arbitraria del mal de Eve era totalmente incomprensible para Denny. Los gemidos, los gritos incesantes, el caer al suelo entre espasmos de angustia. Son cosas que sólo entienden perros y mujeres, porque ambos nos conectamos directamente con la fuente del dolor, que es al mismo tiempo brillante, brutal y nítido. Como metal fundido que brotara de una manguera. Podemos apreciar su valor estético mientras todo su horror nos da en plena cara. Pero los hombres están llenos de filtros, desvíos, procesos graduales. Para los hombres, todo es como con el pie de atleta: dale el medicamento adecuado, dicen, y se irá. No se dan cuenta de que la manifestación de su dolencia, el hongo que aparece entre sus velludos dedos de los pies, no es más que un síntoma, un indicio de un problema de fondo. Un brote bacteriano, por ejemplo, en sus intestinos, o alguna otra alteración del organismo. Al suprimir el síntoma se obliga al mal a expresarse de forma más profunda en alguna otra ocasión. Se agrava. Ve al médico, le decía él. Que te den algún remedio. Y ella le respondía aullándole a la luna. Él nunca la entendió, como yo la entendía, cuando ella le respondía que un medicamento sólo enmascararía el dolor, que no haría que se fuera, y que eso no servía de nada. Él nunca la entendió cuando ella decía que, si iba al médico, lo único que haría éste sería inventarse una enfermedad que explicara por qué era imposible ayudarla. Y además, pasaba mucho tiempo entre un episodio y el siguiente. Y eso alentaba sus esperanzas.

A Denny lo frustraba su impotencia, y, en ese aspecto, yo lo entendía muy bien. Para mí, es frustrante no poder hablar. Sentir que hay muchas cosas que podría decir, muchas maneras en las que podría ayudar. Pero estoy encerrado en una cabina insonorizada, una unidad de aislamiento desde donde lo puedo ver y oír todo, pero en la que nunca puedo hablar ni de la que puedo salir. Es como para volver loca a una persona. Y ciertamente ha vuelto locos a muchos perros. Al perro bueno que nunca le hizo mal a nadie, pero que un día le devoró el rostro a su amo, que dormía profundamente bajo la influencia de unos somníferos. Ese perro no tenía ningún problema, excepto que su mente terminó por quebrarse. Suena horrible, pero ocurre. Sale constantemente en las noticias de la tele.

En cuanto a mí, he encontrado modos de eludir la locura. Practico, por ejemplo, el arte de caminar como lo hacen los humanos. Trato de masticar lentamente, como los humanos. Estudio la tele para ver cómo se comportan, para aprender cómo se reacciona ante ciertas situaciones. En mi próxima vida, cuando renazca como persona, seré prácticamente un adulto en el momento mismo en que salga del vientre materno, gracias a lo mucho que me estoy preparando. Después, sólo deberé aguardar a que mi nuevo cuerpo humano crezca y madure para poder descollar en todas las disciplinas atléticas e intelectuales a las que espero dedicarme.

Denny conducía para escapar de la locura de su propio infierno insonorizado. No podía hacer nada para aliviar la aflicción de Eve, y una vez que se dio cuenta de ello, se comprometió a hacer lo mejor que pudiera todo lo demás.

En el fragor de la carrera, a veces les ocurren cosas a los coches. Se puede romper un diente de un engranaje de transmisión, privando al conductor de todas sus marchas. Quizá falle el embrague. O los frenos se ablanden al recalentarse. Se pueden romper los amortiguadores. Cuando surge uno de estos problemas, el mal conductor choca. El conductor normal se da por vencido. Los buenos siguen al volante. Dan con una manera de seguir conduciendo a pesar del problema. Como en el Gran Premio de Luxemburgo de 1989, cuando el irlandés Kevin Finnerty York ganó la carrera y después reveló que había corrido las últimas doce vueltas con sólo dos marchas. Dominar así una máquina es la prueba definitiva de habilidad, decisión y conciencia. Hace que nos demos cuenta de que el aspecto físico del mundo sólo es un límite si nuestra voluntad es débil. Un verdadero campeón puede lograr cosas que le parecerían imposibles a una persona normal.

Denny redujo sus horas de trabajo para poder llevar a Zoë a la escuela infantil. Por la noche, después de cenar, le leía cuentos y la ayudaba con sus números y sus letras. Pasó a ocuparse de hacer todas las compras y de cocinar. Se hizo cargo de la limpieza de la casa. Y lo hizo todo bien y sin quejarse. Quería aliviar a Eve de toda carga, de toda tarea que le pudiera pesar. Pero lo que sus nuevas responsabilidades le impedían era relacionarse con ella de la manera juguetona y físicamente afectuosa que yo me había acostumbrado a ver. Le era imposible hacerlo todo. Estaba claro que había decidido que su prioridad era cuidar el organismo de Eve. Lo cual, creo, fue la decisión correcta, dadas las circunstancias. Porque me tenía a mí.

Veo el verde como gris. Para mí, el rojo es negro. ¿Eso me hace malo? Si me enseñaran a leer y me dieran un sistema computerizado como el que alguien le dio a Stephen Hawking, yo también podría escribir libros importantes. Pero nadie me enseña a leer y nadie me da un mando de ordenador que pueda apretar con la nariz para indicar la siguiente letra que quiero pulsar. Así que ¿de quién es la culpa de que sea como soy?

Denny no dejó de amar a Eve. Sólo delegó en mí la tarea de darle amor. Me convertí en su representante en lo referente a dar amor y comprensión. Cuando Eve enfermaba y él se hacía cargo de Zoë, llevándosela de la casa a ver alguna de las muchas maravillosas películas de animación para niños que se hacen, para que no oyera los gritos de dolor de su madre, yo me quedaba. Él confiaba en mí. Mientras Zoë y él tomaban sus botellas de agua y las galletas especiales sin grasas hidrogenadas que le compraba en el mercado bueno, me decía:

—Por favor, cuídala por mí, Enzo.

Y yo lo hacía. La cuidaba tumbándome junto a la cama, o si se había derrumbado en el suelo, quedándome junto a ella. A menudo, me estrechaba con fuerza, me apretaba contra su cuerpo, y, mientras lo hacía, me contaba cosas sobre el dolor.

—No puedo quedarme quieta. No puedo estar sola con esto. Necesito gritar y debatirme, porque se va cuando grito. Cuando me quedo en silencio me encuentra, me rastrea, me perfora y me dice: «¡Ahora te tengo! ¡Ahora eres mía!».

Demonio. Diablo. Duende. Espectro. Fantasma. Espíritu. Sombra. Ogro. Estantigua. Trasgo. Las personas les temen, así que relegan su existencia a cuentos, a libros que pueden cerrar y poner en el anaquel, o dejar en una habitación de hotel después de leerlos; cierran los ojos con fuerza para no ver el mal. Pero créeme si te digo que la cebra existe. En algún lugar, la cebra está bailando.

Por fin, llegó la primavera, después de un invierno excepcionalmente húmedo, lleno de días grises y de lluvia y de un frío penetrante que no tenía nada de rejuvenecedor. Durante el invierno, Eve comió poco y se puso pálida y macilenta. A veces, cuando el dolor la atacaba, pasaba días enteros sin probar bocado. Nunca hacía ejercicio, de modo que su delgadez, la piel floja sobre huesos frágiles, no daban una impresión de vigor. Se iba consumiendo. Denny se preocupaba, pero Eve nunca hizo caso a sus súplicas de que consultara a un médico. Sólo es un leve caso de depresión, decía. Tratarían de darle píldoras y ella no quería píldoras. Y una noche, después de la cena, que fue especial, aunque no recuerdo si se trataba de un cumpleaños o de un aniversario, Denny apareció, inesperadamente, desnudo en el dormitorio, donde Eve ya estaba desnuda en la cama.

Me pareció raro, porque hacía mucho que no se montaban ni jugaban. Pero ahí estaban. Él se puso sobre ella y ella le dijo:

—El campo está fértil.

—En realidad no lo está, ¿no? —preguntó él.

—Sólo dilo —respondió Eve al cabo de un momento. Sus ojos, hundidos en las órbitas y rodeados de piel hinchada, habían perdido brillo y ciertamente no daban una impresión de fertilidad.

—¡Siembro este campo de la fertilidad! —repitió él. Pero el encuentro fue débil y carente de entusiasmo. Ella hacía ruidos, pero fingía. Yo me di cuenta porque, en medio de todo, me miró, meneó la cabeza y me indicó que me marchara con un gesto. Me retiré de la habitación y descabecé un sueño ligero. Y si no recuerdo mal, soñé con cornejas.

Capítulo

13

Esas siniestras criaturas se posan en los cables de la electricidad y en los techos y lo miran todo. Su graznido tiene algo oscuro, burlón. Saben siempre dónde te encuentras, estés dentro o fuera de la casa. Estas primas pequeñas del cuervo están llenas de ira y resentimiento. Las amarga qué sus genes las hagan parecer enanas en comparación con sus parientes. Se dice que el cuervo ocupa el peldaño inmediatamente superior al del hombre en la escala evolutiva. Al fin y al cabo, según las leyendas de los nativos de la costa noroeste, el cuervo creó al hombre. (Y es interesante notar que la deidad equivalente en el folclore de los indios de las llanuras es el coyote, que es un perro. De modo que, me parece, cuervos y perros ocupamos el lugar más alto de la cadena alimentaria espiritual). Y si el cuervo creó al hombre, y la corneja es prima del cuervo, ¿cuál es el lugar de la corneja?

El lugar de la corneja es la basura. Muy inteligentes, ladinas, lo que mejor hacen es aplicar su maligno geniecillo a destapar cubos de desperdicios o abrir con sus picos cualquier cosa que albergue alimentos. Son escoria, seres que andan en bandadas. Al verlas, dan ganas de matarlas.

Nunca persigo a las cornejas. Si lo intentas, se alejan dando saltitos, provocándote para que te embarques en una persecución de la que saldrás lastimado. Procuran dejarte en situación apurada y lejos, para poder hacer lo que quieren con la basura. Es verdad. A veces, cuando tengo pesadillas, sueño con cornejas. En bandadas. Atacando sin piedad, haciéndome pedazos. Es lo peor.

Cuando acabábamos de mudarnos a nuestra casa ocurrió algo con las cornejas; por eso sé que me odian. Tener enemigos es malo. Denny siempre juntaba mis deyecciones en bolsas verdes biodegradables. Es parte del precio que las personas deben pagar por su necesidad de supervisar tan de cerca a sus perros. Deben retirar excrementos de la hierba con una bolsa de plástico vuelta del revés. Deben cogerlos con los dedos y manipularlos. Aun cuando hay una barrera plástica por medio, no les agrada hacerlo, porque los deben oler y su sentido del olfato carece de la sofisticación necesaria para discernir la sutileza de los distintos niveles de un aroma y sus diversos significados.

Denny iba juntando las pequeñas bolsas llenas de mierda en una gran bolsa de compras de plástico. De tanto en tanto, se deshacía de ésta dejándola en el cubo de residuos del aparcamiento que había calle arriba. Tal vez lo hiciera porque no quería contaminar el suyo con mis heces. No sé.

A las cornejas, que se enorgullecen de ser primas de los cuervos y, por lo tanto, muy inteligentes, les encanta depredar bolsas de compras. Y muchas veces atacaban alguna que se quedaba en el porche cuando Denny o Eve compraban muchas cosas y las iban metiendo en la casa poco a poco. Son muy veloces, y un instante les basta para robar unos bizcochos o alguna otra cosa y huir.

En una ocasión, cuando yo era joven, las cornejas divisaron a Eve, que traía unas compras, y se apiñaron en un árbol ubicado en la linde misma de la propiedad. Eran muchísimas. Se mantenían en silencio, pues no querían llamar la atención, pero yo las había visto. Tras aparcar en el caminillo de entrada, Eve hizo varios viajes, llevando bolsas del coche al porche y de ahí a la casa. Las cornejas miraban. Se dieron cuenta de que Eve se había dejado una bolsa fuera.

Bueno. Son astutas, lo reconozco, porque no actuaron de inmediato. Miraron y esperaron hasta que Eve fue al piso superior, se desvistió y se metió en la bañera, como hacía a veces por las tardes, cuando se tomaba un día libre. Observaron hasta cerciorarse de que la puerta acristalada de la cocina estaba cerrada, de modo que no pudieran entrar asesinos ni violadores, ni yo pudiese salir. Entonces, se pusieron en acción.

Unas cuantas volaron hasta la bolsa y se pusieron a hurgarla con sus picos. Una se acercó a la puerta acristalada para provocarme y hacerme ladrar. Por lo general, me hubiese resistido, sólo por no darles el gusto, pero, como sabía qué estaban haciendo, ladré unas pocas veces, sólo las suficientes como para que pareciera que lo hacía en serio. No se alejaron. Querían burlarse de mí, que viera, sin poder hacer nada, cómo disfrutaban de los contenidos de la bolsa. Así que toda la bandada acudió al patio. Bailoteaban en círculos, me hacían muecas, aleteaban y llamaban a sus amigas. Desgarraron la bolsa de plástico y sepultaron sus picos en ella para comer toda la maravillosa comida, los deliciosos bocados que contenía. Las estúpidas aves comían; se llenaban el pico y tragaban, felices. Hasta que se dieron cuenta de que se estaban atiborrando con mi mierda.

¡Mi mierda!

¡Oh, las caras que pusieron! ¡El silencio atónito que se produjo! Cómo menearon las cabezas, cómo fueron todas a la fuente del vecino del otro lado de la calle a lavarse los picos.

Después regresaron. Limpias y furiosas. Cientos de ellas, miles, tal vez. Se plantaron en el porche y el terreno traseros. Había tantas que parecían una inmensa capa de brea y plumas. Fijaban en mí sus ojitos brillantes, como diciendo: «Sal, perrito, y verás cómo te arrancamos los ojos».

No salí. Y no tardaron en marcharse. Pero cuando Denny regresó del trabajo ese día, le echó un vistazo al jardín. Eve preparaba la cena y Zoë, que aún era pequeña, estaba sentada en su trona. Denny miró fuera y preguntó:

—¿Por qué hay tanta caca de pájaro en el porche?

Yo lo sabía. Si me hubiesen dado un ordenador como el de Stephen Hawking se lo hubiese dicho.

Salió, tomó la manguera y limpió el porche. Y recogió las bolsas de mierda rotas, desconcertado, aunque no dijo nada. Los árboles y los cables de teléfono estaban cubiertos de cornejas. Todas miraban. Yo no salí. Y cuando Denny quiso jugar a tirar la pelota, fingí que me sentía mal y me tumbé a dormir.

Fue divertido ver a todas esas estúpidas aves que se creen tan astutas con los picos llenos de mierda de perro. Pero, como ocurre con todo, hubo repercusiones. Desde entonces, mis pesadillas siempre están llenas de cornejas furiosas.

En bandadas.

Capítulo
14

Los indicios estaban a la vista, pero yo no había sabido interpretarlos. Durante el invierno, Denny practicó de forma obsesiva un juego de simulación de carreras en el ordenador, lo que era muy poco propio de él. Nunca le habían interesado esos juegos. Pero ese invierno lo hacía constantemente, noche tras noche, cuando Eve se iba a dormir. Y sólo ponía circuitos de los Estados Unidos. De St. Petersburg a Laguna Seca. De las carreteras de Atlanta al centro de Ohio. Me tendría que haber dado cuenta con sólo ver los circuitos que recorría. No estaba jugando. Estaba estudiando. Aprendía las curvas y los puntos donde debía disminuir la velocidad. Yo le había oído hablar de lo precisos que eran esos juegos, de cómo les eran muy útiles a los pilotos profesionales para familiarizarse con nuevos circuitos. Pero en aquel momento no lo recordé.

Y su dieta: nada de alcohol, ni de azúcar, ni de fritos. Su rutina de ejercicios: correr muchos días por semana, nadar en la piscina Medgar Evers, pesas en el garaje del fornido vecino que había comenzado a ejercitarse cuando estaba en la cárcel. Denny se había estado preparando. Estaba flexible, fuerte y listo para dar guerra al volante de un coche. Y yo no había sabido descifrar las señales. Pero he de decir que me parece que me mantuvo desinformado adrede. Porque cuando, un día de mayo, bajó con su bolso deportivo y su maleta con ruedecitas y su funda especial para el casco y el dispositivo protector del cuello, Eve y Zoë no se mostraron sorprendidas porque se marchara. Ya se lo había dicho a ellas. A mí, no.

La despedida fue extraña. Zoë estaba excitada y nerviosa al mismo tiempo; Eve, abatida, yo, completamente confundido. ¿Adónde se iba? Alcé las cejas, erguí las orejas, ladeé la cabeza; recurrí a todos mis gestos faciales en busca de información.

—Sebring —me dijo, como si me hubiese leído la mente—. ¿No te había dicho que obtuve una plaza en la categoría de turismos?

¿Categoría de turismos? ¡Pero si dijo que nunca podría hacerlo! ¿No habíamos quedado en eso?

Me sentí eufórico y desolado a la vez. Un fin de semana de carreras significaba una ausencia de al menos tres noches, a veces cuatro, cuando el evento es en la costa opuesta, y hay once carreras en un periodo de ocho meses. ¡Pasaría mucho tiempo lejos de nosotros! Me preocupaba el bienestar emocional de los que quedábamos en casa.

Pero tengo corazón de piloto, y un piloto jamás permite que lo que ya ocurrió afecte a lo que está pasando en el momento presente. La noticia de que había obtenido la plaza de la categoría de turismos, y que se iba a Sebring para participar en una carrera que se transmitiría por ESPN2, era más que buena. Por fin haría lo que debía hacer, cuando quisiera hacerlo. No tendría que preocuparse por lo que hacían los demás, ni esperar a nadie. Sería responsable de sí mismo y nada más. Un corredor debe ser muy egoísta. La fría verdad es que hasta la familia está después que su carrera.

Meneé el rabo con entusiasmo y me sonrió. Le brillaban los ojos. Sabía que yo entendía todo lo que me decía.

—Pórtate bien —me dijo en tono de jocosa advertencia—. Cuida a las chicas.

Abrazó a la pequeña Zoë y le dio un suave beso a Eve. Pero cuando se volvió para marcharse, ella se precipitó sobre él y lo abrazó con fuerza. Le sepultó el rostro, enrojecido a fuerza de contener las lágrimas, en el hombro.

—Por favor, regresa. —Hablaba con voz amortiguada por el hombro en que apoyaba la cara.

—Claro que lo haré.

—Por favor, regresa —repitió ella.

Él quiso tranquilizarla.

—Te prometo que regresaré entero —dijo.

Ella meneó la cabeza, que aún apretaba contra su cuerpo.

—No me importa cómo regreses. Sólo prométeme que volverás.

Él me dirigió una rápida mirada, como si yo pudiese aclararle qué quería decir ella en realidad. ¿Se refería a que quería que regresara con vida? ¿O a que regresara sin más, que no la abandonara? ¿O aludía a alguna otra cosa? Denny no entendía.

Yo, en cambio, sabía perfectamente a qué se refería. A Eve no le preocupaba que Denny pudiera no regresar; se preocupaba por ella misma. Quería que volviese a tiempo. Sabía que algo malo le ocurría, aunque ignoraba de qué se trataba, y temía que ese mal volviera de alguna manera terrible durante la ausencia de Denny. Yo también estaba preocupado, pues aún no había olvidado a la cebra. No podía explicarle esto a Denny, pero sí tomar la decisión de mantenerme firme durante su ausencia.

—Te lo prometo —dijo en tono optimista.

Cuando se marchó, Eve cerró los ojos y respiró hondo. Al volver a abrirlos me miró y pude ver que también ella había tomado una decisión.

—Le insistí para que lo hiciera —me dijo—. Creo que me hará bien, su ausencia me hará más fuerte.

Era la primera carrera de la serie, y a Denny no le fue bien; pero sí estuvo bien para Eve y Zoë, y para mí. La vimos por la tele, y Denny quedó en el primer tercio de la clasificación en las pruebas preliminares. Pero a poco de comenzar la carrera tuvo que ir a boxes por un reventón de un neumático; uno de los mecánicos del equipo tuvo problemas para colocar la nueva rueda y, para el momento en que Denny regresó a la pista, había perdido una vuelta, que nunca recuperó. Quedó en el vigésimo cuarto lugar.

La segunda carrera tuvo lugar pocas semanas después de la primera, y otra vez, a Eve, a Zoë y a mí nos fue de perlas. Para Denny, el resultado se pareció mucho al de la primera: una pérdida de combustible le valió una penalización que le costó una vuelta. Trigésimo lugar.

Denny estaba enormemente frustrado.

—Los muchachos me caen bien —nos dijo a la hora de la cena, en una ocasión que le tocó pasar unos días en casa—. Son buena gente, pero no son buenos como equipo de mecánicos. Con sus errores, nos están haciendo perder la temporada. Si me diesen ocasión de correr sin interrupciones, terminaría en un buen puesto.

—¿No pueden cambiar el equipo? —preguntó Eve.

Yo estaba en la cocina, al lado del comedor. Nunca me quedaba ahí mientras comían, por respeto. A nadie le gusta tener un perro entre las piernas a la espera de migajas mientras come. De modo que no podía verlos, aunque sí oírlos. A Denny, que tomaba el cuenco de ensalada y se servía más. A Zoë, que hacía dar vueltas a sus buñuelitos de pollo por el plato.

—Cómelos, cariño —le dijo Eve—. No juegues con ellos.

—No es la calidad de los individuos —trató de explicar Denny—. Es la calidad del equipo.

—¿Cómo se soluciona? —preguntó Eve—. Pasas tanto tiempo fuera, es un desperdicio. ¿De qué sirve correr si no puedes terminar? Zoë, sólo has comido dos bocados. Come.

El crujido de la lechuga. Zoë bebiendo de su taza de plástico.

—Práctica —dijo Denny—. Práctica, práctica, práctica.

—¿Cuándo practicarían?

—Quieren que vaya a Infineon la semana que viene, a trabajar con la gente de Apex Porsche. A trabajar duro con el equipo de mecánicos, para que no haya más errores. Los patrocinadores están perdiendo la paciencia.

Eve no dijo nada.

Por fin, habló:

—La semana que viene es tu semana libre.

—No será toda la semana. Sólo tres o cuatro días. Buen aderezo, ¿lo hiciste tú?

No podía interpretar su lenguaje corporal porque no los veía, pero hay cosas que los perros percibimos. La tensión. El miedo. La ansiedad. Estos estados de ánimo son el resultado de transformaciones químicas del cuerpo humano. En otras palabras, son totalmente fisiológicos. Involuntarios. A las personas les agrada creer que la evolución las ha llevado más allá del instinto, pero el hecho es que aún tienen reacciones de ataque o fuga ante los estímulos. Y cuando sus cuerpos responden, puedo oler las emisiones químicas de las glándulas pituitarias. Por ejemplo, la adrenalina tiene un olor muy específico, que se saborea más que olerse. Sé que éste no es un concepto comprensible para los humanos, pero es la mejor forma de describirlo: un sabor alcalino en la base de la lengua. Desde mi puesto en el suelo de la cocina, sentía el sabor de la adrenalina de Eve. Era evidente que, aunque se había preparado para las ausencias de Denny, esta inesperada marcha a hacer prácticas en Sonoma la había pillado por sorpresa, y estaba enfadada y asustada.

Oí el sonido de las patas de una silla al ser apartada. El de los platos al apilarse, el de los cubiertos nerviosamente recogidos.

—Come los *nuggets*. —Eve ahora hablaba con severidad.

—Estoy llena —declaró Zoë.

—No has comido nada. ¿Cómo vas a estar llena?

—No me gustan los *nuggets*.

—No te levantarás de la mesa hasta que comas tus *nuggets*.

—¡No me gustan los *nuggets*! —Zoë chillaba y, de pronto, el mundo fue un lugar muy oscuro.

Ansiedad. Expectativa. Excitación. Disgusto. Cada una de estas emociones tiene su olor característico, y muchas de ellas emanaban del comedor en ese momento.

Tras un largo silencio, Denny dijo:

—Te haré un perrito caliente.

—No —dijo Eve—. Que se coma los *nuggets*. Le gustan. Sólo está siendo caprichosa. ¡Come!

Otra pausa, seguida del sonido de unas arcadas infantiles.

Denny casi reía.

—Le haré un perrito caliente —insistió.

—¡Se va a comer los puñeteros *nuggets*! —gritó Eve.

—No le gustan. Le haré un perrito caliente —repuso Denny con firmeza.

—¡No, no se lo harás! Le gustan los *nuggets* y sólo hace esto porque tú estás. No voy a ponerme a cocinar un plato nuevo cada vez que tenga un capricho. ¡Pidió los putos *nuggets*, ahora que se los coma!

La furia también tiene un olor característico.

Zoë se echó a llorar. Fui a la puerta y miré. Eve estaba de pie a la cabecera de la mesa, con el rostro rojo y congestionado. Zoë sollozaba sobre sus *nuggets*. Denny se puso de pie para hacerse más grande. Es importante que el alfa sea más grande. A veces, basta con una pose para hacer que otro integrante de la jauría se someta.

—Te estás excediendo —dijo—. ¿Por qué no te acuestas un rato y dejas que me ocupe de todo?

—¡Siempre te pones de su lado! —soltó Eve con ira contenida.

—Sólo quiero que coma.

—Muy bien —siseó Eve—. Le haré su perrito caliente, entonces.

Se alejó de la mesa dando zancadas y estuvo a punto de aplastarme cuando pasó junto a mí. Abrió bruscamente la puerta del congelador, tomó un paquete, abrió el grifo y puso las salchichas bajo el chorro de agua. Cogió un cuchillo y le dio una puñalada al paquete, y fue entonces cuando la velada pasó de ser un rato lleno de olvidables discusiones a convertirse en un momento marcado por una evidencia innegable e imborrable. Como si el cuchillo hubiese tenido voluntad propia y estuviera deseoso de participar en el alboroto, su hoja resbaló sobre el paquete mojado y congelado e hizo un profundo corte en la porción carnosa ubicada entre el índice y el pulgar izquierdo de Eve.

El cuchillo cayó con estrépito al fregadero y, con un gemido, Eve se agarró la mano. Unas gotas de sangre aguada salpicaron la encimera. Al momento, Denny estaba allí, con un paño de cocina en la mano.

—Déjame ver. —Quitó la tela empapada en sangre de la mano de Eve, que ella tenía sujeta por la muñeca como si ya no fuese una parte de su cuerpo, sino alguna criatura desconocida que la hubiera atacado.

—Tendremos que llevarte al hospital —dijo.

—¡No! —bramó ella—. ¡Nada de hospital!

—Necesitas que te den puntos —insistió él, mirando la herida que no paraba de sangrar.

Ella no contestó enseguida, pero los ojos se le llenaron de lágrimas. No de dolor, sino de miedo. Les tenía mucho miedo a los médicos y los hospitales. Temía que si entraba allí no la dejaran salir nunca más.

—Por favor —le susurró a Denny—. Por favor. Al hospital no.

Él meneó la cabeza.

—Veré si puedo cerrarla —dijo.

Zoë estaba de pie junto a mí, en silencio, con los ojos muy abiertos y un *nuggets* de pollo en la mano. Ni ella ni yo sabíamos qué hacer.

—Zoë, querida —pidió Denny—. ¿Me traes los apósitos especiales para cerrar heridas del botiquín del pasillo? Vamos a remendar a mami, ¿de acuerdo?

Zoë no se movió. ¿Cómo hubiera podido hacerlo? Sabía que era la causante del dolor de mami. Eve sangraba por su culpa.

—Zoë, por favor. —Denny estaba ayudando a Eve a ponerse de pie—. Es una caja azul y blanca con letras rojas. Fíjate en la «eme» de «mariposa».

Zoë se fue a buscar la caja. Denny llevó a Eve al cuarto de baño. Cerró la puerta. Oí que Eve gritaba de dolor.

Cuando Zoë regresó con la caja de vendajes, no encontró a sus padres, de modo que la acompañé hasta la puerta del lavabo y ladré. Denny entreabrió la puerta y tomó los vendajes.

—Gracias, Zoë. Ahora, me ocuparé de mami. Ve a jugar o a ver la tele.

Cerró la puerta.

Zoë me miró con expresión preocupada durante un instante. Quise ayudarla. Dirigiéndome a la sala de estar, me detuve un momento y la miré. Seguía titubeando, así que fui a buscarla. Volví a intentarlo, empujándola un poco con el morro. Esta vez me siguió. Me senté ante el televisor y esperé a que lo encendiera, cosa que hizo. Y nos pusimos a ver *Los chicos de la puerta de al lado*. Y después, Denny y Eve aparecieron.

Nos encontraron viendo juntos la tele y parecieron aliviados. Se sentaron junto a Zoë y se quedaron mirando, sin decir palabra. Cuando el programa terminó, Eve pulsó el botón del mando a distancia y quitó el sonido.

—El corte no es muy grave —le dijo a Zoë—. Si aún tienes hambre, puedo hacerte un perrito...

Zoë meneó la cabeza.

Entonces, Eve prorrumpió en sollozos. Sentada en el sofá, expuesta al mundo, se derrumbó; pude ver la implosión de su energía.

—Lo siento mucho —lloró.

Denny le pasó el brazo por el hombro y la estrechó contra sí.

—No quiero ser así —sollozó ella—. No soy así. Lo lamento tanto. No quiero ser mala. Yo no soy así.

Cuidado, pensé. La cebra se oculta en todas partes.

Zoë abrazó a su madre y la estrechó con fuerza, lo que hizo que ambas estallaran en llanto, y Denny, como si fuera un helicóptero de los bomberos que quisiera apagar un incendio echándole un balde de lágrimas, se les unió.

Me marché. No porque me pareciera que necesitaban intimidad, no. Me fui porque sentí que habían resuelto la situación y todo estaba bien otra vez.

Además, tenía hambre.

Entré en el comedor y escudriñé el suelo en busca de restos. No había gran cosa. Pero en la cocina encontré algo bueno. Un buñuelito. Me pareció un aperitivo razonable, algo como para entretenerme hasta que terminaran con los abrazos y se acordasen de darme de comer. Olfateé el *nugget* y retrocedí, asqueado. ¡Estaba malo! Volví a husmear. Rancio. Hediondo. ¡Lleno de enfermedades! Esos *nuggets* habían pasado demasiado tiempo en el congelador, o fuera de él. O ambas cosas, concluí, pues sabía qué poca atención les prestan las personas a sus alimentos. No cabía duda de que aquel buñuelito —y probablemente todos los del plato— estaba pasado.

Lo sentí por Zoë. Hubiese bastado con que dijera que los *nuggets* no sabían bien y nada de esto habría ocurrido. Pero, supuse, Eve habría encontrado alguna otra forma de lastimarse. Lo necesitaban. Ese momento. Era importante para ellos como familia, y yo lo comprendía.

En las carreras, dicen que tu coche va a donde van tus ojos. El conductor que no puede despegar sus ojos del muro hacia el que se precipita se estrellará contra él; el que mira la pista cuando siente que las ruedas

pierden adherencia, recuperará el control del vehículo.

Tu coche va a donde van tus ojos. Es otra manera
de decir que tienes ante ti lo que preguntas.

Sé que es verdad. Las carreras no mienten.

Cuando Denny se marchó a la semana siguiente, fuimos a casa de los padres de Eve para que cuidaran de nosotros. Eve tenía la mano vendada, lo que me indicaba que el corte era peor de lo que decía. Pero no por eso reducía su actividad.

Maxwell y Trish, los Gemelos, vivían en una casa muy lujosa, en un gran terreno boscoso en la isla Mercer, que gozaba de una asombrosa vista del lago Washington y de Seattle. Y, aunque vivían en un lugar tan hermoso, eran dos de las personas menos felices que yo conocía. Nada era lo bastante bueno para ellos. Siempre se quejaban y proclamaban que las cosas podrían ser mejores y no entendían por qué eran tan malas. En cuanto llegamos, se pusieron a criticar a Denny: «No pasa bastante tiempo con Zoë». «No te cuida». «Su perro necesita un baño». ¡Como si mi higiene tuviese algo que ver!

—¿Qué vas a hacer? —le preguntó Maxwell.

Estaban en la cocina. Trish preparaba la cena, algún plato que, inevitablemente, Zoë detestaría. Era una cálida tarde de primavera, así que los Gemelos llevaban polos y pantalones deportivos. Maxwell y Trish bebían *manhattans* con cerezas Eve, una copa de vino. Había rechazado una píldora para el dolor que le ofrecieron. Era una de las que le dieron a Maxwell cuando se operó de hernia unos meses antes.

—Me voy a poner en forma —dijo Eve—. Me siento gorda.

—Pero estás muy delgada —dijo Trish.

—Puedes sentirte gorda aunque estés flaca. Siento que no estoy en forma.

—Ah.

—Lo que pregunto es qué vas a hacer con Denny —dijo Maxwell.

—¿Tengo que hacer algo con Denny? —preguntó Eve.

—¿Si debes hacer algo? ¿Aporta algo a la familia? ¡La única que gana dinero eres tú!

—Es mi marido y es el padre de Zoë, y lo amo. ¿Qué más tiene que aportar?

Maxwell bufó y dio un golpe en la encimera. Di un respingo.

—Asustas al perro —señaló Trish. Rara vez me llamaba por mi nombre. Dicen que así se hace en los campos de prisioneros de guerra. Despersonalización.

—Sólo me siento frustrado —dijo Maxwell—. Quiero lo mejor para mis chicas. Siempre que vienes aquí es porque él se ha ido a correr. No es bueno para ti.

—Esta temporada es verdaderamente importante para su carrera —replicó Eve, procurando mantener la calma—. Me gustaría ayudarlo más, pero hago lo que puedo, y él lo aprecia. Lo que no necesito es que vosotros la toméis conmigo por ello.

—Lo siento. —Maxwell habló alzando las manos para indicar que se daba por vencido—. Lo siento. Sólo quiero lo mejor para ti.

—Ya lo sé, papi —dijo Eve, dándole un beso en la mejilla—. Yo también quiero lo mejor para mí.

Tomó su copa de vino y salió. Yo me quedé. Maxwell fue a la nevera y sacó un frasco de los pimientos picantes que le gustaban. Se pasaba el día comiendo pimientos. Abrió el frasco, metió los dedos, extrajo un largo pimiento y le hincó el diente.

—¿Has visto qué débil está? —preguntó Trish—. Parece un galgo. Pero se siente gorda.

Él meneó la cabeza.

—Mi hija con un mecánico... No, un mecánico no. Un técnico de atención al cliente —dijo, sarcástico—. ¿En qué nos equivocamos?

—Siempre hizo lo que quiso —dijo Trish.

—Pero al menos lo que quería tenía sentido. Por Dios, si tiene un doctorado en historia del arte. Y acaba casada con ése.

—El perro te está mirando —dijo Trish al cabo de un momento—. Quizás quiere un pimiento.

La expresión de Maxwell cambió.

—¿Quieres algo bueno, chico? —Me miró, tendiéndome un pimiento.

Yo no lo miraba por eso. Lo miraba para entender mejor el sentido de sus palabras. Pero estaba hambriento, así que olfateé el pimiento.

—Son buenos —me instó—. Importados de Italia.

Tomé el pimiento y enseguida sentí un escozor en la lengua. Lo mordí y un líquido ardiente me llenó la boca. Me lo tragué deprisa para evitar la incomodidad que me producía. Sin duda, el ácido de mi estómago, pensé, anularía el del pimiento. Pero fue entonces cuando comenzó el verdadero dolor. Sentí como si me hubiesen desollado la garganta. El estómago se me revolvió. Salí de la cocina, de la casa. Una vez fuera, tomé agua de mi cuenco, pero no sirvió de mucho. Me fui a un arbusto cercano y me quedé tumbado a la sombra, esperando a que se me fuera el ardor.

Cuando Trish y Maxwell me sacaron esa noche —Zoë y Eve ya dormían—, se quedaron en el porche trasero repitiendo su estúpido mantra:

—¡Busca, chico! ¡Busca!

Aún no me sentía del todo bien, y me alejé un poco más de lo que acostumbraba antes de acuclillarme a cagar. Una vez que lo hice, vi que mis excrementos eran flojos y acuosos, y cuando los husmeé noté que olían particularmente mal. Me di cuenta de que ya estaba a salvo y que lo peor había pasado. Pero desde esa ocasión, me cuido de los alimentos que me puedan caer mal y nunca he vuelto a aceptar comida de alguien en quien no confíe plenamente.

Capítulo
16

Las semanas pasaban a toda prisa, como si llegar al otoño fuese lo más importante del mundo. No había tiempo de demorarse festejando los logros, que los hubo: Denny obtuvo su primera victoria en Laguna, a comienzos de junio, logró subir al podio —fue tercero— en Atlanta y quedó octavo en Denver. La semana pasada con el grupo de mecánicos en Sonoma sirvió para que el equipo funcionase en forma óptima, y ahora toda la responsabilidad descansaba sobre los hombros de Denny. Y sus hombros eran anchos.

Ese verano, cuando nos reuníamos en torno a la mesa a la hora de cenar, había algo de que hablar. Trofeos. Fotos. Repeticiones televisivas de las carreras, ya tarde, por la noche. De pronto, había gente que venía de visita, se quedaba a cenar. No sólo Mike, el del trabajo —donde no tenían problemas en adaptarse a la loca agenda de Denny—, sino también otros. Derrike Hope, el veterano corredor del circuito NASCAR. Chip

Hanauer, que figuraba en el Salón de la Fama de los Deportes Motorizados. Hasta conocimos a Luca Pantoni, una figura muy importante en la sede de Ferrari en Maranello, Italia, que estaba visitando a Don Kitch Jr., el instructor de carreras más importante de Seattle. Nunca violé mi regla respecto al comedor. Tengo demasiada integridad. Pero os aseguro que me quedaba en el umbral. Para estar más cerca de tanta grandeza, dejaba que mis uñas sobrepasaran la línea. Aprendí más sobre las carreras en esas pocas semanas que en todos los años que me pasé mirando vídeos y la televisión; oír al venerable Ross Bentley, entrenador de campeones, hablar de cómo se respira, ¡cómo se respira!, fue absolutamente impresionante.

Zoë no dejaba de parlotear. Siempre tenía algo que decir, algo que mostrar. Se sentaba en las rodillas de Denny, absorbiendo con sus ojazos cada palabra de la conversación, y en el momento apropiado declaraba alguna verdad que él le había enseñado. «En los tramos rápidos, que tus manos vayan lento, en los lentos, que vayan rápido», o algo por el estilo, y todos esos grandes hombres se quedaban adecuadamente asombrados. Yo me enorgullecía de ella en tales momentos. Ya que no podía impresionar a esos profesionales con mis conocimientos del tema, al menos lo hacía de forma indirecta, a través de Zoë.

Eve estaba contenta otra vez. Tomaba clases de algo llamado «yoga», recuperó tono muscular y a menudo alertaba a Denny sobre las necesidades de su campo fértil, a veces con gran urgencia. También su salud mejoró mucho, inexplicablemente. Ya no sufría náuseas ni dolores de cabeza. Pero, curiosamente, la mano herida le seguía dando quehacer y a veces se ponía una venda para protegerla cuando cocinaba. Aun así, los sonidos que salían del dormitorio indicaban que sus manos todavía eran lo suficientemente flexibles y ágiles como para hacerlos muy felices a Denny y a ella.

Pero toda cumbre tiene su valle. La siguiente carrera de Denny era fundamental, porque si terminaba en un buen puesto, se consolidaría como novel del año. En esa carrera, en el Circuito Internacional de Phoenix, Denny se salió de la pista en la primera curva.

Ésta es una regla de las carreras: ninguna carrera se gana en la primera curva. Muchas se pierden ahí.

Quedó atrapado en un mal lugar. Uno que trataba de pasarlo frenó al llegar a la curva. Los neumáticos no funcionan si no están girando. El que procuraba pasarlo derrapó y rozó la rueda delantera izquierda de Denny, desbaratando la alineación de su coche. Quedó tan torcido que andaba casi de costado por la pista, lo que le hacía perder segundos a cada vuelta.

Alineación, derrape, roce: meras palabras. Sólo son términos que utilizamos para explicar los fenómenos que nos rodean. Lo que importa no es cómo explicamos el evento, sino el evento mismo y su consecuencia, que fue que el coche de Denny se averió. Terminó la carrera, pero terminó JUL. Así dijo él cuando me lo contó. Una nueva categoría. Existe la NC: no comenzó.

Hay NT: no terminó. Y ahora, existía JUL: jodido último lugar.

—No parece justo —dijo Eve—. Fue culpa del otro conductor.

—Si hubo culpa de alguien, fue mía —replicó Denny—. Por estar donde no debía.

Ya le había oído decir eso: enfadarse con el otro conductor por un accidente en la pista no tiene sentido. Debes estar atento a los competidores que te rodean, comprender sus habilidades, confianza y niveles de agresividad, y actuar en consecuencia. Debes saber a quién tienes a tu vera. En última instancia, tú eres la causa de cualquier problema que surja, pues eres responsable del lugar donde estás y de lo que allí ocurre.

Pero, culpable o no, Denny estaba desolado. Zöe estaba desolada. Eve estaba desolada. Yo estaba destruido. Habíamos estado tan cerca de la grandeza. La habíamos olido, y olía a cerdo asado. A todos les gusta el aroma a cerdo asado. Pero ¿qué es peor, oler el asado y no comerlo o nunca llegar a olerlo?

Agosto fue caluroso y seco, y toda la hierba del vecindario estaba marrón, marchita. Denny se pasaba el día haciendo cuentas. Según sus cálculos, aún existía una posibilidad matemática de que terminara entre los diez primeros de la serie o incluso de salir designado novel del año. Cualquiera de esas dos opciones garantizaría que pudiese seguir corriendo el año siguiente.

Estábamos sentados en el porche trasero, disfrutando del sol de la tarde. El aroma de los bizcochos de avena recién horneados por Denny llegaba de la cocina. Zoë corría bajo el chorro del aspersor. Denny le acariciaba suavemente la mano a Eve, dándole vida. Yo estaba tumbado sobre las tablas del suelo, imitando tan bien como me era posible a una iguana. Absorbía todo el calor solar que podía, con la esperanza de que templara mi sangre lo suficiente como para pasar el invierno, que probablemente, como suele ocurrir cuando los veranos de Seattle son calurosos, fuese áspero, oscuro y glacial.

—Tal vez no deba ocurrir —dijo Eve.

—Pasará cuando tenga que pasar —objetó Denny.

—Pero nunca estás aquí cuando estoy ovulando.

—Acompáñame la semana próxima. A Zoë le encantará. Nos alojaremos en algún lugar que tenga piscina. Y puedes venir a ver la carrera.

—No puedo asistir a la carrera —dijo Eve—. Ahora no, quiero decir. Me encantaría poder, de verdad. Pero me he estado sintiendo bien, ¿sabes? Y... tengo miedo. En las carreras hay mucho ruido y hace calor, y huele a caucho y a gasolina, y las radios emiten ondas estáticas, y todos hablan a gritos. Podría producirme... una mala reacción.

Denny sonrió y suspiró. Hasta Eve se las compuso para sonreír.

—¿Entiendes? —preguntó.

—Sí —respondió Denny.

Yo también entendía. Todo lo referido a la pista. Los sonidos, los olores. La energía, el calor de los motores. La oleada eléctrica cuando el presentador anuncia la próxima carrera. La loca expectación cuando los coches arrancan, el imaginarse las posibilidades, tratar de intuir qué estará ocurriendo en otra parte del circuito cuando se pierden de vista, hasta que al fin regresan a la línea de salida y llegada, en un orden totalmente distinto a aquel en que partieron. La aceleración en las rectas, la pugna en las curvas, que pueden invertirlo todo otra vez. Para Denny y para mí, era un alimento que nos daba vida. Pero yo entendía muy bien que lo que nos colmaba de energía podía ser tóxico para otros, en particular para Eve.

—Podríamos usar la manga de ponerle el relleno al pavo. —Denny habló, y Eve se rió como no la había oído reír en mucho tiempo—. Te dejaría lo necesario para un puñado de bebés. Guárdala en el congelador. —Eso la hizo reír aún más. No entendí la broma, pero a Eve le parecía desternillante.

Se levantó y entró en la casa. Al cabo de un momento, reapareció con la manga de rellenar en la mano. La estudió con una perversa sonrisa, acariciándola.

—Mmm... No estaría mal.

Rieron juntos y miraron hacia el patio. Yo también lo hice, y los tres contemplamos a Zoë, cuyo cabello mojado se le adhería a los hombros en relucientes rizos. Llevaba un biquini infantil y tenía los pies bronceados. Corría en círculos en torno al aspersor, y sus chillidos y risas resonaban por las calles del Distrito Central. Era alegría pura.

Capítulo
17

Tu coche va a donde van tus ojos.

Fuimos al arroyo Denny, no porque se llamara así por Denny —ése no era el caso— sino porque es un lugar muy bello para pasear. Zoë estrenaba su primer par de botas de senderismo, yo iba sin correa. El verano en las Cascades siempre es agradable, fresco bajo el dosel de cedros y alisos. La senda está bien apisonada, lo que hace fácil andar a paso largo. Los lados de la senda son aún mejores para un perro: un lecho muelle y esponjoso de pinocha que se pudre y alimenta a los árboles con un continuo goteo de nutrientes. ¡Y qué olor!

Si aún hubiese tenido testículos, el olor me habría producido una erección*. Riqueza y fertilidad. Nacimiento y muerte, alimento y putrefacción. A la espera. A la espera de que alguien los huela, amontonados en capas sobre el suelo, cada fragancia con su propio peso, su propio lu-

---

* En Estados Unidos, es obligatorio castrar a todos los perros que no se destinan a la reproducción. *(N. del T.)*

gar. Una buena nariz, como la mía, puede separar cada olor, identificarlo, disfrutarlo. Es raro que me deje llevar, pues practico para contenerme como lo hacen los humanos. Pero ese día de verano, ante todas las alegrías de las que gozábamos, los triunfos de Denny, la euforia de Zoë, e incluso Eve, que se mostraba ligera y libre, corrí por los bosques como un loco, saltando sobre arbustos y troncos caídos, persiguiendo sin malicia a las ardillas, ladrando como un loco a los arrendajos, rodando y rascándome el lomo con los palos, las hojas, las agujas de pino, la tierra.

Avanzábamos por el sendero, subiendo y bajando colinas, sorteando raíces y afloramientos rocosos, hasta llegar al lugar llamado las Lajas Resbaladizas, donde el arroyo corre sobre una serie de anchas rocas planas, estancándose en algunos lugares, corriendo en otros. A los niños les encantan las Lajas Resbaladizas, sobre cuya pizarra se deslizan como por un tobogán. Cuando llegamos, bebí la fría agua dulce, la última del deshielo del verano. Zoë, Denny y Eve se quedaron en traje de baño y chapotearon en el agua. Zoë era lo suficientemente grande como para deslizarse sola por algunos tramos. En otros, Eve se quedaba arriba, desde donde la hacía descender con un suave empujón, y Denny abajo, para recibirla. Cuando las rocas estaban secas, tenían adherencia, pero mojadas resbalaban. Y Zoë se deslizaba entre risas y chillidos hasta ir a dar al agua fría de una poza, a los pies de Denny, quien la cargaba en brazos y se la llevaba a Eve para que volviera a tirarla antes de regresar a su puesto. Una y otra vez.

A las personas, como a los perros, les encanta la repetición. Perseguir una pelota, recorrer la recta de un circuito de carreras, tirarse por un tobogán. Porque cada repetición es igual pero distinta al mismo tiempo. Denny llevaba a Zoë hasta donde estaba Eve, y regresaba a su lugar en la poza. Eve depositaba en el agua a Zoë, que gritaba y oponía una fingida resistencia antes de deslizarse hasta los brazos de su padre.

Hasta que, en una de las repeticiones, Eve puso a Zoë en el agua. Pero, en lugar de chillar y patalear, la niña encogió súbitamente las piernas para sacarlas del agua helada, haciéndole perder el equilibrio a su madre. Como pudo, Eve se las compuso para depositar a Zoë a salvo sobre una roca seca, pero su movimiento fue demasiado abrupto, demasiado repentino. Fue una reacción excesiva. Pisó las rocas que estaban bajo el agua, sin darse cuenta de lo resbaladizas que eran, como el hielo.

Perdió pie. Tendió los brazos, pero sus manos se aferraron al aire y nada más. Su puño se cerró, vacío. Su cabeza golpeó la roca con un fuerte crujido y rebotó. Golpeó, rebotó y volvió a golpear, como una pelota de goma.

Nos quedamos mirando durante lo que pareció un tiempo muy largo. Eve estaba inmóvil y Zoë, que una vez más había sido la causante del accidente, no sabía qué hacer. Miró a su padre, quien se acercó a ambas a toda prisa.

—¿Estás bien?

Eve pestañeó con fuerza, con expresión dolorida. Tenía sangre en la boca.

—Me mordí la lengua —dijo con voz débil.

—¿Y la cabeza?

—... duele.

—¿Puedes llegar al coche?

Yo iba por delante, guiando a Zoë. Denny llevaba del brazo a Eve. No se tambaleaba, pero se la veía perdida, y quién sabe dónde habría ido a parar si hubiese estado sola. Casi anochecía cuando llegamos al hospital de Bellevue.

—Probablemente tengas una conmoción leve —dijo Denny—. Pero tienen que verte.

—Estoy bien. —Eve lo repetía una y otra vez. Pero era evidente que no lo estaba. Estaba mareada, arrastraba las palabras y se adormilaba todo el tiempo. Pero Denny la despertaba, diciendo algo acerca de que no te debes dormir cuando has sufrido una conmoción.

Entraron en el hospital y me dejaron en el coche con la ventanilla apenas abierta. Me acomodé en el estrecho asiento del acompañante del BMW 3.0 CSi de Denny y me obligué a dormir; cuando duermo, no siento tantas ganas de orinar como cuando estoy despierto.

Capítulo
18

En Mongolia, cuando un perro muere, lo sepultan en lo alto de una colina para que nadie camine sobre su tumba. El amo del perro le susurra al oído su deseo de que regrese como humano en su próxima vida. Luego, le cortan el rabo y se lo ponen bajo la cabeza. Le meten un trozo de carne o de grasa en la boca para que su alma se alimente durante el viaje. Antes de reencarnarse, el alma del perro puede errar por los altiplanos desiertos tanto tiempo como quiera.

Aprendí eso de un documental del National Geographic Channel, así que creo que es cierto. Dicen que no todos los perros regresan como hombres; sólo los que están listos.

Yo estoy listo.

Capítulo
19

Pasaron horas antes de que Denny regresara, y lo hizo solo. Me dejó salir, y apenas tuve tiempo de levantarme antes de descargar un torrente de orina sobre el pie del farol más cercano.

—Disculpa, chico —dijo—. No es que me haya olvidado de ti.

Cuando terminé, abrió un paquete de galletas de mantequilla de cacahuete, que debía de haber comprado en una máquina expendedora. Son las que más me gustan. Es por la sal y la mantequilla de las galletas, mezcladas con la grasa de los cacahuetes. Intenté comer poco a poco, saboreando cada bocado, pero estaba demasiado hambriento y me las tragué con tanta prisa que apenas noté el sabor. Qué desperdicio, gastar algo tan maravilloso en un perro. A veces odio ser lo que soy.

Nos quedamos sentados en el bordillo durante un largo rato, sin hablar ni nada. Parecía alterado, y yo sabía que, cuando lo está, lo mejor que puedo hacer es quedarme con él. Así que me tumbé a su vera y esperé.

Los aparcamientos son lugares extraños. Las gentes adoran a sus coches cuando conducen, pero se apresuran a alejarse de ellos cuando se detienen. A las personas no les gusta quedarse mucho tiempo en un coche aparcado. Creo que es porque temen que vayan a pensar mal de ellos. Las únicas personas que se quedan en sus coches aparcados son los policías o los que acechan a alguien. A veces también los taxistas, pero, por lo general, sólo mientras comen. Pero yo puedo pasarme horas en un coche aparcado sin que a nadie le llame la atención. Es curioso. ¿Y si estuviese acechando a alguien? Y en ese aparcamiento de hospital, con su asfalto tan negro, tibio como un jersey que alguno se acabara de quitar, con sus líneas tan blancas, pintadas con meticulosidad quirúrgica, la gente detenía sus coches y salía a escape de ellos. Corrían hasta el edificio. O se escabullían de él y entraban en los vehículos y se marchaban a toda prisa, sin ajustar sus espejos retrovisores, ni estudiar el camino de salida, como si estuviesen huyendo.

Denny y yo nos quedamos allí mucho tiempo, mirando a los que iban y venían, sin hacer otra cosa que respirar. No necesitábamos conversar para comunicarnos. Al cabo de un tiempo, un coche aparcó junto a nosotros. Era hermoso, un Alfa Romeo GTV de 1974, verde pino, descapotable en origen, como nuevo. Mike salió lentamente y caminó hasta nosotros.

Lo saludé y me dio una distraída palmadita en la cabeza. Se acercó a Denny y se sentó en el lugar del bordillo que yo había ocupado. Traté de mostrar un poco de alegría, porque el ambiente era definitivamente sombrío, pero Mike me apartó cuando quise apoyarle el hocico.

—Te agradezco esto, Mike —dijo Denny.

—Faltaría más. ¿Dónde está Zoë?

—El padre de Eve la llevó a su casa y la acostó.

Mike asintió. El ruido de los grillos era más fuerte que el de la cercana carretera interestatal 405, pero no mucho. Nos quedamos escuchando el concierto de grillos, viento, hojas, coches y ventiladores del techo del hospital.

Sé por qué seré una buena persona. Porque escucho. Como no puedo hablar, escucho muy bien. Nunca interrumpo, nunca desvío el curso de la conversación con un comentario propio. Si te fijas, verás que las personas alteran constantemente el rumbo de las conversaciones de los demás. Es como si quien fuese en el asiento del pasajero te quitara el volante de las manos y te obligase a meterte por una calle lateral. Por ejemplo, podría ocurrir que estuviésemos en una fiesta y yo quisiera contarte la historia de cómo fui a recuperar una pelota de fútbol del jardín de un vecino y me vi obligado a saltar a la piscina porque su perro me persiguió, y yo me pusiese a relatar la anécdota y tú, al oír las palabras «fútbol» y «vecino» en la misma frase, me interrumpieras para decirme que de niño eras vecino del famoso futbolista Pelé. Entonces, yo, para ser cortés, te haría una pregunta, como, digamos, Pelé jugó para el Cosmos de Nueva York, ¿te criaste en Nueva York? Y quizá responderías que no, que te criaste en Brasil, en las calles de Três Coraçoes con Pelé, y yo tal vez diría que creía que provenías de Arkansas, y tú contestarías que originalmente no y pasarías a hacerme un resumen de tu genealogía. Así que mi apertura conversacional inicial, que tenía el propósito de contar la historia divertida acerca de cómo me persiguió el perro del vecino, se perdería por completo, y sólo porque tú quisiste hablarme de Pelé. ¡Aprende a escuchar! Te lo suplico. Intenta pensar que eres un perro como yo y escucha a la gente, en lugar de querer reemplazar sus anécdotas con las tuyas.

Esa noche escuché, y oí.

—¿Cuánto tiempo la tendrán en el hospital? —preguntó Mike.

—Quizá ni siquiera hagan una biopsia. Tal vez entren y lo quiten directamente. Maligno o no, está causando problemas. Los dolores de cabeza, las náuseas, las alteraciones de ánimo.

—¿De veras? —bromeó Mike—. ¿Alteraciones de ánimo? Entonces, quizá mi cónyuge también tenga un tumor.

Fue una broma bienintencionada, pero Denny no estaba para bromas esa noche. Dijo en tono severo:

—No es un tumor, Mike. Es una masa. Hasta que no lo analicen no puede decirse si es o no un tumor.

—Lo siento —dijo Mike—. Sólo quise... lo siento. —Me dio una palmada—. Es realmente duro. Si yo fuera tú, me estaría subiendo por las paredes.

Denny se irguió. Lo más que pudo, que no era mucho. No era muy alto. Estaba hecho para la Fórmula 1. Bien proporcionado y fuerte, pero pequeño. Un peso mosca.

—Es justo lo que me pasa. Me estoy subiendo por las paredes —dijo.

Mike asintió con aire pensativo.

—No lo parece. Supongo que eso es lo que te hace tan buen conductor. —Yo lo miré. Eso era precisamente lo que estaba pensando.

—¿Podrías pasar por casa a buscar sus cosas?

Denny sacó su llavero y seleccionó algunas llaves.

—Su comida está en la alacena. Dale una taza y media. Come tres de esas galletas de pollo por la noche. Llévate su cesta de dormir, está en el dormitorio. Y lleva su perro. Dile: «¿Dónde está tu perro?», y lo buscará. A veces lo esconde.

Separó la llave de la casa y se la tendió a Mike.

—Es la misma para las dos cerraduras —dijo.

—No habrá problema —dijo Mike—. ¿Quieres que te busque y te traiga alguna ropa?

—No. Iré por la mañana y, si tengo que quedarme aquí, haré una maleta.

—¿Necesitarás las llaves?

—Eve tiene las suyas.

No dijeron nada más. Sólo se oían los grillos, el viento, el tráfico, los ventiladores, una sirena lejana.

—No hace falta que te contengas —dijo Mike—. Puedes desahogarte. Estamos en un aparcamiento.

Denny se miró los pies, calzados con las viejas botas que usaba cuando salía de excursión. Quería un par nuevo. Yo lo sabía porque me lo dijo, pero no quería gastar tanto dinero, y creo que tenía la esperanza de que alguien le regalase un par para su cumpleaños o las navidades o algo así. Pero nadie lo hacía. Tenía cien pares de guantes de conducir, pero a nadie se le ocurrió nunca regalarle un nuevo par de botas. Yo sé escuchar.

Alzó la vista hacia Mike.

—Era por esto por lo que ella no quería venir al hospital.

—¿Qué? —preguntó Mike.

—Esto era lo que temía.

Mike asintió con la cabeza, aunque era evidente que no entendía de qué hablaba Denny.

—¿Qué harás con tu carrera de la semana que viene?

—Llamaré a Johnny mañana y le diré que ya no correré esta temporada —dijo Denny—. Debo estar aquí.

Mike me llevó a casa para buscar mis cosas. Me sentí humillado cuando me preguntó: «¿Dónde está tu perro?». No quería admitir que dormía con un animal de peluche. Pero lo hacía. Amaba a ese perro, y Denny tenía razón, lo escondía durante el día, porque no quería que Zoë lo incorporara a su colección y, además, porque cuando la gente lo veía quería jugar a disputármelo y no me gusta que anden dando tirones de mi perro. Encima, le temía al virus que había poseído a la cebra.

Pero recuperé el perro del escondite de debajo del sofá, regresamos al Alfa de Mike y fuimos a su casa. Su esposa, que en realidad no era una esposa, sino un hombre que parecía una esposa, le preguntó cómo le había ido, pero Mike apenas le contestó y se sirvió una copa.

—Ese tipo —dijo Mike— está tan tenso que va a tener un aneurisma o algo así.

La esposa o esposo de Mike tomó el perro, que yo había dejado en el suelo.

—¿También tenemos que quedarnos con esto? —preguntó.

—Mira —Mike suspiró—, todos necesitamos algo que nos dé confianza. ¿Qué tiene de malo?

—Hiede —dijo su esposa—. Lo lavaré.

¡Y lo metió en la lavadora! ¡A mi perro! Tomó el primer juguete que me regaló Denny y lo metió en la lavadora... ¡con jabón! No podía creerlo. Me quedé azorado. ¡Nunca nadie había tratado así a mi perro!

Lo miré por la ventana transparente de la máquina mientras daba vueltas y más vueltas entre la espuma. Ellos se reían de mí. No con maldad. Sólo como si pensaran que soy un perro estúpido. Todos lo creen. Se reían y yo miraba y, cuando salió, lo pusieron en la secadora junto a una toalla, mientras yo esperaba. Y cuando quedó seco, lo sacaron y me lo dieron. Quien lo sacó fue Tony, la esposa de Mike. Cuando me lo entregó estaba calentito, y dijo:

—Mucho mejor, ¿no?

Quise detestarlo. Quise detestar al mundo. Quise detestar a mi perro, al tonto animal de peluche que Denny me dio cuando era cachorro. Estaba furioso porque nuestra familia había sido despedazada repentinamente. Zoë con los Gemelos. Eve enferma en el hospital, yo en un hogar ajeno, como un niño adoptado. Y ahora, mi perro despojado de su olor. Quería alejarme de todo e irme con mis ancestros a Mongolia, al más alto de los desiertos, y allí cuidar a ovejas y corderos de los lobos.

Cuando Tony me tendió el perro, lo apresé con la boca, sólo para no faltarle al respeto. Me lo llevé a mi cesta, porque eso era lo que Denny hubiese querido. Y me enrosqué junto a él.

Y ¿sabéis qué fue lo más gracioso? Me gustó.

Me gustó más mi perro de peluche limpio que hediondo, lo que nunca hubiera imaginado. Al menos tenía algo a que aferrarme. Que me permitía creer que el núcleo de nuestra familia no podía quebrarse por obra de un azar, por un lavado accidental, una enfermedad inesperada. Había un vínculo en lo más hondo del corazón de nuestra familia. Nos unía a Denny, a Zoë, a Eve, a mí e incluso a mi perro de peluche. Aunque lo que nos rodeaba cambiara, nosotros siempre estaríamos juntos.

Capítulo
20

Como soy un perro, no me informaban mucho. No se me permitía ir al hospital y oír las conversaciones en voz baja, los diagnósticos, pronósticos, análisis, ver al doctor, con su gorro azul y su bata azul, susurrando que lo sentía, revelando los indicios que todos deberían haber notado, hablando de los misterios del cerebro. Nadie confiaba en mí. Nadie me consultaba. Sólo se esperaba de mí que hiciera mis necesidades fuera cuando me sacaban y que dejara de ladrar cuando me decían que me callara.

Eve pasó largo tiempo en el hospital. Semanas. Como Denny tenía tantas ocupaciones, cuidarnos a Zoë y a mí, además de visitar a Eve en el hospital cuando se lo permitían, decidió que lo mejor que podía hacer era establecer una rutina, más que vivir de forma casi improvisada, como acostumbrábamos hasta entonces. Mientras que antes él y Eve a veces llevaban a Zoë a comer a un restaurante, ahora siempre lo hacíamos en casa. Mientras que antes Denny llevaba con frecuencia a Zoë a desayunar a una cafetería, sin Eve, ahora siempre desayunaban en casa. Los días consistían en una serie de eventos idénticos: Zoë comía sus cereales, mientras Denny le preparaba el almuerzo que se llevaría, consistente en un bocadillo de mantequilla de cacahuete y plátano en pan integral, patatas fritas, los bizcochos buenos y una botellita de agua. Luego, Denny dejaba a Zoë en la colonia de veraneo antes de ir a trabajar. Cuando terminaba su jornada laboral, la recogía y, una vez de regreso en casa, preparaba la cena mientras Zoë veía la tele. Después de la cena, Denny me daba mi comida y luego llevaba a Zoë a visitar a Eve. Cuando regresaban, la bañaba, le leía un cuento y la mandaba a dormir.

Denny también se ocupaba de los asuntos pendientes, como pagar las facturas o discutir con el seguro médico acerca de los gastos que excedían la cobertura, los plazos de pago y cosas así. Pasaba buena parte de los fines de semana en el hospital. No era una forma muy emocionante de vivir. Pero era eficiente. Y, dada la gravedad de la dolencia de Eve, ser eficientes era lo más a lo que podíamos aspirar. Mis paseos eran escasos, mis visitas al parque inexistentes. Denny y Zoë me hacían poco caso. Pero yo estaba dispuesto a sacrificarme en aras del bienestar de Eve y de la preservación de la dinámica familiar. Me juré a mí mismo que no les causaría problemas de ningún tipo.

Cuando transcurrieron dos semanas de esta rutina, Maxwell y Trish se ofrecieron a llevarse a Zoë el fin de semana para darle un respiro a Denny. Le dijeron que se le veía cansado, que debía aflojar un poco el ritmo, y Eve estuvo de acuerdo.

—No quiero verte este fin de semana —le dijo, o al menos eso nos contó él a Zoë y a mí. Al verlo preparar la maleta de Zoë, me di cuenta de que sus sentimientos respecto a esa idea eran ambivalentes. No quería separarse de Zoë. Pero lo hizo, y él y yo nos quedamos solos. Y fue de lo más raro.

Hicimos todas las cosas que solíamos hacer. Salimos a correr. Pedimos pizza a domicilio para el almuerzo. Pasamos una tarde viendo la fantástica película *Le Mans*, en la que Steve McQueen soporta el dolor y la tragedia, poniendo a prueba su resistencia personal. Miramos uno de los vídeos de Denny, que mostraba una filmación tomada desde el coche de uno de los competidores en la inmensa pista de Nürburgring, el circuito de carreras alemán, con sus veintidós kilómetros, ciento setenta y cuatro curvas y la célebre *Nordschleife* o rotonda norte, surcada en su momento por titanes como Jackie Stewart y Jim Clark. Después, Denny me llevó al parque para perros, que estaba a pocas calles de casa, donde me tiró la pelota para que se la trajera. Pero nuestra energía no era la adecuada ni siquiera para un juego tan sencillo. Un perro rodeado de oscuridad la tomó conmigo, y buscaba mi garganta con sus colmillos cada vez que me movía. De modo que no podía recuperar la pelota de tenis y me vi obligado a quedarme todo el tiempo a la vera de Denny.

Nada parecía funcionar como debía. La ausencia de Eve y Zoë lo empañaba todo. Faltaba algo en todo lo que hacíamos. Después de la cena, nos quedamos sentados en la cocina, haciendo tiempo. No teníamos otra cosa que hacer. Porque, aunque cumplíamos con todos los movimientos de nuestras actividades habituales, lo hacíamos sin alegría alguna.

Al fin, Denny se levantó. Me sacó, y oriné para darle el gusto. Me dio mis habituales galletas de la hora de ir a dormir y me dijo:

—Pórtate bien.

Añadió:

—Tengo que ir a verla.

Lo seguí hasta la puerta. Yo también quería ir a verla.

—No —me dijo—. Quédate aquí. No te dejarán entrar en el hospital.

Entendí. Me fui a mi cesta y me eché.

—Gracias, Enzo. —Dicho eso, se marchó.

Regresó unas horas después, en medio de la oscuridad, y se metió en la cama en silencio. Se estremeció un poco, pues las sábanas estaban frías. Alcé la cabeza y me vio.

—Se pondrá bien —me dijo—. Ella se pondrá bien.

Capítulo
21

Me hizo ponerme las alas de abejorro con que se había disfrazado el pasado Halloween. Se enfundó en su traje rosa de ballet, con la falda de tul, las calzas y las medias. Salimos al patio y corrimos hasta que sus pies sonrosados quedaron sucios de tierra.

Zoë y yo, jugando en el patio, una tarde soleada. Era el martes después de su fin de semana con Maxwell y Trish, y para entonces ya había perdido, afortunadamente, el olor avinagrado que siempre traía de casa de los Gemelos. Denny había salido temprano del trabajo y había recogido a Zoë para ir a comprar nuevas zapatillas y calcetines. Cuando regresaron, Denny se puso a limpiar la casa y Zoë y yo jugamos. Danzamos y reímos y nos disfrazamos de ángeles.

Zoë me llevó al rincón del patio donde estaba el grifo de riego. Una de sus muñecas Barbie yacía sobre el mantillo de viruta. Se arrodilló junto a ella.

—Te pondrás bien —le dijo a la muñeca—. Todo saldrá bien.

Desplegó un paño de cocina que había traído de la casa. Contenía unas tijeras, un rotulador y cinta adhesiva. Le quitó la cabeza a la muñeca. Tomó las tijeras de cocina y le cortó el cabello al rape. Trazó una línea sobre su cabeza, sin dejar de susurrar: «Todo saldrá bien».

Cuando terminó, cortó un trozo de cinta adhesiva, con la que envolvió la cabeza. Volvió a encajar la cabeza en el cuello de la Barbie antes de acostarla. Ambos nos la quedamos mirando. Un momento de silencio.

—Ahora puede irse al cielo. Y yo, irme a vivir con los abuelos.

El corazón me dio un vuelco. Evidentemente, el ofrecimiento de los Gemelos a Denny de que se tomara un respiro el fin de semana ocultaba otra cosa. Aunque no tenía pruebas definitivas, podía olerlo. Para los Gemelos, había sido un fin de semana laboral, un esfuerzo para establecer una agenda. Ya estaban sembrando las semillas de su cuento, preparando el terreno para su propaganda, profetizando un futuro que esperaban que se hiciese realidad.

Capítulo
22

El puente del Día del Trabajo llegó y, después de eso, Zoë comenzó la escuela. «La escuela de verdad», como decía ella. Y qué entusiasmada estaba. La noche antes, escogió la ropa que vestiría para ese primer día: tejanos de campana, zapatillas, una blusa amarilla. Tenía su mochila, su caja del almuerzo, su estuche de lápices, su cuaderno. Con gran ceremonia, Denny y yo la llevamos desde casa hasta la esquina de la avenida Martin Luther King Jr., donde pasaría a buscarla el autobús escolar. Aguardamos junto a algunos otros niños y padres del vecindario.

—Bésame ahora —le dijo a Denny.

—¿Ahora?

—Antes de que llegue el autobús. No quiero que Jessie lo vea.

Jessie era su mejor amiga de preescolar, quien asistiría a la misma clase en el colegio.

Denny le hizo caso y la besó antes de la llegada del autobús.

—Después de la escuela, tienes la clase de adaptación —le dijo—. Es lo que practicamos ayer, ¿recuerdas?

—¡Claro, papá! —respondió con tono de reproche.

—Te iré a buscar después de la adaptación. Espera en el aula hasta que llegue.

—¡Ya lo sé, papá!

Lo miró con severidad y, durante un segundo, hubiese podido jurar que era Eve. Los ojos centelleantes. Las fosas nasales dilatadas. Bien plantada, con los brazos en jarras, la cabeza ladeada, lista para dar guerra. Se volvió a toda prisa y subió al autobús, desde donde nos saludó con la mano antes de sentarse junto a su amiga.

El autobús se alejó, rumbo a la escuela.

—¿Es tu primera hija? —Quien se dirigía a Denny era otro padre.

—Sí —respondió Denny—. Y única. ¿Y la tuya?

—La tercera. Ya tengo experiencia. Pero no hay nada como los primogénitos. ¡Crecen tan deprisa!

—Ya lo creo. —Denny habló con una sonrisa. Emprendimos el regreso a casa.

Capítulo
23

Cada una de las cosas que decían tenía sentido, pero, en mi opinión, el conjunto no terminaba de encajar. Fue una tarde que Denny me llevó cuando fue al hospital a visitar a Eve, aunque no me dejaron entrar. Tras la visita, Zoë y yo esperamos en el coche mientras Maxwell y Trish conferenciaban con Denny en la acera. Zoë estaba inmersa en un libro de pasatiempos, de laberintos, juego que la encantaba. Yo escuchaba atentamente la conversación. Los únicos que hablaban eran Maxwell y Trish.

—Claro que tiene que haber una enfermera de guardia las veinticuatro horas.

—Se turnan...

—Se turnan, pero la que está de servicio se toma descansos cada tanto tiempo...

—Así que tiene que haber siempre alguien para ayudar.

—Y como nosotros nunca salimos...

—No tenemos adónde ir...

—Y tú tienes que trabajar.

—Así que es lo mejor.

—Sí, es lo mejor.

Denny asintió sin entusiasmo. Subió al coche y nos marchamos.

—¿Cuándo regresa mami a casa? —preguntó Zoë.

—Pronto —contestó Denny.

Cruzábamos el puente colgante.

—Mami se quedará un tiempo con los abuelos —dijo Denny—. Hasta que se sienta mejor. ¿Te parece bien?

—Creo que sí —respondió Zoë—. ¿Por qué?

—Será más fácil para... —se interrumpió—. Será más fácil.

Pocos días después, un sábado, Zoë, Denny y yo fuimos a casa de Maxwell y Trish. Habían instalado una cama en la sala de estar. Una gran cama de hospital que subía y bajaba y se ladeaba y hacía toda clase de cosas cuando se tocaba un mando a distancia, y que tenía un gran pie muy ancho, con un panel anotador. Venía con una enfermera, una arrugada mujer de edad que tenía una voz que hacía que pareciese que cantaba cuando hablaba y a quien no le gustaban los perros, aunque yo no podía ponerle ninguna objeción. Enseguida, la enfermera se puso a expresar la preocupación que yo le causaba. Para mi desazón, Maxwell estuvo de acuerdo y Denny no prestaba atención, así que me sacaron al patio. Zoë vino en mi rescate.

—¡Viene mami! —me dijo.

Estaba muy excitada. Llevaba su vestido de madrás, que le gustaba por lo bonito que era. Su entusiasmo era contagioso, así que me uní a él. Festejamos el regreso. Zoë y yo jugamos; ella me tiró la pelota, yo hice gracias, y nos revolcamos juntos por la hierba. Era un día maravilloso. La familia volvía a estar junta. Se sentía que era algo muy especial.

—¡Ahí viene! —Denny gritaba desde la puerta trasera, y Zoë y yo entramos a toda prisa para verla. Esta vez me dejaron pasar. La primera en entrar en la casa fue la madre de Eve, seguida de un hombre enfundado en pantalones azules y una camiseta amarilla con algo escrito, que empujaba una silla de ruedas en la que iba sentada una figura de ojos muertos, un maniquí en pantuflas. Maxwell y Denny levantaron la figura y la pusieron en la cama y la enfermera la arropó y Zoë dijo:

—Hola, mami. —Todo esto ocurrió antes de que mi conciencia aprehendiera la idea de que la figura no era un muñeco, un pelele para hacer prácticas, sino Eve.

Una gorra se le ceñía al cráneo. Tenía las mejillas hundidas, la piel amarillenta. Alzó la cabeza y miró a su alrededor.

—Me siento como un árbol de Navidad —dijo—. En medio de la sala de estar, rodeada de gente que espera algo. Pero no tengo regalos.

Risas incómodas de los espectadores.

Entonces, me miró.

—Enzo —me llamó—. Ven aquí.

Meneé la cola y me acerqué con cautela. No la había visto desde que ingresó en el hospital y no estaba preparado para lo que vi. Me pareció que el hospital la había dejado mucho más enferma que antes.

—No sabe qué pensar —dijo Denny.

—No tengas miedo, Enzo —me animó ella.

Dejó que su mano colgara junto a la cama y se la toqué con la nariz. Nada de todo aquello me gustaba: el mobiliario nuevo, el aspecto laxo y triste de Eve, que la gente la rodeara como si fuera un árbol de Navidad sin regalos. Nada parecía normal. De modo que, aunque todos me estaban mirando, me escabullí hasta quedar detrás de Zoë y allí me quedé, contemplando por la ventana el patio trasero moteado por el sol.

—Creo que lo ofendió verme enferma —dijo ella.

Yo no había querido expresar eso en absoluto. Mis sentimientos eran complicados. Incluso hoy, después de vivirlos y reflexionar sobre ellos con tiempo, me cuesta explicarlos con claridad. Lo único que pude hacer fue acercarme al lecho y tenderme a su lado como un felpudo.

—A mí tampoco me gusta verme así —aseguró.

La tarde fue interminable. Al fin, llegó la hora de la cena. Maxwell, Trish y Denny se sirvieron cócteles y los ánimos cambiaron de manera espectacular. Apareció un álbum de fotos con imágenes de la infancia de Eve, y todos reían entre el aroma a ajo y aceite que llegaba desde la cocina, donde Trish se afanaba. Eve se quitó la gorra y nos asombramos ante su cabeza afeitada y sus grotescas cicatrices. Se duchó con ayuda de la enfermera y, cuando emergió del cuarto de baño ataviada con uno de sus propios vestidos, no la bata de hospital, parecía casi normal, aunque había algo oscuro detrás de sus ojos, una mirada de resignación. Trató de leerle un libro a Zoë, pero dijo que le costaba enfocar las letras. Así que Zoë hizo cuanto pudo, que era mucho, por leerle a Eve. Entré en la cocina, donde Denny volvía a conferenciar con Trish y Maxwell.

—Realmente creemos que Zoë se debe quedar con nosotros —dijo Maxwell—, hasta que...

—Hasta que... —Trish estaba parada frente a la cocina, de espaldas a nosotros.

Mucho de lo que se dice no se expresa en palabras. Una gran parte del lenguaje consta de miradas, gestos y sonidos no verbales. La gente no se da cuenta de la vasta complejidad de la manera en que se comunica. La manera robótica con que Trish repetía las palabras «hasta que» revelaban todo su estado de ánimo.

—¿Hasta que qué? —preguntó Denny. Percibí la irritación en su voz—. ¿Cómo sabes qué va a ocurrir? La dan por condenada aunque en realidad no saben.

Trish dejó caer la sartén sobre el fogón con un fuerte ruido y prorrumpió en sollozos. Maxwell la abrazó. Miró a Denny.

—Denny, por favor. Es una realidad que debemos afrontar. El médico dijo de seis a ocho meses. Fue muy preciso.

Trish se apartó de él y, sorbiéndose las lágrimas, se irguió.

—Mi bebé —susurró.

—Zoë no es más que una niña —prosiguió Maxwell—. Éste es un tiempo muy valioso... es el único tiempo que le queda para pasar con Eve. No puedo imaginar... no puedo imaginar durante siquiera un segundo que puedas tener alguna objeción.

—Siempre te preocupaste por los demás —añadió Trish.

Vi que Denny estaba en un brete. Había aceptado que Eve se quedase con Maxwell y Trish, y ahora también querían a Zoë. Si se oponía, estaría separando a una hija de su madre. Si aceptaba la propuesta, quedaría relegado a un margen. Se convertiría en un extraño a su propia familia.

—Entiendo lo que decís... —aseguró Denny.

—Sabíamos que así sería —lo interrumpió Trish.

—Pero tendré que hablar con Zoë y ver qué quiere ella.

Trish y Maxwell se miraron, incómodos.

—No es posible que pienses seriamente en consultarle —resopló Maxwell—. ¡Tiene cinco años, por el amor de Dios...! ¡No puede...!

—Hablaré con Zoë para ver qué quiere —repitió Denny, firme.

Después de la cena, salió al patio con Zoë. Ambos se sentaron juntos en los peldaños que subían por la ladera.

—A mami le gustaría que te quedaras aquí con ella y los abuelos —dijo—. ¿Qué te parece?

Ella se quedó pensando.

—¿Qué te parece a ti? —preguntó.

—Bueno —contestó Denny—. Creo que tal vez sería lo mejor. Mami te extrañó mucho y quiere pasar más tiempo contigo. Sólo sería una temporada. Hasta que mejore y pueda regresar a casa.

—Ah —dijo Zoë—. ¿Seguiré tomando el autobús para ir a la escuela?

—Bueno —respondió Denny, pensativo—. Creo que no. Durante un tiempo. Me parece que los abuelos te llevarán y te traerán. Cuando mami mejore y ambas regreséis a casa, volverás a tomar el autobús.

—Ah.

—Yo vendré a visitarte todos los días —dijo Denny—. Y pasaremos juntos los fines de semana, además de que, cada cierto tiempo, vendrás a quedarte conmigo. Pero mami realmente quiere que estés aquí.

Zoë asintió con aire sombrío.

—Los abuelos también quieren que me quede.

Era evidente que Denny estaba alterado, pero lo ocultaba de un modo que yo había supuesto que una niña pequeña no hubiese podido descubrir. Pero Zoë era inteligente, como su padre. Aunque sólo tenía cinco años, entendía.

—No te preocupes, papi —dijo—. Sé que no me dejarás aquí para siempre.

Él sonrió y tomó la manita de su hija entre las suyas antes de besarla en la frente.

—Te prometo que no lo haré —dijo.

Así, estuvieron de acuerdo en que ella se quedaría, aunque ninguno de los dos parecía del todo conforme.

Yo me maravillaba. Qué difícil debe de ser vivir como humano. Contener los deseos todo el tiempo. Preocuparte por hacer lo correcto, no lo más fácil. Para ser franco, en ese momento tuve serias dudas acerca de mi capacidad de comportarme así. Me pregunté si lograría convertirme en humano, como quería.

Más tarde, cuando la noche ya finalizaba, me encontré a Denny sentado en un sillón junto a la cama de Eve, tamborileando con los dedos, nervioso, sobre su propia pierna.

—Esto es una locura —afirmó—. Yo también me quedo. Dormiré en el sofá.

—No, Denny —dijo Eve—. Estarás muy incómodo...

—He dormido en muchos sofás en mi vida. No hay problema.

—Denny, por favor...

Algo en el tono de su voz, en la expresión suplicante de sus ojos, hizo que él se detuviera.

—Por favor, vete a casa —pidió ella.

Él se rascó la nuca y bajó los ojos.

—Zoë está aquí —dijo—. Tus padres también. Me dijiste que quieres que Enzo se quede aquí esta noche. Pero yo no. ¿Qué hice para merecerlo?

Ella suspiró profundamente. Estaba muy cansada y no parecía tener energías para explicarle las cosas a Denny. Pero lo intentó.

—Zoë no se acordará —le contestó—. No me importa qué piensen mis padres. Y Enzo... bueno, Enzo entiende. Pero no quiero que tú me veas así.

—¿Así, cómo?

—Mírame —dijo ella—. Tengo la cabeza afeitada. La cara de una vieja. El aliento me huele como si estuviese podrida por dentro. Estoy fea...

—No me importa cómo estés ni lo que parezcas —respondió él—. Te veo. Veo cómo eres de verdad.

—A mí sí me importa cómo se me ve. —Ella procuraba sonreír como la Eve de antes—. Cuando te miro, me veo reflejada en tus ojos. No quiero estar fea frente a ti.

Denny se volvió como para que ella no se viese en sus ojos, como para ocultar los espejos. Miró por la ventana al patio, iluminado por focos que lo bordeaban. Otras luces colgaban de los árboles. Alumbraban nuestras vidas. Detrás de ellas, más allá de la luz, estaba lo desconocido. Todo lo que no éramos nosotros.

—Regresaré mañana con las cosas de Zoë —dijo él, sin volverse.

—Gracias, Denny —respondió Eve, aliviada—. Puedes llevarte a Enzo. No quiero que te sientas abandonado.

—No —repuso él—. Que Enzo se quede. Te echa de menos.

Denny se despidió con un beso, fue a arropar a Zoë y me dejó con Eve. Yo no estaba seguro de por qué ella quería que me quedara, pero sí de por qué deseaba que Denny se marchara. Era para que, cuando Denny se durmiera por la noche, soñara con ella como era antes, no ahora; no quería que su presencia corrompiera la imagen de ella que tenía su marido. No comprendía que Denny veía más allá de su condición física. Se preparaba para la siguiente curva. Quizá, si ella hubiese tenido esa capacidad, las cosas le habrían salido de otro modo.

La casa quedó en silencio y a oscuras. Zoë dormía. Max y Trish estaban en su dormitorio. El resplandor de la tele irradiaba por debajo de la puerta. Eve yacía en su cama en la sala de estar. En un rincón, la enfermera jugaba con su revista de enigmas y crucigramas, en una de cuyas páginas resaltaban las palabras de un mensaje oculto. Yo me quedé tumbado junto a la cama de Eve.

Más tarde, cuando Eve dormía, la enfermera me despertó hurgándome con un pie. Alcé la cabeza y la vi llevarse el índice a los labios. Susurró que fuese un perro bueno y la siguiera, cosa que hice. Cruzamos la cocina y el lavadero. Salimos al patio trasero y abrió una puerta que daba al garaje.

—Entra —dijo—. No quiero que molestes a la señora Swift durante la noche.

La miré, desconcertado. ¿Molestar a Eve? ¿Por qué había de hacerlo?

Creyendo que mi titubeo era rebeldía, me agarró de la piel del pescuezo y me dio un tirón. Me metió en el garaje oscuro y cerró la puerta. Oí el roce de sus pantuflas. Regresaba a la casa.

Yo no tenía miedo, aunque el garaje estaba muy oscuro.

No hacía mucho frío, ni era demasiado desagradable, si no te importa estar solo en la oscuridad sobre un suelo de cemento que huele a aceite de motor. Estoy seguro de que no había ratas, pues Maxwell mantenía limpio ese lugar, donde guardaba sus caros vehículos. Pero era la primera vez que dormía en un garaje.

Las horas pasaban entre golpecillos, como chasquidos. Los producía un viejo reloj eléctrico que había sobre el banco de trabajo que Maxwell nunca usaba. Era uno de esos viejos relojes con los números en cuadraditos de plástico, que rotan en torno a un eje, alumbrados por una pequeña bombilla. Era la única luz del ambiente. Cada minuto, se oían dos chasquidos, el primero cuando el mecanismo liberaba el cuadradito de plástico con el siguiente número, revelando la mitad del mismo, el segundo, enseguida, cuando el cuadrado bajaba hasta el visor del dial y la cifra se veía entera. Clic-clic, un minuto. Clic-clic, otro. Así pasé ese periodo de cautiverio, contando chasquidos. Y pensando en las películas que he visto.

Mis actores preferidos son, en este orden: Steve McQueen y Al Pacino. *Un instante, una vida* es una película tan subestimada como el trabajo de Pacino en ella. Mi tercer favorito es Paul Newman, por la excelente manera en que maneja su coche en *El ganador*, y porque es un piloto de carreras fantástico en la vida real y tiene un equipo de la categoría Champ Car, y, finalmente, porque adquiere el aceite de palma que vende de fuentes renovables en Colombia, salvando así de la tala grandes extensiones de selva pluvial de Borneo y Sumatra. Mi cuarto actor preferido es George Clooney, porque en los viejos episodios de *Urgencias* se muestra especialmente hábil para curar a niños enfermos y porque sus ojos se parecen un poco a los míos. En quinto lugar viene Dustin Hoffman, más que nada por lo mucho que ayudó a la marca Alfa Romeo su actuación en *El graduado*. Pero Steve McQueen es el primero y no sólo por *Le Mans* y *Bullitt*, dos de las mejores películas de automóviles que nunca se hayan realizado. También por *Papillon*. Como soy un perro, sé lo que es estar encerrado, pasar los días a la espera de que abran apenas un momento la puerta corrediza para pasarte un cuenco de metal lleno de unas poco nutritivas gachas.

Tras unas horas de esta situación de pesadilla, la puerta del garaje se abrió. Vi a Eve, enfundada en su camisón, recortada por la luz encendida del exterior de la cocina.

—¿Enzo? —preguntó.

No dije nada, pero salí de la oscuridad, feliz de volver a verla.

—Ven conmigo.

Me llevó de regreso a la sala de estar. Tomó un cojín del sofá y lo puso junto a su cama. Me dijo que me echara en él, y así lo hice. Luego, se metió en la cama y se subió las sábanas hasta el cuello.

—Necesito que estés conmigo —dijo—. No vuelvas a marcharte.

¡Yo no me había ido! ¡Me raptaron!

Percibí que el sueño la embargaba.

—Necesito que estés aquí —continuó—. Tengo mucho miedo. Mucho miedo.

«No te preocupes», dije. «Estoy aquí».

Se echó de lado y me miró. Tenía los ojos empañados.

—Aguanta conmigo esta noche —me pidió—. Es lo único que necesito. Protégeme. No dejes que ocurra esta noche, por favor, Enzo. Eres el único que me puede ayudar.

«Lo haré», dije.

—Eres el único. No te preocupes por esa enfermera. Le he dicho que se vuelva a su casa.

Miré al rincón. La anciana arrugada ya no estaba.

—No la necesito —aseguró—. Sólo tú puedes protegerme. Por favor. No permitas que ocurra esta noche.

No dormí en toda la noche. Permanecí en guardia, a la espera de que el demonio mostrase la cara. El demonio quería a Eve, pero para llegar a ella antes tenía que pasar frente a mí, y yo estaba preparado. Me mantuve atento a cada sonido, cada movimiento, cada cambio en la densidad del aire. Incorporándome o variando de posición en silencio, le dejé claro al demonio que, si quería llevarse a Eve, antes debía lidiar conmigo.

El demonio no vino. Por la mañana, los demás se despertaron y atendieron a Eve, y yo, relevado de mi responsabilidad de custodio, pude dormir.

—Qué perro haragán —farfulló Maxwell cuando pasó junto a mí.

Entonces, sentí que Eve me acariciaba el pescuezo.
—Gracias —dijo—. Gracias.

Capítulo
24

Durante las primeras dos semanas de nuestra nueva vida, Denny y yo en casa, Eve y Zoë en casa de los Gemelos, Denny los visitaba todas las tardes, al salir del trabajo. Yo me quedaba solo en casa. Cuando llegó Halloween, Denny iba menos, y, la semana del día de Acción de Gracias, sólo fue dos veces. Cada vez que volvía de casa de los Gemelos, me hablaba del buen aspecto de Eve y de cuánto mejoraba y de cómo pronto retornaría con nosotros. Pero yo también la veía los fines de semana, cuando me llevaban a visitarla, y sabía la verdad. Ella no mejoraba. Tampoco regresaría pronto a casa.

Todos los sábados, sin falta, Denny yo visitábamos a Eve cuando íbamos a buscar a Zoë para que durmiera en casa. Y también la veíamos los domingos, cuando llevábamos a Zoë de vuelta. Muchos domingos almorzábamos allí con nuestra familia política. Alguna que otra vez yo pernoctaba con Eve en la sala de estar. Pero nunca me necesitó tanto como aquella primera noche, cuando tuvo miedo. Los momentos que Zoë pasaba con nosotros deberían haber sido de alegría; pero no siempre estaba contenta. ¿Y cómo iba a estarlo, viviendo con una madre que se moría, y no con su muy vivo padre?

Durante un breve lapso, la educación de Zoë fue motivo de conflicto. A poco de comenzar su estancia con Maxwell y Trish, éstos le plantearon a Denny la posibilidad de matricularla en una escuela de la isla Mercer, pues cruzar el puente de la carretera 90 dos veces al día les resultaba agotador. Pero Denny se puso firme, pues sabía que a Zoë le encantaba la escuela de Madrona. Insistió, como padre y tutor legal, en que su hija debía permanecer allí. Además, repetía una y otra vez que tanto Zoë como Eve regresarían a casa en un futuro cercano.

Frustrado, Maxwell se ofreció a correr con los gastos educativos de Zoë si Denny le permitía inscribirla en una escuela privada de la isla Mercer. Las conversaciones de ambos eran frecuentes e intensas. Pero, incluso ante la persistencia de Maxwell, Denny demostró que tenía algo de héroe invencible, o de dóberman, no sé si por parte de madre o de padre, y nunca soltó la presa. Finalmente, impuso su punto de vista y Maxwell y Trish siguieron cruzando el lago dos veces al día.

—Si realmente lo hicieran por Zoë y Eve —me dijo Denny una vez—, no les molestaría hacer un viaje de quince minutos. No es un trayecto tan largo.

Sé que Denny echaba tremendamente de menos a
Eve. Y también extrañaba a Zoë. Cuando más se notaba era esos días en que ella se quedaba a dormir y la
acompañábamos a la parada del autobús por la mañana. Por lo general, era un lunes, o un jueves. Esas mañanas, nuestra casa parecía llena de electricidad, hasta
tal punto que ni Denny ni yo necesitábamos el reloj des-
pertador para levantarnos. Más bien aguardábamos an-
siosos y a oscuras a que llegara la hora de despertar a
Zoë. No queríamos perder ni un minuto de su compañía. Esas mañanas, Denny era una persona totalmente
distinta. Se veía claramente en el amor con que preparaba la merienda que Zoë se llevaba, muchas veces poniendo en ella una nota plegada, con la esperanza de que
la hiciese sonreír cuando la encontrara a la hora de comer. También se notaba en el cuidado con que preparaba los bocadillos de plátano y mantequilla de cacahuete, cortando delicadamente rodajas de idéntico espesor.
En esas ocasiones, el plátano sobrante me tocaba a mí,
para mi gran placer, pues es, después de las tortitas, mi
comida preferida.

En aquel tiempo, cuando Zoë partía a bordo del
autobús, el padre que tenía tres niños a veces nos invi-
taba a tomar un café. Normalmente aceptábamos e íbamos a la panadería buena de Madison y bebían café en
las mesas puestas en la acera. Hasta aquella vez en que
el otro padre dijo:

—¿Tu esposa trabaja? —Era evidente que procuraba explicarse la ausencia de Eve.

—No —dijo Denny—. Se está recuperando de un cáncer cerebral.

Al oírlo, el hombre agachó la cabeza con aire triste.

Después de ese día, cuando íbamos a la parada del autobús, el hombre se mostraba muy atareado, hablando con otros o mirando su teléfono móvil. Nunca volvió a hablarnos.

Capítulo
25

En febrero, en el negro corazón del invierno, fuimos de viaje a un lugar situado en el centro y un poco al norte del estado de Washington, una región llamada valle de Methow. Para los estadounidenses es importante celebrar los cumpleaños de los presidentes más destacados, así que, a causa de un cumpleaños de ésos, todas las escuelas cerraron durante una semana. Denny, Zoë y yo fuimos a celebrarlo a una cabaña en las montañas nevadas. La cabaña era de un pariente de Eve que yo no conocía. Hacía frío, demasiado para mi gusto, aunque algunas tardes disfrutaba corriendo por la nieve. Prefería quedarme echado junto a la caldera del sótano y que los demás se ejercitaran, esquiando, caminando con raquetas para la nieve y todas esas cosas. Ni Eve, demasiado débil como para viajar, ni sus padres estaban allí. Pero había mucha gente, casi todos parientes de una u otra clase. Según oí decir a alguien, el motivo por el cual estábamos allí era que Eve, que moriría muy pronto, consideraba importante que Zoë se familiarizara con esas personas.

Toda esa línea de pensamiento me desagradaba. Para empezar, lo de que Eve moriría pronto. Y para seguir, eso de que Zoë necesitaba pasar tiempo con gente que no conocía de nada, sólo porque Eve moriría pronto. Tal vez fuesen personas perfectamente agradables, con sus pantalones acolchados, chaquetas peludas y jerséis que olían a sudor. No lo sé. Pero me preguntaba por qué habían tenido que esperar a que Eve enfermara para darse a conocer.

Había muchos, y yo no tenía ni idea de cuáles eran sus vínculos familiares. Por lo que entendí, todos eran primos, pero había ciertas brechas generacionales que me desconcertaban. Algunos de ellos no tenían padres, otros, sólo tíos y tías, mientras que otros quizá hayan sido sólo amigos, no parientes. Zoë y Denny se hacían compañía casi siempre uno al otro, aunque participaban en algunas actividades colectivas, como cabalgadas por la nieve, excursiones en trineo y marchas con raquetas en los pies. Las comidas en grupo eran alegres, y aunque yo estaba decidido a mantenerme distante, uno de los primos siempre me daba algún bocado de su plato. Y nunca nadie me echaba de una patada de debajo de la gran mesa, donde me metía a la hora de la cena, violando así mi código personal. En la casa reinaba cierto ambiente de permisividad. Los niños se quedaban despiertos hasta tarde, y los adultos, como perros, dormían a cualquier hora del día. ¿Por qué no iba a beneficiarme yo de tanta licencia?

Aunque me sentía al margen, cada noche ocurría alguna cosa de la que disfrutaba mucho. Fuera de la casa, que tenía muchas habitaciones idénticas, con muchas camas idénticas, para alojar a la multitud, había un patio de baldosas con un gran hogar de leña a cielo abierto. Al parecer, se utilizaba para cocinar fuera durante el verano. Las baldosas no me gustaban. Eran frías y estaban cubiertas de granos de sal, que me hacían daño cuando se me metían entre los dedos. Pero amaba el hogar. ¡Fuego! Después de la cena, ardía, chisporroteando y dando calor. Y todos se reunían en torno a él, arrebujados en sus gruesas chaquetas, y uno tenía una guitarra y guantes sin dedos, y la tocaba y los demás cantaban. Helaba, pero yo tenía mi lugar, bien pegado al fuego. ¡Y qué estrellas veíamos! Miles de millones, porque las noches eran muy oscuras. De cuando en cuando, se oía el crujido de una rama sobrecargada de nieve. También el ladrido de mis parientes, los coyotes, que se llamaban unos a otros para salir de cacería. Y cuando el frío se volvía más intenso que el calor de las llamas regresábamos a la casa, cada uno a su habitación, con pieles y chaquetas impregnadas de olor a humo, resina y malvaviscos asados.

Fue en una de esas veladas en torno al fuego cuando noté por primera vez que Denny tenía una admiradora. Era joven, hermana de alguien, y, al parecer, Denny la había conocido hacía años, en algún día de Acción de Gracias o de Pascuas, pues lo primero que les comentó a ella y a los demás es cuánto había crecido desde la última vez que la vio. Se trataba de una adolescente, con pechos completamente desarrollados para amamantar y caderas lo suficientemente anchas como para dar a luz, de modo que era, a todos los fines prácticos, una adulta. Pero aún se comportaba como una niña, pidiendo permiso para todo.

Esta niña-casi-mujer se llamaba Annika, y era muy astuta y siempre sabía cómo tomar posiciones y administrar sus movimientos de modo que pudiera forzar encuentros con Denny. Se sentaba junto a él en torno al fuego. Se sentaba frente a él en las comidas. Siempre se las apañaba para estar en el asiento trasero del vehículo utilitario de alguno de los presentes si Denny iba allí. Reía demasiado ante cualquier cosa que él dijera. Se quedaba mirándole el cabello cuando él se quitaba la sudada gorra de esquí. Afirmaba sentir la mayor de las admiraciones por sus manos. Adoraba a Zoë. Se conmovía ante cualquier mención a Eve. Denny ignoraba sus maniobras. No sé si lo hacía adrede o no, pero actuaba como si no las notara en absoluto.

¿Qué sería Aquiles sin su tendón? ¿Qué sería Sansón sin su Dalila? ¿Y Edipo sin su complejo? Como no puedo hablar, he estudiado el arte de la retórica sin que el ego ni el interés empañaran mis juicios, así que conozco las respuestas a esas preguntas.

El verdadero héroe es imperfecto. Campeón no es el que triunfa, sino quien sabe sortear obstáculos, preferiblemente de su propia autoría, para hacerlo. Un héroe perfecto no es interesante ni para el público ni para el uni-

verso, que, al fin y al cabo, se basa en el conflicto y la opo-
sición, la fuerza irresistible contra el objeto inamovible. Y
es por eso por lo que Michael Schumacher, claramente uno
de los más talentosos pilotos de Fórmula 1 de todos los
tiempos, ganador de más campeonatos y más clasificacio-
nes que cualquier otro corredor, a menudo queda fuera de
la lista de los preferidos por los aficionados. En cambio
Ayrton Senna, aunque recurre a los mismos ardides y tácticas de Schumacher, lo hace con un guiño. Por eso dicen
que es carismático y emotivo, a diferencia de Schumacher,
a quien califican de distante e indiferente. Schumacher
es perfecto. Tiene el mejor coche, el equipo con más ava-
les financieros, los mejores neumáticos, la mayor habilidad. ¿Quién va a regocijarse por sus triunfos? El sol sale
todos los días. ¿Cómo vamos a admirarlo? En cambio, si
encierras el sol en una caja y cada día se ve forzado a de-
rrotar a la adversidad para salir... ¡en ese caso sí que lo vi-
torearé! Sí, a menudo he disfrutado de un bonito amane-
cer. Pero nunca se me ocurrió que el sol sea un campeón
porque sale. Así es. Si yo contara la historia de Denny, que
es un campeón, sin incluir sus errores y fallos, sería injusto para todos los involucrados.

A medida que se acercaba el fin de semana, el in-
forme meteorológico de la radio cambió y Denny se puso muy tenso. Ya casi llegaba el momento de regresar a
Seattle y él quería marcharse, subir a la carretera y conducir cinco horas por los pasos de montaña para llegar
a casa, al otro lado. Allí, aunque también reinarían el frío
y la oscuridad, no habría, era de esperar, dos metros de

nieve ni temperaturas por debajo del punto de congela-
ción. Debía regresar al trabajo, dijo. Y Zoë necesitaba
tiempo para adaptarse al horario escolar. Y...

Y Annika también necesitaba volver. Estudiaba en
la academia Holy Name y debía regresar para hablar con
sus compañeros acerca de un proyecto sobre crecimiento
sostenible en que estaban trabajando. Habló del asunto
como si fuese urgente, aunque sólo después de enterar-
se de que Denny volvería antes que los demás primos.
Sólo después de caer en la cuenta de que, si hacía coin-
cidir su necesidad de regresar con la de Denny, ello le
permitiría pasar cinco horas con él en el coche. Cinco
horas para mirar sus manos en el volante. Cinco horas
para mirar su cabello alborotado por el gorro, de inha-
lar sus embriagadoras feromonas.

Llegó el día de nuestra partida. La tormenta había
comenzado. Una glacial lluvia azotaba las ventanas de
la cabaña. Denny estuvo inquieto toda la mañana. La radio anunciaba que el paso Stevens se cerraría por la tormenta. Por el paso Snoqualmie se podía cruzar si se ponían cadenas en las ruedas.

—¡Quédate! ¡Quédate!

Eso decían los opacos primos. Yo los detestaba a
todos. Tenían un olor rancio. Incluso después de du-
charse se ponían los mismos jerséis, sin lavarlos, y su
agrio olor regresaba a ellos como un bumerán.

Almorzamos deprisa antes de marcharnos. Nos
detuvimos en una gasolinera a comprar cadenas para
las ruedas. Fue un viaje espantoso. La lluvia se conge-

laba sobre el cristal antes de que los limpiaparabrisas llegaran a quitarla, y tras avanzar trabajosamente unos pocos kilómetros, Denny se veía obligado a detenerse para quitar el hielo con las manos. Fue un viaje peligroso y no me gustó nada. Yo iba atrás con Zoë. Annika iba en el asiento del acompañante. Vi que las manos de Denny se crispaban sobre el volante. En una carrera, las manos deben mantenerse relajadas, y las de Denny siempre se ven así en los vídeos que trae a casa. Flexiona reiteradamente los dedos para recordarse que debe tenerlos flojos. Pero durante ese aterrador recorrido desde el río Columbia, Denny nunca aflojó su presa.

Yo sufría por Zoë, quien estaba claramente asustada. En los coches, el movimiento se siente más en la parte trasera que en la delantera, de modo que ella y yo percibíamos muy claramente las sensaciones de resbalones y patinazos que provoca el hielo. Al pensar en el miedo de Zoë, me dejé arrastrar a un estado de inquietud. De pronto, no sé cómo, me encontré sumido en el pánico. Me lancé contra las ventanillas. Traté de pasarme al asiento delantero, lo que tuvo el efecto contrario al que buscaba. Impaciente, Denny bramó:

—Zoë, por favor, mantén quieto a Enzo.

Ella me agarró del pescuezo y me estrechó con fuerza. Me quedé pegado a la niña, que me cantaba al oído. Era una canción que recordaba del pasado: «Hola, pequeño Enzo, me alegro de verte...». Aprendió esa canción al poco tiempo de entrar en preescolar. Ella y Eve solían cantarla juntas. Me relajé y dejé que me acunara. «Hola, pequeño Enzo, me alegro de verte...».

Me gustaría poder contar que, como soy amo de mi destino, yo forcé toda la situación, que me hice el loco para que Zoë se viese obligada a tranquilizarme, distrayéndose así de su propia aflicción. Pero lo cierto es que debo admitir que me alegré de que me tuviera en brazos. Tenía mucho miedo y agradecí el cuidado que me brindaba.

La hilera de automóviles avanzaba en forma lenta pero segura. Muchos se habían detenido en el arcén a esperar a que pasase la tormenta. Pero, por la radio, el parte meteorológico decía que aguardar no era buena idea, pues el cielo estaba nublado y se esperaba que un frente cálido transformara el hielo en lluvia de un momento a otro.

Cuando llegamos a la entrada a la carretera 2, anunciaron por la radio que el paso Blewett estaba cerrado debido al vuelco de un tractor. Tendríamos que coger un gran desvío y dar un gran rodeo para tomar la interestatal 90 cerca de George Washington. Denny suponía que como la 90 es más importante que la 2 viajaríamos más deprisa, pero se equivocaba. Había comenzado a llover y torrentes de agua caían sobre el asfalto. Aun así, seguimos viaje, pues tampoco podíamos hacer nada mejor.

Tras siete agotadoras horas de viaje y cuando aún habrían faltado dos para llegar a Seattle, si el clima hubiese sido bueno, Denny le dijo a Annika que llamase a sus padres por su móvil para pedirles que nos consiguieran un sitio donde alojarnos cerca de Cle Elum. Pero al poco rato llamaron para decir que, debido a la tormenta, todos los moteles estaban llenos. Nos detuvimos en McDonald's y Denny compró comida. A mí me tocaron buñuelitos de pollo. Seguimos camino a Easton.

En Easton, donde había nieve amontonada y muchos automóviles parados a uno y otro lado de la autopista, Denny detuvo el suyo y salió a la glacial lluvia. Echado en el asfalto, instaló las cadenas de los neumáticos, lo que le llevó media hora. Cuando regresó al coche estaba mojado y temblaba.

—¡Pobrecito! —Annika le frotó los hombros para calentárselos.

—Pronto cerrarán el paso —comentó Denny—. Me lo ha dicho un camionero que lo oyó por la radio.

—¿No podemos esperar aquí? —dijo Annika.

—Se esperan inundaciones. Si no llegamos al paso esta noche podemos quedarnos aislados aquí.

El tiempo era atroz, horrible, todo hielo, nieve y lluvia glacial, pero seguimos adelante. Nuestro viejo y pequeño BMW subía resoplando, hasta que, al llegar a la cima, donde están los telesillas de esquí, todo cambió. No había nieve ni hielo. Sólo lluvia. ¡Nos alegramos de que lloviera!

Al poco rato, Denny detuvo el coche para quitar las cadenas, lo que le llevó otra media hora, durante la que se volvió a empapar. Luego, emprendimos el descenso. Los limpiaparabrisas iban tan deprisa como era posible, lo que no servía de mucho. Se veía muy poco. Denny se aferraba al volante y escudriñaba la oscuridad. Como pudimos, llegamos a North Bend, después a Issaqua y, por fin, cruzamos el puente del lago Washington. Cuando Annika telefoneó a sus padres para avisarles de que habíamos llegado a Seattle, era casi medianoche. El trayecto, normalmente de cinco horas, nos había llevado más de diez. Los padres de Annika se sintieron aliviados. Le contaron, y ella nos lo transmitió a nosotros, que en las noticias informaron de inundaciones repentinas que provocaron un desprendimiento de rocas que cerró el paso al oeste de la interestatal.

—Creo que nos hemos librado por poco —dijo Denny—. Gracias a Dios.

Cuidado con el destino, me dije. Puede ser una mala perra.

—No, no —dijo Annika, hablándole al teléfono—. Me quedo con Denny. Está demasiado exhausto como para seguir conduciendo, y Zoë duerme; tiene que meterla en la cama. Denny dice que no tiene ningún problema en llevarme a casa por la mañana.

Esto hizo que Denny se volviera y la mirara con expresión interrogativa, preguntándose si habría dicho algo parecido a eso. Yo bien sabía que no. Annika sonrió y le guiñó un ojo. Se despidió y metió el teléfono en su bolso.

—Ya casi llegamos —dijo, mirando frente a sí. La excitación le cortaba el aliento.

Nunca sabré por qué él no reaccionó en ese momento. Por qué no tomó la salida a Edmond, donde vivía la familia de Annika, y la llevó allí. Por qué no dijo nada. Quizá, en algún nivel, necesitara conectarse con alguien para recordar la pasión que él y Eve habían compartido. Quizá.

Una vez en la casa, Denny llevó a Zoë a su dormitorio y la acostó. Encendió la tele y vimos cómo las autoridades cerraban el paso Snoqualmie, por unos pocos días, predijeron esperanzados, aunque lo más probable era que fuese durante una semana o más. Denny fue al cuarto de baño y se quitó la ropa mojada. Regresó ataviado con un pantalón de chándal y una camiseta vieja. Sacó una cerveza del refrigerador y la abrió.

—¿Puedo darme una ducha? —preguntó Annika.

Denny pareció sobresaltarse. Con tantos actos de heroísmo, casi se había olvidado de ella.

Le mostró dónde estaban las toallas, le dijo cómo se controlaba la temperatura de la ducha, y cerró la puerta.

Buscó las almohadas, sábanas y mantas adicionales e hizo la cama de huéspedes de la sala de estar para Annika. Cuando terminó, fue a su dormitorio y se sentó a los pies de la cama.

—Estoy frito. —Fue lo último que dijo antes de dejarse caer de espaldas. Allí se quedó, con las manos sobre el pecho, los pies aún sobre el suelo, las rodillas colgando fuera de la cama y el resto del cuerpo tumbado. Dormía, aunque las luces de la habitación seguían encendidas. Yo me eché en el suelo a la vera de la cama y también me dormí.

Abrí los ojos y la vi de pie junto a él. Tenía el cabello mojado y se había puesto el albornoz de baño de Denny. Lo vio dormir durante varios minutos; yo la miraba a ella. Era un comportamiento extraño. Inquietante. No me gustaba. Se abrió el albornoz, descubriendo una franja de piel pálida y un radiante dibujo tatuado en su ombligo. No dijo nada. Con un encogimiento de hombros, hizo que el albornoz se le bajara y se quedó desnuda. Los pezones marrones de sus grandes pechos apuntaban a Denny, que seguía inconsciente. Dormido.

Ella se inclinó y le metió sus manitas por la parte trasera del pantalón de chándal. Se lo bajó hasta las rodillas.

—No —susurró él sin abrir los ojos.

Había conducido durante diez horas bajo la nieve, el hielo y la lluvia. No le quedaban energías para rechazar el ataque.

Ella le bajó los pantalones hasta los tobillos. Le levantó primero un pie, después otro, para quitárselos del todo. Me miró.

—Fuera —dijo.

No me marché. Estaba demasiado enfadado. Pero tampoco ataqué. Algo me contenía. La cebra no deja de bailar.

Apartó la mirada de mí y volvió a concentrarse en Denny.

—No —dijo él, adormilado.

—Calla. —Ella quería tranquilizarlo—. Todo va bien. Tengo fe. Siempre tendré fe en Denny. De modo que tengo que creer que ella hizo lo que hizo sin su consentimiento. Él no tuvo nada que ver con ello. Era prisionero de su cuerpo, que no tenía más energías, y ella aprovechó la circunstancia.

Así y todo, yo ya no podía quedarme mirando. Había tenido la oportunidad de evitar que el demonio destruyera los juguetes de Zoë y no lo hice. No podía fallar en esta nueva prueba. Ladré fuerte, agresivamente. Gruñí. Di cabezazos y Denny despertó de pronto. Sus ojos se abrieron y, cuando vio a la muchacha desnuda, se apartó de un salto.

—¿Qué es esto? —gritó.

Seguí ladrando. El demonio seguía en el cuarto.

—¡Enzo! —dijo Denny—. ¡Basta!

Dejé de ladrar, pero seguí mirándola, no fuera a atacarlo otra vez.

—¿Dónde están mis pantalones? —preguntó Denny, frenético, incorporándose en la cama—. ¿Qué estabas haciendo?

—¡Te amo tanto! —declaró ella.

—¡Estoy casado!

—Vamos, aún no estábamos haciendo nada —dijo ella.

Se subió a la cama y le tendió los brazos, así que volví a ladrar.

—Echa al perro —pidió ella.

—¡Annika, basta!

Denny le sujetó las muñecas y ella se debatió, juguetona.

—¡Basta! —Tras gritar, se bajó de la cama de un salto, recogió sus pantalones del suelo y se los puso a toda prisa.

—Creí que te gustaba —dijo Annika en tono repentinamente sombrío.

—Annika...

—Creí que me deseabas.

—Annika, ponte esto —dijo él, tendiéndole el albornoz—. No puedo hablar con una chica de quince años desnuda. No es legal. No tendrías que estar aquí. Te llevo a tu casa.

Ella se tapó con el albornoz.

—Pero Denny...

—Annika, por favor, ponte el albornoz.

Denny tiró del cordel de sus pantalones de chándal para ceñírselos.

—Annika, esto no está ocurriendo. Esto no debe ocurrir. No sé qué te hizo suponer...

—¡Tú! —contestó ella y se echó a llorar—. Flirteaste conmigo toda la semana. Me provocaste. Me besaste.

—Te besé en la mejilla —dijo Denny—. Es normal que los parientes se den besos en la cara. Se llama afecto, no amor.

—¡Pero te amo! —Ahora había aullado, más que gritado. Y entonces se embarcó en un decidido ataque de llanto, con los ojos muy cerrados y la boca torcida—. ¡Te amo! —repetía una y otra vez—. ¡Te amo!

Denny estaba atrapado. Quería consolarla, pero, cada vez que se le acercaba, ella bajaba las manos, con las que sostenía el arrugado albornoz contra su cuerpo, dejando a la vista sus inmensos pechos, que oscilaban al ritmo de sus sollozos. Y Denny se veía obligado a retirarse. Eso ocurrió varias veces. Annika parecía un juguete con un mecanismo sorpresa, uno de esos monos con platillos o algo así. Él se acercaba a consolarla, ella bajaba los brazos, sus pechos asomaban, él retrocedía. Sentí que era testigo de la puesta en escena de una primitiva foto pornográfica, de las que se veían a través de un visor en el que se depositaba una moneda. Vi algo así en una película llamada *El doble*, y mostraba a un oso que copulaba con una muchacha en un columpio.

Al fin, Denny tuvo que ponerse firme.

—Saldré de la habitación. Tú te pondrás el albornoz y te adecentarás rápidamente. Cuando estés lista, ven a la sala de estar y podemos hablar del asunto.

Le dio la espalda y salió. Lo acompañé. Esperamos. Y esperamos. Y seguimos esperando.

Finalmente, salió enfundada en el albornoz y con los ojos hinchados por el llanto. No dijo nada, sino que fue directamente al baño. Al cabo de un momento emergió, vestida.

—Te llevo a tu casa —dijo Denny.

—He llamado a mi padre —dijo Annika—. Desde el dormitorio.

Denny se quedó paralizado. De pronto, la aprensión inundó el aire.

—¿Qué le has dicho? —preguntó.

Ella lo miró largo rato antes de responder. Si lo que quería era ponerlo nervioso, lo logró.

—Le he dicho que venga a buscarme —dijo—. La cama me resulta muy incómoda.

—Muy bien —suspiró Denny—. Buena idea.

Ella no respondió. Le seguía clavando la mirada.

—Si te di una impresión equivocada, lo lamento —dijo Denny, desviando los ojos—. Eres una mujer muy atractiva, pero estoy casado, además de que eres muy joven. Simplemente, no es posible esta...

Se interrumpió. Palabras que no se dicen.

—Relación —dijo ella con firmeza.

—Situación —susurró él.

Ella tomó su bolso y su chaqueta y salió al vestíbulo. Los tres vimos las luces del coche que se acercaba. Annika abrió la puerta y bajó a la calle. Denny y yo miramos desde la puerta cómo echaba sus cosas a la parte posterior del Mercedes antes de sentarse en el lugar del acompañante. Su padre, en pijama, nos saludó con la mano antes de marcharse.

Capítulo
26

E se año hubo olas de frío en cada uno de los meses de invierno. Cuando al fin tuvimos un día de primavera cálido, en abril, árboles, flores y hierbas resurgieron con tal potencia que, según dijo la televisión, se dictó la alerta para los alérgicos. Las farmacias se quedaron, literalmente, sin antihistamínicos. Las compañías farmacéuticas, que se lucran con la desdicha ajena, no podrían haber pedido nada mejor que un invierno frío y húmedo, lleno de inyecciones contra la gripe y medicamentos febrífugos, seguido de una primavera calurosa con niveles inéditos de polen en el aire. Creo que las personas no eran tan alérgicas a lo que las rodea antes de ponerse a contaminarlo, y a contaminarse a sí mismas, con todo tipo de productos químicos y toxinas. Pero, claro, nadie me pidió mi opinión. Mientras el resto del mundo se preocupaba por la fiebre del heno, los integrantes de mi mundo tenían otras cosas que hacer. Eve continuaba con su inexorable proceso de muerte, Zoë pasaba demasiado tiempo con sus abuelos, Denny y yo procurábamos hacer más lentos los latidos de nuestros corazones, para no sentir tanto el dolor.

Aun así, Denny se permitía alguna que otra diversión, y ese abril se presentó una. Una de las escuelas de pilotaje de coches con las que colaboraba le ofreció un trabajo. Los habían contratado para encargarles que consiguieran pilotos de carreras para un anuncio de televisión y contactaron con Denny. Lo harían en un circuito de California, el Thunderhill Raceway Park. Yo estaba al tanto del proyecto, pues Denny estaba entusiasmado y hablaba mucho de él. Lo que no había imaginado era que tenía intención de ir hasta allí en coche, un viaje de diez horas. Menos aún, que me llevaría con él.

¡Oh, cuánta alegría! ¡Denny y yo, y nuestro BMW! ¡Todo el día al volante, como un par de bandidos, socios en el delito, huyendo de la ley! ¡Vivir la vida que vivíamos, en la que uno podía escapar de los problemas disputando carreras, seguramente era un delito!

El viaje no fue nada especial. El centro de Oregón no es conocido por la belleza de sus paisajes, por más que otras partes del estado lo sean. Y aún había algo de nieve en los pasos de montaña del norte de California, lo que me hacía encogerme, pues me recordaba a Annika y cómo se había aprovechado de Denny. Por fortuna, la única nieve de las Siskiyous estaba amontonada en el arcén. La superficie de la carretera estaba despejada y húmeda. Y descendimos desde las alturas a los verdes campos del norte de Sacramento.

Asombrosa. Asombrosa la vastedad de ese mundo lleno de crecimiento y nacimientos, en esa estación de la vida ubicada entre el sueño del invierno y el calor agobiante del verano. Vastas colinas ondulantes cubiertas de hierba recién brotada, tachonada de flores silvestres. Hombres labrando la tierra con sus tractores, liberando una embriagadora mezcla de olores: humedad y putrefacción, fertilizante y combustible. En Seattle vivimos entre árboles y cursos de agua y sentimos que la cuna de la vida nos mece con suavidad. Nuestros inviernos no son fríos, nuestros veranos no son calurosos, y nos felicitamos por haber escogido tan buen lugar para tumbarnos a descansar y criar nuestros pollos. Pero en torno al circuito Thunderhill Raceway Park, ¡la primavera es primavera! Todo anuncia que esa estación ha llegado.

Por no hablar del circuito. Relativamente nuevo, bien mantenido, desafiante, con sus revueltas y cambios de rasante y tantas cosas que mirar. La mañana siguiente a nuestra llegada, Denny me sacó a correr, a pie. Recorrimos todo el circuito al trote. Lo hacía para familiarizarse con la superficie. Es imposible que veas de verdad una pista desde el interior de un coche que va a doscientos cincuenta kilómetros por hora o más. La única manera de sentirla de verdad es viéndola de cerca.

Denny me explicó qué buscaba: desigualdades del asfalto que se pudieran notar en la suspensión, rayas que le sirvieran como indicador de sitios donde frenar o virar. Tocaba el asfalto del ápice de las curvas. ¿Estaba gastado y liso? ¿Tendría mejor agarre si se desviaba levemente de su trazada? ¿Y había alteraciones del peralte en ciertas curvas, puntos que desde el interior del coche parecían llanos, pero que en realidad tenían una levísima inclinación? Por lo general, se construyen así para que el agua de lluvia corra y no forme charcos peligrosos en la pista.

Una vez que recorrimos todo el circuito, estudiando sus cinco kilómetros y quince curvas, regresamos al *paddock*. Habían llegado dos grandes camiones. Varios hombres uniformados erigían tiendas y doseles y disponían un elaborado servicio de comidas. Otros descargaban tres maravillosos e idénticos Aston Martin DB5, el modelo que hizo famoso James Bond. Denny se presentó a un hombre que, con una libreta en la mano, se paseaba con aire de estar al mando. Se llamaba Ken.

—Gracias por tu ayuda —dijo Ken—. Pero llegas temprano.

—Quería recorrer la pista a pie —explicó Denny.

—Como gustes.

—Ya lo hice, gracias.

Ken asintió con la cabeza y miró su reloj.

—Es demasiado temprano para los motores de competición —dijo—. Pero puedes quitarle el silenciador al tuyo. Sólo te pido que no hagas locuras.

—Gracias. —Denny estaba feliz, se notaba. Me guiñó un ojo.

Fuimos al camión del equipo y Denny tomó del brazo a uno de los técnicos.

—Soy Denny. Uno de los pilotos.

El hombre le estrechó la mano y dijo que su nombre era Pat.

—Tienes tiempo —dijo—. Ahí está el café.

—Daré unas vueltas con mi BMW. Ken me dijo que no hay problema. Me preguntaba si no tendrás un arnés para prestarme.

—¿Para qué necesitas un arnés?

Denny me echó una rápida mirada y Pat rió.

—Eh, Jim —le dijo a otro hombre—. Este tipo quiere que le prestemos un arnés para llevar a su perro a dar una vuelta.

Ambos rieron y quedé un poco confundido.

—Tengo algo mejor. —Lo dijo el que se llamaba Jim. Fue al tráiler del camión y, al cabo de un minuto, regresó con una sábana.

—Toma. Si el perro se caga, puedo hacerla lavar en el hotel.

Denny me dijo que me pusiera en el asiento del copiloto y así lo hice. Me envolvieron con la sábana, ajustándome contra el respaldo, de modo que sólo asomaba mi cabeza. Aseguraron la sábana desde atrás de algún modo.

—¿Demasiado apretado? —preguntó Denny.

Yo estaba demasiado excitado como para responder. ¡Iba a correr con él!

—No aceleres mucho hasta que te asegures de que su estómago puede soportarlo —dijo Pat—. Limpiar vómito de perro de los orificios de ventilación es lo peor que hay.

—¿Ya lo has hecho alguna vez?

—Ya lo creo. A mi perro le encantaba.

Denny rodeó el coche hasta quedar del lado del conductor. Tomó su casco del asiento trasero y se lo puso. Subió al vehículo y se abrochó el cinturón de seguridad.

—Un ladrido es para que aminore, dos para que acelere, ¿entendido?

Ladré dos veces, sorprendiendo a Denny, y también a Pat y a Jim, que lo miraban desde fuera.

—Sólo quiere correr —dijo Jim—. Tienes un buen perro.

El *paddock* del circuito Thunderhill está emplazado entre dos largas rectas paralelas. El circuito se abre desde allí en forma simétrica, como alas de mariposa. Tras pasar por la zona de los boxes, avanzamos con mucha lentitud hasta la entrada de la pista.

—Nos lo tomaremos con calma —dijo Denny.

Y partimos.

Estar en la pista era una experiencia nueva para mí. No había edificios, carteles indicadores, ni ninguna otra cosa que sirviese de referencia, que diera una idea de las proporciones. Era como correr por un campo, volar sobre una planicie. Denny circulaba, cambiaba, giraba con fluidez, pero noté que conducía de forma mucho más agresiva que en la calle. Mantenía el motor a más revoluciones y frenaba más abruptamente.

—Estoy buscando y memorizando indicios visuales —me explicó—. Puntos de giro, de frenado. Algunos pilotos se basan más en sus sensaciones. Encuentran un ritmo que consideran adecuado y se entregan a él. Pero yo soy muy visual. Las referencias me hacen estar cómodo. Ya tengo anotados montones de puntos de referencia en esta pista, aunque es la primera vez que la recorro. Son siete u ocho cosas específicas que vi en cada una de las curvas cuando recorrimos el circuito a pie.

En las curvas, me iba indicando cuál era el remate, cuál la salida. Acelerábamos en las rectas. No íbamos muy deprisa, sólo a unos cien kilómetros por hora. Pero, aun así, la velocidad se hacía sentir en las curvas, donde los neumáticos emitían un hueco sonido espectral, casi como el de un búho. Hallarme con Denny en la pista de carreras era una sensación especial. Era la primera vez que me llevaba. Me sentía seguro y relajado. Encontrarme firmemente asegurado al asiento era tranquilizador. Las ventanillas estaban abiertas y el viento era fresco y estimulante. Podría haberme pasado todo el día así.

Después de dar tres vueltas al circuito, me miró.

—Los frenos ya se calentaron —dijo—. Los neumáticos también.

No entendí por qué me lo decía.

—¿Quieres que demos una vuelta rápida?

¿Una vuelta rápida? Ladré dos veces. Volví a ladrar dos veces. Denny rió.

—Avisa si no te gusta —dijo—. Con un aullido largo. —Pisó con fuerza el acelerador.

No hay nada como la sensación de velocidad. Nada en el mundo se le puede comparar.

Cuando aceleramos y volamos por la primera recta, lo que me mantuvo inmovilizado en mi asiento no fue la sábana de Jim, sino la fuerza de la repentina aceleración.

Más rápido, más y más deprisa. Vi cómo se aproximaba la curva, oí el chillido del motor, y cuando entramos levantó el pie del acelerador y pisó el freno. La parte delantera del coche pareció contraerse y agradecí estar amarrado con la sábana, pues, de no ser por ella, habría ido a dar contra el parabrisas. Muy, muy poco a poco, los discos del freno fueron apretando los rotores. La fricción los recalentó mientras la energía se disipaba. Y enseguida viró a la izquierda, y con un movimiento fluido y continuo volvió a pisar el acelerador y comenzamos a salir de la curva. La fuerza centrífuga nos empujaba hacia fuera, pero los neumáticos nos mantenían agarrados al asfalto. Ya no ululaban. El búho había muerto. Los neumáticos chirriaban, gritaban, aullaban, gemían de dolor. Aflojó la presión sobre el volante al llegar al ápice y el coche apuntó a la recta. El motor estaba al máximo de su compresión y salimos volando, ¡volando!, de aquella curva, rumbo a la próxima y a la otra, y a la que venía después de ésa. Thunderhill tiene quince curvas. Quince. Y las amo a todas por igual. Las adoro a todas. Cada una es diferente, con su propia sensación particular. ¡Y todas son magníficas! Girábamos por el circuito más y más rápido.

—¿Estás bien? —me preguntó, echándome un vistazo mientras avanzábamos por la recta del fondo del circuito a doscientos kilómetros por hora.

Ladré dos veces.

—Si sigues insistiendo terminaré por gastar mis neumáticos. Venga, demos una vuelta más.

Sí, una vuelta más. Una vuelta más. Siempre una vuelta más. Vivo para dar una vuelta más. ¡Daría la vida por una vuelta más! ¡Por favor, Dios, dame una vuelta más!

Y esa vuelta fue espectacular. Alcé la vista mientras Denny me instruía.

—Mantén los ojos abiertos, mira a lo lejos. —Me tomó un tiempo darme cuenta de que los puntos de referencia, los indicadores visuales que había identificado durante nuestro recorrido a pie por la pista, pasaban a tanta velocidad que Denny ni siquiera los veía. ¡Los vivía! Había grabado en su cerebro el mapa del circuito, y lo tenía allí, como en un sistema de navegación GPS. Cuando aminorábamos la velocidad para entrar en una curva, mantenía la cabeza erguida, atento a la siguiente, no al trazado de aquella por la que íbamos. La presente curva no era más que un estado del ser para Denny. Era el lugar donde nos encontrábamos, y estaba feliz de encontrarse allí. Yo sentía el amor a la vida, la alegría que emanaban de él. Pero su atención y su intención estaban ya mucho más adelante, en la curva siguiente y la que venía después de ésa. Cada vez que respiraba, ajustaba, reevaluaba, corregía. Pero todo lo hacía de forma subconsciente. Entendí cómo planeaba las carreras, a qué piloto pasaría tres o cuatro vueltas más adelante. Su pensamiento, su estrategia, su mente; todo Denny se me reveló ese día.

Dimos una vuelta más lenta para ir enfriando el motor antes de detenernos en el *paddock*, donde todo el equipo nos aguardaba. Rodearon el coche, unas manos soltaron mi arnés y salté al asfalto.

—¿Te gustó? —me preguntó uno. Ladré un «¡sí!». Volví a ladrar y di un salto.

—Conduces de verdad —le dijo Pat a Denny—. Eres un piloto de verdad.

—Bueno, es que Enzo ladró dos veces —explicó Denny con una risa—. ¡Dos ladridos significan que acelere!

Rieron y ladré otras dos veces. ¡Más rápido! La emoción. La sensación. El movimiento. La velocidad. El coche. Los neumáticos. El sonido. El viento. La superficie de la pista. Las entrada a las curvas. La salida. El punto de giro. El lugar de frenado. La aceleración. ¡La aceleración es lo mejor!

No tengo nada más que comentar sobre ese viaje, porque nada hubiese podido ser más increíble que esas pocas vueltas veloces que Denny me dio. Hasta ese momento, yo sólo creía que amaba las carreras. Mi intelecto me decía que me agradaría ir en un coche de carreras. Hasta ese momento, creía, pero no sabía. ¿Cómo puede uno saberlo, sin haber estado en un coche a velocidad de competición, tomando las curvas al límite de la adherencia, frenando en el espacio de un pelo, con el motor rugiendo de ansiedad por cruzar la línea de llegada?

Pasé el resto del viaje como flotando. Soñaba con volver a correr a esa velocidad, aunque sospechaba —con razón, según se vio— que difícilmente volvería a hacerlo. Pero me había quedado en la memoria un recuerdo que podía revivir una y otra vez. Dos ladridos significa «más rápido». A veces, hasta el día de hoy, ladro dos veces dormido. Señal de que sueño que Denny me lleva a dar la vuelta al circuito Thunderhill, y que vamos a toda marcha por la recta y que ladro dos veces para decir «más rápido». ¡Una vuelta más, Denny! ¡Más rápido!

Capítulo
27

Pasaron seis meses, y Eve seguía viva. Los meses fueron siete. Después, ocho. El primero de mayo, los Gemelos nos invitaron a Denny y a mí a cenar, lo que era inusual, porque era lunes y yo nunca lo acompañaba en sus visitas de días entre semana. Nos quedamos de pie, incómodos, en la sala de estar, con su cama de hospital vacía, mientras Trish y Maxwell preparaban la cena. Eve no estaba a la vista.

Me interné en el pasillo para investigar y me encontré a Zoë jugando sola y en silencio en su dormitorio. La habitación que Zoë tenía en casa de Maxwell y Trish era mucho más grande que la de la nuestra, y estaba llena de todas las cosas que una niñita pueda desear: muñecas y juguetes, ropa de cama con puntillas y nubes pintadas en el techo. Absorta en su casa de muñecas, no me vio entrar.

Vi unos calcetines enrollados en el suelo. Debían de haberse caído del montón de ropa limpia que había sobre su cómoda. Los tomé y los deposité, juguetón, a los pies de Zoë. Los moví con el morro antes de dejarme caer sobre los codos, con las patas traseras levantadas y el rabo erguido. Estaba diciendo «¡juguemos!» en el lenguaje universal de signos. Pero me ignoró.

Así que volví a intentarlo. Tomando los calcetines, los tiré al aire y los golpeé con el hocico antes de atraparlos y depositarlos a los pies de Zoë. Estaba listo para el apasionante juego de Enzo-busca. Ella no. Apartó los calcetines con el pie.

Ladré, expectante, en un último intento. Se volvió y me miró, seria.

—Ése es un juego de bebés —dijo—. Ahora tengo que ser grande.

Mi pequeña Zoë. Grande a tan corta edad. Qué triste.

Decepcionado, fui con lentitud a la puerta, mirando a Zoë por encima del hombro.

—A veces pasan cosas malas —se dijo a sí misma—. A veces las cosas cambian y nosotros también debemos cambiar.

Repetía palabras ajenas, y no sé si las creía, si las entendía siquiera. Quizá las estuviese memorizando con la esperanza de que ocultaran alguna clave sobre su incierto futuro.

Regresé a la sala de estar y esperé con Denny hasta que, al fin, Eve emergió del pasillo al que daban dormitorios y cuartos de baño. La enfermera que se pasaba el día tejiendo obsesivamente con unas agujas de metal cuyos chirridos y golpeteos me enloquecían la ayudaba a caminar. Eve brillaba. Iba enfundada en un hermoso vestido largo, azul oscuro, muy bien cortado. Llevaba la bella sarta de pequeñas perlas de agua dulce japonesas que Denny le regalara para su quinto aniversario de bodas. Estaba maquillada a la perfección, y el cabello, que le había crecido lo suficiente como para poder hacerle alguna clase de peinado, iba muy bien arreglado. Estaba radiante. Aunque necesitaba ayuda para andar, lo hacía como una modelo en la pasarela y Denny la aplaudió de pie.

—Hoy es el primer día que no estoy muerta —dijo Eve—. Y vamos a festejarlo.

Vivir cada día como si se lo hubiésemos arrebatado a la muerte. Así quisiera vivir siempre. Sentir el gozo de estar vivo, como lo sentía Eve. Tomar distancia de las cargas, angustias y temores que encontramos a diario. Decir estoy vivo, soy maravilloso, estoy, soy. Existo. Es algo a lo que hay que aspirar. Cuando sea humano, viviré así.

La fiesta fue alegre. Todos estaban felices. Si alguno no lo estaba, lo fingía con tal convicción que nos persuadía a todos. Hasta Zoë lució su habitual buen humor, olvidando por un momento, al parecer, que ahora debía ser grande. Cuando llegó la hora de marcharnos, Denny le dio un largo beso a Eve.

—Te amo tanto… —dijo—. Ojalá pudieras venir a casa.

—Quiero regresar a casa —respondió ella—. Y es lo que haré.

Estaba cansada, así que se sentó en el sofá. Me llamó y dejé que me acariciara las orejas. Denny estaba acostando a Zoë mientras los Gemelos, por una vez, mantenían una respetuosa distancia.

—Sé que Denny está decepcionado —me dijo—. Todos lo están. Quisieran que fuese la nueva Lance Armstrong. Y si se tratara de algo que pudiera controlar de alguna manera, quizá lo sería. Pero no es algo que pueda tener en mis manos, Enzo. Es más grande que yo. Está en todas partes.

Oíamos a Zoë jugando en el baño, a Denny riendo con ella en la habitación, como si en el mundo no hubiese preocupaciones para ellos.

—No tendría que haber permitido que las cosas ocurrieran así —dijo en tono de arrepentimiento—. Debí haber insistido en que fuésemos a casa para estar todos juntos. Es mi culpa. Pude haber sido más fuerte. Pero Denny dice que no nos podemos preocupar por lo que ya pasó, así que... Por favor, cuida a Denny y Zoë por mí, Enzo. Son tan maravillosos cuando están juntos...

Meneó la cabeza como para alejar los pensamientos tristes y me miró.

—¿Has visto? Ya no tengo miedo. Antes quise que te quedaras conmigo porque necesitaba que me protegieras. Pero ahora ya no le temo más a lo que ha de venir. Porque no es el fin, estoy segura.

Rió con la risa de la Eve que yo recordaba.

—Pero tú ya lo sabías. Tú lo sabes todo.

No todo. Pero sí sabía que lo que había dicho respecto a su propia situación era cierto. Aunque los doctores pueden ayudar a mucha gente, en su caso lo único que habían hecho era decirle que no podían curarla. Y sabía que, una vez que identificaron su enfermedad, una vez que todos aceptaron el diagnóstico y lo confirmaron y se lo repitieron una y otra vez, no había forma de detener las cosas. Lo visible se vuelve inevitable. Tu coche va a donde van tus ojos.

Denny y yo nos marchamos. Camino de casa, no dormí en el coche como de costumbre. Miré el hermoso parpadeo de las brillantes luces de Bellevue y Medina. Al cruzar el lago por el puente colgante, vi el resplandor de Madison Park y Leschi, los edificios del centro, que asomaban por detrás del cerro Baker. La ciudad aparecía nítida y limpia. La noche ocultaba la mugre y la edad.

Si algún día me encuentro frente a un pelotón de fusilamiento, me enfrentaré a mis verdugos sin venda en los ojos y pensaré en Eve. En lo que dijo. No es el fin.

Murió esa noche. El último aliento se llevó su alma, lo vi en sueños. Vi cómo su alma abandonaba el cuerpo en esa exhalación, y después no tuvo más necesidades, más razón; quedó libre de su cuerpo. Y, una vez libre, siguió viaje hacia algún lugar en lo alto del firmamento, donde las almas se reúnen y se ocupan de sueños y gozos que nosotros, los seres temporales, apenas podemos concebir. Son cosas que están más allá de nuestra comprensión, pero no de nuestro alcance, si escogemos alcanzarlas. Y, créeme, en verdad podemos hacerlo.

Capítulo
28

Por la mañana, Denny no sabía lo de Eve. Yo, recién despierto de mi sueño y aún adormilado, apenas lo sospechaba. Me llevó en coche al parque Luther Burbank, en la costa oriental de la isla Mercer. Fue una buena elección, pues era un cálido día de primavera, y como el parque daba al lago, Denny me podía tirar la pelota al agua y yo nadaba para recuperarla. No había más perros que yo. Estábamos a solas.

—La llevaremos de vuelta a casa —me dijo Denny, tirando la pelota—. También a Zoë. Debemos estar todos juntos. Las echo de menos.

Me metí en el frío lago y nadé hasta recuperar la pelota.

—Esta semana. Esta semana las llevo a las dos a casa. Sin falta.

Y volvió a tirar la pelota. Caminé por el fondo rocoso hasta que dejé de hacer pie, nadé hasta la pelota, la capturé y regresé. Cuando la dejé caer a los pies de

Denny y alcé la vista, vi que estaba hablando por su teléfono móvil. Al cabo de un momento, asintió con la cabeza y colgó.

—Ella se fue. —Su tono era infinitamente triste.
Y lanzando un fuerte sollozo, me volvió la espalda y
lloró con el rostro entre las manos para que yo no lo
viera.

No soy un perro que suela huir de las cosas desa-
gradables, de los problemas. Nunca había escapado de
Denny antes de aquel momento, y nunca volví a hacerlo. Pero en ese momento debía correr.

Me ocurrió algo. No sé qué. Tal vez el emplaza-
miento de ese parque para perros, en el lado oriental de
la isla Mercer, se prestaba para ello. La cerca de barrotes separados, que permitía pasar. Todo el lugar parece
invitar a los perros a que corran, a que escapen de su cautiverio, a que desafíen al sistema. De modo que corrí.

Tomando rumbo sur, emprendí una carrera por la
corta senda que pasaba entre los barrotes de la cerca y
daba al campo grande. Una vez allí, me dirigí al oeste.
Pasando por el sendero de asfalto, llegué al otro lado del
anfiteatro, donde encontré lo que buscaba. Naturaleza
indómita. Necesitaba regresar al salvajismo. Estaba afligido, enfadado, triste. ¡Algo! ¡Necesitaba hacer algo!
Necesitaba sentirme a mí mismo, entenderme a mí y entender este mundo horrible en que estamos atrapados,
donde bichos y tumores se nos meten en el cerebro y ponen ahí sus inmundos huevos, de donde salen sus crías,
que nos comen vivos desde dentro. Necesitaba hacer

cuanto podía por aplastar aquello que me atacaba a mí y agredía a mi manera de vivir. Así que corrí.

Ramitas y enredaderas me azotaban la cara. La áspera tierra me lastimaba las patas. Pero seguí corriendo hasta que vi lo que necesitaba ver. Una ardilla. Gorda y complacida. Comiendo migas de una bolsa de patatas. Al ver la expresión estúpida con que se metía las chucherías en la boca, descubrí, en el lugar más oscuro de mi alma, un odio que nunca había sentido. No sé de dónde vino, pero estaba ahí, y me precipité sobre la ardilla. Alzó la vista demasiado tarde. Me tendría que haber descubierto mucho antes para poder seguir viviendo. Cuando lo hizo, ya me tenía encima. Estaba sobre esa ardilla y no le di oportunidad de escapar. Fui implacable. Mis mandíbulas se cerraron sobre ella, partiéndole el espinazo. Mis dientes desgarraron su piel y, ya muerta, la sacudí, por si acaso, hasta que escuché que su pescuezo se quebraba. Entonces me la comí. La abrí con los colmillos, los incisivos, y sentí su sangre, rica, caliente. Bebí su vida y comí sus entrañas y pulvericé sus huesos y me los tragué. Le aplasté el cráneo y me zampé su cabeza. Devoré a esa ardilla. Debía hacerlo. Echaba tanto de menos a Eve que ya no podía ser humano ni sentir el dolor como lo sienten los humanos. Tenía que volver a ser un animal. Devoré, zampé, tragué, hice todas las cosas que no tendría que haber hecho. Que tratara de vivir según los cánones humanos no le había servido de nada a Eve; me comí la ardilla por Eve.

Dormí entre los matorrales. En un momento dado, desperté y salí de allí. Había vuelto a la normalidad. Denny me encontró y no me dijo nada. Me llevó al coche. Me tumbé en el asiento trasero y volví a dormirme al instante. Dormí con el sabor de la sangre de la ardilla que acababa de asesinar en la boca. Y soñé con las cornejas.

Las perseguía; las atrapaba; las mataba. Lo hacía por Eve.

Capítulo
29

Con la muerte de Eve, una dolorosa batalla terminó para ella. Para Denny, comenzó.

Lo que hice en el parque fue egoísta, porque se trató de satisfacer mis instintos más bajos. También fue egoísta porque impidió que Denny fuese a buscar a Zoë enseguida. Se enfadó porque lo hice demorarse en el parque. Pero postergar, aunque fuera por un breve lapso, lo que se encontraría en casa de los Gemelos quizá haya sido el acto más misericordioso que nunca haya tenido con él.

Cuando desperté de mi sopor, estábamos en casa de Maxwell y Trish. En el sendero de entrada había una furgoneta con un emblema flordelisado pintado en la puerta del conductor. Denny aparcó de modo que no cortaba el paso al vehículo. Luego me llevó al grifo del patio trasero. Lo abrió y me limpió la sangre del hocico de un modo brusco y carente de alegría; no me bañó, me fregó.

—¿Qué estuviste haciendo? —me preguntó.

Cuando quedé limpio de sangre y tierra, me soltó y me sacudí para secarme. Fue a las puertas acristaladas que daban al patio y llamó con unos golpes. Trish apareció al cabo de un momento. Abrió la puerta y abrazó a Denny. Lloraba.

Tras un largo rato, durante el cual aparecieron Maxwell y Zoë, Denny se soltó del abrazo y preguntó:

—¿Dónde está?

Trish señaló hacia el interior de la casa:

—Les dijimos que te esperaran —contestó.

Denny desapareció en la casa, acariciando la cabeza de Zoë al pasar. Cuando se fue, Trish miró a Maxwell.

—Dale un minuto —dijo.

Y ambos, acompañados de Zoë, salieron y cerraron la puerta acristalada para que Denny pudiera permanecer a solas con Eve una última vez, aunque ella ya no estuviese viva.

En el vacío que me rodeaba, descubrí una vieja pelota de tenis olvidada en un parterre. La tomé y la deposité a los pies de Zoë. No sabía por qué lo hacía, ni tenía una intención específica. ¿Procuraba alegrar los ánimos? No lo sé, pero sentía que debía hacer algo. Y la pelota cayó allí, ante sus pies desnudos.

Ella la miró, pero no hizo nada.

Maxwell notó lo que yo había hecho, y también la falta de reacción de Zoë. Recogió la pelota y la arrojó con fuerza a la arboleda de detrás de la casa. La pálida pelota de tenis se recortó contra el despejado cielo azul. Apenas la pude oír cuando cayó a los matorrales tras hacer crujir las ramas de los árboles en su descenso. Fue un tiro impresionante. Quién sabe cuánto dolor psíquico se concentró en esa pelota.

—Busca, chico. —Maxwell usó un tono sardónico, antes de entrar en la casa.

No busqué, sino que esperé con ellos hasta que Denny regresó. En cuanto lo hizo, tomó a Zoë en brazos y la abrazó con fuerza. Ella se le colgó del cuello.

—Estoy muy triste —dijo él.

—Yo también.

Se sentó sobre una de las sillas de teca con Zoë sobre las rodillas. Ella hundió el rostro en su hombro y permaneció así.

—La gente de Bonney-Watson se la llevará ahora —dijo Trish—. La sepultaremos con nuestra familia. Es lo que quería.

—Lo sé —replicó él, asintiendo con la cabeza—. ¿Cuándo?

—Antes de que termine la semana.

—¿Qué puedo hacer?

Trish miró a Maxwell.

—Nosotros nos ocuparemos de todo —dijo Maxwell—. Pero queremos hablarte de algo.

Denny esperó a que Maxwell continuara, pero no lo hizo.

—No has desayunado, Zoë —intervino Trish—. Ven conmigo, te prepararé un huevo.

Zoë ni se movió hasta que Denny le dio una palmadita en el hombro y la hizo bajar de su rodilla con suavidad.

—Ve a comer algo con la abuela —la animó.

Obediente, Zoë siguió a Trish a la casa.

Cuando se marchó, Denny se reclinó, con los ojos cerrados. Alzando la cara al cielo, dio un hondo suspiro. Se quedó así un largo rato. Minutos. Era una estatua. Mientras Denny permanecía inmóvil, Maxwell se revolvía inquieto, apoyándose ora en un pie, ora en otro. Varias veces estuvo a punto de hablar y se detuvo. Tenía un aspecto renuente.

—Sabía que ocurriría —dijo al fin Denny, sin abrir los ojos—. Pero aun así... estoy sorprendido.

Maxwell asintió para sí.

—Eso es lo que nos preocupa a Trish y a mí.

Denny abrió los ojos y lo miró.

—¿Os preocupa? —preguntó, perplejo.

—Que no hayas hecho preparativos.

—¿Preparativos?

—No tienes un plan.

—¿Plan?

—No haces más que repetir lo que digo —observó Maxwell al cabo de un momento.

—Porque no entiendo de qué estás hablando.

—Eso es lo que nos preocupa.

Denny, siempre sentado, se inclinó hacia delante y le clavó la mirada a Maxwell.

—¿Qué es exactamente lo que te preocupa, Maxwell?

se momento apareció Trish.

—Zoë está comiendo un huevo y viendo la tele en la cocina. —Tras el anuncio, miró a Maxwell con aire expectante.

—Acabamos de empezar —dijo Maxwell.

—Oh —intervino Trish—. Creí... ¿Qué le has dicho?

—Tal vez sea mejor que tú me lo cuentes todo desde el principio, Trish —intervino Denny—. Parece que a Maxwell le cuesta comenzar. Estáis preocupados...

Trish miró en torno a sí. Parecía decepcionada por no haber resuelto todavía sus preocupaciones.

—Bueno —comenzó—. Evidentemente, el fallecimiento de Eve es una terrible tragedia. Pero lo esperábamos desde hace meses. Cuando murió, Maxwell y yo hablamos mucho sobre nuestras vidas, las vidas de todos nosotros. Para que lo sepas, te diré que ya lo habíamos hablado con Eve. Y creemos que lo mejor para todos los implicados será que nosotros tengamos la custodia de Zoë, que la criemos en un ambiente familiar cálido y estable, que le brindemos nuestro amor, y, no nos andemos con rodeos, con los privilegios y ventajas materiales que están a nuestro alcance. Creemos que será lo mejor. Esperamos que entiendas que esto no es un juicio sobre tus capacidades como persona o como padre. Es simplemente lo mejor para Zoë.

Denny miró a uno, después al otro, siempre con expresión de perplejidad. Pero no dijo nada.

Yo también estaba perplejo. Según había entendido, Denny permitió que Eve viviera con los Gemelos para que ellos pudiesen acompañar a su hija moribunda, y se avino a que Zoë viviera con ellos para que acompañara a su madre moribunda. Según entendí, una vez que Eve muriese, Zoë regresaría con nosotros. La idea de un periodo de transición me parecía razonable. Eve había muerto la noche anterior. Que Zoë pasara el día siguiente, incluso algunos más, con sus abuelos, tenía sentido. Pero ¿la custodia?

—¿Qué piensas? —preguntó Trish.

—No os daré la custodia de Zoë —contestó Denny con sencillez.

Maxwell arrugó la frente, se cruzó de brazos y tamborileó sobre sus bíceps enfundados en tejido de poliéster oscuro.

—Sé que esto es duro para ti —dijo al fin Trish—. Pero debes admitir que tenemos la ventaja de nuestra experiencia como padres, tiempo libre a nuestra disposición y suficiente comodidad financiera como para garantizar que Zoë complete su educación a cualquier nivel que escoja. También tenemos una casa grande en un barrio seguro, donde viven muchas familias jóvenes con niños de su edad.

Denny pensó durante un momento.

—No os daré la custodia de Zoë —repitió.

—Te lo advertí —le dijo Maxwell a Trish.

—Consúltalo con la almohada —insistió Trish a Denny—. Estoy segura de que te darás cuenta de que es lo mejor. Para todos. Podrás dedicarte a tu carrera de piloto. Zoë se criará en un ambiente de afecto y estabilidad. Es lo que Eve quería.

—¿Cómo lo sabes? —replicó Denny—. ¿Te lo dijo?

—Sí.

—A mí, no.

—No veo por qué no iba a decírtelo —replicó Trish.

—Pues no lo hizo —respondió Denny con firmeza.

Trish forzó una sonrisa.

—¿Por qué no lo consultas con la almohada? —insistió—. Piensa en lo que te dijimos. Será lo más fácil.

—No, no lo consultaré con la almohada —dijo Denny, incorporándose—. No os daré la custodia de mi hija. Respuesta definitiva.

Los Gemelos suspiraron al unísono. Trish meneó la cabeza con expresión afligida. Maxwell metió la mano en el bolsillo trasero, de donde extrajo un sobre de aspecto oficial.

—No queríamos llegar a esto —dijo, tendiéndole el sobre a Denny.

—¿Qué es esto? —preguntó Denny.

—Ábrelo —dijo Maxwell.

Denny abrió el sobre y sacó varias hojas de papel. Les echó un rápido vistazo.

—¿Qué significa esto? —volvió a preguntar.

—No sé si tienes abogado —dijo Maxwell—. Si no es así, deberías buscarte uno. Iniciamos pleito por la custodia de nuestra nieta.

Denny dio un respingo, como si le hubiesen dado un puñetazo en el estómago. Se dejó caer en la tumbona sin soltar los papeles.

GARTH STEIN

—Terminé mi huevo —anunció Zoë.

Ninguno de nosotros había notado su regreso. Pero allí estaba. Subió al regazo de Denny.

—¿Tú no tienes hambre? —le preguntó—. La abuela puede hacerte un huevo.

—No —respondió él en tono de disculpa—. No tengo hambre.

Ella pensó durante un instante.

—¿Sigues triste? —preguntó.

—Sí —dijo tras una pausa—. Aún estoy muy triste.

—Yo también —asintió ella, apoyándole la cabeza en el pecho.

Denny alzó la vista hacia los Gemelos. El largo brazo de Maxwell colgaba sobre los hombros flacos de Trish. Parecía una pesada cadena. Entonces, vi que algo cambiaba en Denny. Vi que su rostro se tensaba y se llenaba de decisión.

—Zoë —dijo, depositándola en el suelo—. Ve dentro y prepara tus cosas, ¿de acuerdo?

—¿Adónde vamos?

—A casa.

Zoë sonrió y comenzó a alejarse, pero Maxwell se interpuso en su camino.

—Zoë, quieta —dijo—. Papi tiene que hacer algunas cosas. Tú te quedas con nosotros por ahora.

—¡Cómo te atreves! —exclamó Denny—. ¿Quién te crees que eres?

—Soy el que la ha cuidado durante los últimos ocho meses —contestó Maxwell, apretando las mandíbulas.

Zoë miró a su padre, después a su abuelo. No sabía qué hacer. Nadie sabía qué hacer. Fue un momento de indecisión. Entonces, intervino Trish.

—Ve y reúne tus muñecas —le dijo a Zoë—, que tenemos que hablar un poco más.

De mala gana, Zoë se marchó.

—Deja que se quede con nosotros, Denny —rogó Trish—. Podemos resolver esto. Sé que podemos. Deja que permanezca con nosotros hasta que los abogados lleguen a algún compromiso. Hasta ahora, no tuviste problema en que se quedara con nosotros.

—Me suplicasteis que lo hiciera —le dijo Denny.

—Estoy segura de que podemos encontrar una solución.

—No, Trish. Me la llevo a casa.

—¿Y quién se ocupará de ella cuando estés trabajando? —intervino Maxwell, temblando de ira—. ¿Cuando te vayas durante días enteros a tus carreras? ¿Quién la cuidará si, Dios no lo quiera, enferma? ¿O simplemente fingirías que no ocurre nada y la esconderías de los médicos como hiciste con Eve?

—Yo no oculté a Eve de los médicos.

—Pero nunca consultó a ninguno...

—¡No quiso hacerlo! —exclamó Denny—. ¡No quería consultar a nadie!

—¡Debiste obligarla! —gritó Maxwell.

—Nadie podía obligar a Eve a hacer algo que no quería —dijo Denny—. Sé muy bien que yo no podía hacerlo.

Maxwell apretó los puños. Los tendones del cuello le sobresalían.

—Y por eso está muerta —dijo.

—¿Qué? —preguntó Denny en tono de incredulidad—. ¿Estás de broma? No puedo continuar esta conversación.

Fulminó con la vista a Maxwell y se dirigió a la casa.

—Lamento que ella te conociera —farfulló Maxwell.

—Zoë, nos vamos. Podemos pasar a buscar tus muñecas más tarde.

Zoë apareció con varios animales de peluche en brazos y expresión confundida.

—¿Puedo llevarme éstos?

—Sí, mi amor. Pero vamos. Después volvemos a buscar los demás.

Denny la hizo adelantarse por el camino que llevaba a la parte frontal de la casa.

—Te arrepentirás —le siseó Maxwell a Denny—. No sabes en qué te estás metiendo.

—Vamos, Enzo —dijo Denny.

Avanzamos por la senda y entramos en nuestro coche. Maxwell nos siguió y se quedó mirando cómo Denny aseguraba a Zoë en su sillita. Denny encendió el motor.

—Te arrepentirás —repitió Maxwell—. Acuérdate de lo que te digo.

Denny cerró la puerta con un golpe que hizo que el automóvil se estremeciera.

—¿Si tengo un abogado? —dijo para sí—. Trabajo en el más prestigioso centro de reparaciones de BMW y Mercedes de Seattle. ¿Con quién se cree que está tratando? Tengo buena relación con todos los abogados de la ciudad. Además de sus números de teléfono personales.

Salimos, haciendo volar un puñado de grava a los pies de Maxwell. Cuando tomamos el idílico camino lleno de revueltas de la isla Mercer, no pude menos que notar que la furgoneta se había marchado. Y con ella, Eve.

Capítulo
30

La experiencia le indica a un piloto lo que se siente cuando el coche se aproxima al límite de sus posibilidades. Un piloto llega a estar cómodo conduciendo al límite, hasta el punto de que, cuando siente que sus neumáticos pierden agarre, le es fácil corregirse, detenerse, recuperarse. Saber cuándo y cómo puede esforzarse más allá de lo normal es parte de su ser.

Cuando la presión es mucha y la carrera aún va por la mitad, un piloto al que un competidor persigue encarnizadamente es capaz de darse cuenta de que lo mejor puede ser rezagarse para, en su momento, pasar desde atrás, mejor que mantener la delantera a toda costa. En tal caso, lo que hay que hacer es dejar pasar al que te persigue. Aliviado de ese peso, nuestro piloto puede mantenerse cómodo y a la zaga, mientras que el que ahora va por delante de él se ve obligado a estar pendiente de sus espejos retrovisores.

Pero a veces es importante mantener tu lugar y no permitir que nadie te pase. Por razones estratégicas y psicológicas. A veces, un piloto simplemente debe demostrar que es mejor que sus competidores.

Correr tiene que ver con la disciplina y la inteligencia, no con quién pisa más el acelerador. A fin de cuentas, el que sea más astuto para conducir siempre es el que gana.

Capítulo
31

Zoë insistió en ir al colegio al día siguiente, y cuando Denny le dijo que pasaría a buscarla a la salida, ella respondió que prefería quedarse a jugar con sus amigas del programa extraescolar. De mala gana, Denny asintió.

—Iré a buscarte un poco más temprano que de costumbre. —Debía de tener miedo de que los Gemelos quisieran robársela. No las tenía todas consigo.

Desde la escuela de Zoë, nos dirigimos directamente a la avenida Quince por la calle Union, y aparcamos justo frente al Café Victrola. Denny ató mi correa a un soporte para bicicletas y regresó al cabo de unos minutos con un café y un bollo. Me desató y me ordenó que me echara bajo una de las mesas que había en la acera, cosa que hice. Se sentó y, al cabo de un cuarto de hora, alguien se acercó a nuestra mesa. Era un hombre fornido y compacto, compuesto de círculos: cabeza redonda, torso redondo, muslos redondos, manos redondas. No tenía cabello en la parte superior de la cabeza, pero sí, y mucho, a los costados de ésta. Llevaba unos pantalones vaqueros muy amplios y un gran jersey gris con una gigantesca W morada.

—Buenos días, Dennis —dijo el hombre—. Por favor, acepta mis sinceras condolencias por tu devastadora pérdida.

Se inclinó y le dio un fuerte abrazo a Denny, quien se quedó sentado con aire de incomodidad y las manos sobre el regazo, mirando a la calle.

—Yo... —Denny parecía conmovido. Se interrumpió cuando el otro lo soltó y se incorporó—. Gracias —dijo Denny, embarazado.

El hombre hizo una leve inclinación de cabeza, ignorando la confusa respuesta de Denny, y se acomodó entre los brazos metálicos de una de las sillas que flanqueaban nuestra mesa. No era exactamente gordo, y, de hecho, algunos lo hubiesen considerado musculoso. Sí era muy grande.

—Bonito perro —dijo—. ¿Tiene sangre de terrier?

Alcé la cabeza. ¿Yo?

—No lo sé con exactitud —dijo Denny—. Es posible.

—Lindo animal —repitió el hombre.

El solo hecho de que me notara me impresionó.

—Oh, qué buen café con leche hace —dijo el hombre, sorbiendo de su taza.

—¿Quién? —preguntó Denny.

—La chica de la barra. La de labios llenos, un *piercing* en la ceja y ojos color chocolate...

—Ni me di cuenta.

—Tienes mucho en que pensar —dijo el hombre—. Esta consulta te costará un cambio de aceite. Mi coche se ha vuelto muy sediento. Un cambio de aceite, decidas contratarme o no.

—De acuerdo.

—Veamos la documentación.

Denny le pasó el sobre que Maxwell le había dado. El hombre lo tomó y sacó los papeles que contenía.

—Afirman que Eve les dijo que quería que ellos criaran a Zoë.

—Eso no me importa —replicó el hombre.

—A veces le metían tantos medicamentos que puede haber dicho cualquier cosa —continuó Denny con desesperación—. Quizá lo haya dicho, pero no es lo que quería.

—No me importa lo que haya dicho nadie ni por qué —aseguró el hombre en tono severo—. Los niños no son fichas ni objetos de intercambio. No pueden ser dados ni trocados en el mercado. Todo lo que se haga debe ser por el bien del menor.

—Eso dicen ellos —contestó Denny—. Que es lo mejor para Zoë.

—Son gente educada —dijo el hombre—. Pero, sea como sea, eso de que es la última voluntad de la madre es irrelevante. ¿Cuánto tiempo estuvisteis casados?

—Seis años.

—¿Otros hijos?

—No.

—¿Tienes algún secreto?

—Ninguno.

El grandullón se bebió su café con leche y hojeó los documentos. Era un hombre extraño, que no dejaba de revolverse y de hacer movimientos innecesarios. Tardé unos cuantos minutos en darme cuenta de que, cuando se llevaba la mano al bolsillo trasero, cosa que hacía a menudo, era porque ahí llevaba algún dispositivo de comunicación vibrátil, y que lo detenía al tocarlo. Era un hombre muy activo, que repartía su atención entre distintas cosas. Pero cuando miró a Denny a los ojos, percibí que su concentración era total. Sé que Denny también lo notó, porque en ese instante aflojó perceptiblemente su tensión.

—¿Estás en algún programa de rehabilitación por consumo de drogas?

—No.

—¿Tienes antecedentes por delitos sexuales?

—No.

—¿Has sido condenado por algún delito? ¿Estuviste preso?

—No.

El hombre volvió a meter los papeles en el sobre.

—Esto no es nada —dijo—. ¿Dónde está tu hija ahora?

—Quería ir a la escuela. ¿Hubiese sido mejor dejarla en casa?

—No, está bien. Respondes a sus necesidades. Eso es importante. Mira, esto no es algo que deba preocuparte demasiado. Pediré un juicio sumario. No veo por qué no nos lo van a conceder. El menor se queda contigo y no hay más que hablar.

Denny se irguió.

—¿Con lo de «el menor» te refieres a Zoë?

—Sí —respondió el hombre, observando a Denny—. Me refiero a tu hija Zoë. ¡Éste es el estado de Washington, por el amor de Dios! A no ser que fabriques metanfetamina en tu cocina, la custodia del menor siempre va al padre biológico. Sin duda.

—Bien —dijo Denny.

—No pierdas la cabeza. No te enfurezcas. Llámalos y dales mis datos. Diles que toda correspondencia me debe ser dirigida a mí, tu abogado. Me comunicaré con sus abogados y les haré saber que llevas las de ganar. Me da la impresión de que están buscando algún punto vulnerable. Tienen la esperanza de que te rindas sin dar pelea. Los abuelos son así. Están convencidos de que son mejores padres que sus propios hijos, cuyas vidas ya arruinaron. El problema es que los abuelos suelen ser un incordio porque tienen dinero. ¿Éstos lo tienen?

—Mucho.

—¿Y tú?

—Puedo ofrecerte cambios de aceite de por vida —dijo Denny con una sonrisa forzada.

—Con eso no alcanzará, Dennis. Cobro cuatrocientos cincuenta la hora. Necesito un adelanto de dos mil quinientos dólares. ¿Los tienes?

—Los conseguiré —contestó Denny.

—¿Cuándo? ¿Hoy? ¿Esta semana? ¿La próxima?

Denny le clavó los ojos.

—Estamos hablando de mi hija, Mark. Te prometo por mi alma que cobrarás hasta el último dólar que te corresponda. Es mi hija. Se llama Zoë. Y te agradecería que, al referirte a ella, uses su nombre o, al menos, un sustantivo en el género correcto.

Mark se mordió los carrillos y asintió.

—Te entiendo muy bien, Dennis. Es tu hija, y su nombre es Zoë. Y entiendo que eres un amigo y confío en ti. Te pido disculpas por haberte interrogado. Es que a veces la gente... —se interrumpió—. Seré franco, Denny. Para terminar con este asunto, necesitaré siete u ocho mil. ¿Puedes conseguirlos, no? Claro que sí. Prescindiré del adelanto porque se trata de ti, amigo mío. —Se incorporó y su silla estuvo a punto de acompañarlo, pero logró desprenderla de sus caderas antes de que le hiciese pasar vergüenza ante los parroquianos del Victrola—. Esta reclamación de custodia no tiene el menor fundamento. No puedo imaginarme por qué se tomaron el trabajo de iniciar el pleito. Llama a los suegros, a tus suegros, mejor dicho, y diles que toda comunicación se hará a través de mí. Hoy mismo pondré a trabajar al administrativo, digo, a mi administrativo. Hoy tengo un problema con los pronombres, ¿no? Gracias por señalármelo. Créeme, no saben con lo que se van a encontrar. Te toman por tonto y no lo eres, ¿verdad, campeón?

Fingió tirar un puñetazo al mentón de Denny.

—Tranquilo con ellos —continuó Mark—. No te enfades. Mantente tranquilo. Todo es por la pequeña Zoë, ¿de acuerdo? Siempre debes decir que todo es por ella. ¿Entendido?

El hombre se interrumpió y adoptó un aire solemne.

—¿Cómo lo vas llevando, amigo?

—Bien —contestó Denny.

—¿Te tomas algún momento libre? ¿Sales a tomar un poco de aire con...? ¿Cómo se llama?

—Enzo.

—Buen nombre. Buen perro.

—Está alterado —dijo Denny—. Hoy me lo llevo al trabajo. No me quedo tranquilo dejándolo en casa.

—Quizá deberías tomarte un tiempo —sugirió Mark—. Tu mujer acaba de fallecer. Y ahora esta estupidez. Craig te dará un permiso, y si no lo hace lo llamaré para decirle que le pondremos un pleito por acoso en el lugar de trabajo.

—Gracias, Mark —replicó Denny—. Pero no puedo quedarme en casa en este momento. Demasiados recuerdos...

—Claro.

—Necesito trabajar. Necesito hacer algo, mantenerme en movimiento.

—Entendido —dijo Mark—. No digas más.

Tomó su maletín.

—Debo admitir —prosiguió— que verte ganar esa carrera por la tele fue muy emocionante. Fue el año pasado, ¿no? ¿Dónde?

—Watkins Glen —contestó Denny.

—Sí. Watkins Glen. Muy bueno. Mi mujer había invitado a algunos amigos y yo hice una parrillada y encendí la tele de la cocina y los muchachos se quedaron mirando... muy bueno.

Denny sonrió, pero de mala gana.

—Eres un buen hombre, Denny —dijo Mark—. Me ocuparé de esto. No es una de las cosas por las que debas preocuparte. Por ésta me preocupo yo. Tú cuida a tu hija, ¿de acuerdo?

—Gracias.

Mark se alejó calle abajo y, una vez que dio vuelta a la esquina, Denny me miró y extendió las manos frente a sí. Temblaban. No dijo nada. Sólo miró sus manos temblorosas, y después a mí, y supe qué pensaba. Pensaba que si tuviera un volante, las manos no le temblarían. Si tuviese un volante del que agarrarse, todo estaría bien.

Capítulo
32

Pasé casi toda la jornada en el taller con los que reparan los coches, porque a los propietarios de la agencia no les gusta que me quede en el vestíbulo, donde los clientes me puedan ver.

Yo conocía a todos los del taller. No iba a trabajar muy a menudo, pero sí lo suficiente como para que todos me conocieran y pretendieran tomarme el pelo tirando algún hierro para que lo recogiese, y, cuando me negaba a hacerlo, comentaran qué inteligente soy. Uno de los técnicos, Fenn, era especialmente simpático. Cada vez que pasaba junto a mí, preguntaba: «¿Ya terminaste?». Al principio, yo no entendía de qué hablaba. Pero al fin comprendí que era porque Craig, uno de los propietarios del taller, se pasaba todo el tiempo preguntándoles a los técnicos cuándo terminarían con los trabajos que tenían entre manos, y que Fenn no hacía más que transmitir la pregunta al único que tenía menos jerarquía que él. Yo.

—¿Ya terminaste?

Ese día me sentía extrañamente ansioso, de un modo muy humano. La gente siempre se preocupa por lo que va a pasar. Suelen encontrar difícil quedarse inmóviles, ocupando el ahora sin preocuparse por el después. Por lo general, las personas no están conformes con lo que tienen. Les preocupa mucho qué van a tener. Los perros podemos influir sobre nuestra propia conciencia y hacer más lento nuestro mecanismo anticipatorio, como David Blaine cuando busca batir el récord de contener la respiración en el fondo de una piscina. No hace más que cambiar el ritmo al que percibe el mundo que lo rodea. En un día canino normal, puedo quedarme sentado sin hacer nada durante horas sin esfuerzo alguno. Pero ese día estaba ansioso. Me sentía nervioso y preocupado, incómodo e inquieto. Daba vueltas y vueltas, sin encontrar un lugar cómodo. Aunque la sensación no me agradaba, me daba cuenta de que probablemente se tratara de una consecuencia natural de la evolución de mi alma; así que hice cuanto pude por aceptarla.

Una de las puertas del taller estaba abierta, y una llovizna pegajosa nublaba el aire. Aunque llovía, Skip, el barbudo grandote y ocurrente, lavaba prolijamente los vehículos que estaban listos para ser retirados por sus dueños.

—Lo que ensucia no es la lluvia, es la suciedad. —Lo decía para sí. Es lo que se dice en Seattle cuando toca lavar el coche y el tiempo es malo. Estrujó la esponja y un río de agua jabonosa corrió por el parabrisas de un perfectamente cuidado BMW 2002 verde inglés. Yo, echado en el umbral con la cabeza apoyada en las patas delanteras, lo veía trabajar.

Parecía que el día no terminaría nunca, hasta que apareció un coche patrulla de la policía de Seattle. Dos agentes se bajaron de él.

—¿Quieren que les lave el coche, caballeros? —les preguntó Skip.

La pregunta pareció confundirlos. Intercambiaron una mirada.

—Está lloviendo —dijo uno de ellos.

—La lluvia no ensucia —replicó Skip, alegre—. Lo que ensucia es la suciedad.

Los policías lo miraron con una expresión extraña, como si pensaran que tal vez les estuviese tomando el pelo.

—No, gracias —dijo uno.

Franquearon la puerta y entraron en el vestíbulo.

Abrí con el hocico la puerta de vaivén que separaba el taller de la oficina y los seguí. Me metí detrás del mostrador, donde se encontraba Mike.

—Buenas tardes, agentes —le oí decir—. ¿Tienen algún problema con su coche?

—¿Es usted Dennis Swift? —preguntó un policía.

—No.

—¿Él está aquí?

Mike titubeó. Olí su repentina tensión.

—No sé si ha tenido que marcharse —contestó Mike—. Iré a ver. ¿Quién le digo que lo busca?

—Tenemos una orden para arrestarlo —respondió uno de los policías.

—Veré si aún está por aquí.

Mike se volvió y tropezó conmigo.

—Enzo. No estorbes, amigo.

Nervioso, alzó la vista hacia los policías.

—El perro del taller. Siempre anda metiéndose entre las piernas de todo el mundo.

Lo seguí hacia el fondo del local. Denny estaba frente al ordenador, guardando los datos de los que habían llevado sus coches a reparar ese día.

—Den —dijo Mike—. Hay un par de polis con una orden de arresto.

—¿Para quién? —Denny hizo la pregunta, sin siquiera quitar la vista de la pantalla ni dejar de teclear los datos de los formularios.

—Para ti. Para arrestarte a ti.

Denny dejó de teclear.

—¿Por qué? —preguntó.

—No me dieron detalles. Pero llevan uniforme del departamento de policía y no tienen aspecto de impostores y, de todos modos, hoy no es tu cumpleaños, así que no creo que se trate de una broma.

Denny se levantó y se dirigió al vestíbulo.

—Les dije que tal vez te hubieses marchado —continuó Mike señalando la puerta trasera con el mentón.

—Te agradezco que lo hayas pensado, Mike. Pero si tienen una orden de arresto, probablemente sepan dónde vivo. Iré a averiguar de qué se trata.

En fila india, los tres avanzamos por la oficina hasta llegar al mostrador.

—Soy Denny Swift.

Los policías asintieron con la cabeza.

—¿Puede salir de detrás del mostrador, señor? —preguntó uno de ellos.

—¿Qué es lo que pasa? ¿Pueden decirme de qué va todo esto?

Había seis o siete personas sentadas en el vestíbulo, a la espera de que les entregaran sus recibos. Todas alzaron la mirada de sus papeles y revistas.

—Por favor, salga de detrás del mostrador —dijo el policía.

Denny vaciló durante un instante antes de obedecer.

—Tenemos una orden para arrestarlo —dijo un policía.

—¿Por qué? —preguntó Denny—. ¿Puedo verla? Debe de haber algún error.

El policía le dio a Denny unos papeles. Mi amigo y amo los leyó.

—Esto es una broma —dijo.

—No, señor. —El policía tomó los papeles—. Por favor, apoye las manos sobre el mostrador y separe las piernas.

Craig, el jefe de Denny, salió de su despacho.

—Agentes —dijo, acercándose—. No creo que esto sea necesario. Y, si lo es, pueden hacerlo fuera.

—Señor, ¡no se acerque! —El policía hablaba en tono severo, apuntando a Craig con un largo dedo.

Craig tenía razón. Todo aquello parecía pensado para que fuese perjudicial para el negocio. Estábamos en el vestíbulo de un lugar de trabajo. Había gente esperando sus BMW, Mercedes y otros coches de lujo. No era necesario que la policía hiciese lo que tenía que hacer delante de ellos. Eran clientes. Confiaban en Denny, ¿y ahora era un delincuente? Lo que la policía hacía no estaba bien. Debía de haber una mejor manera de hacerlo. Pero tenían armas de fuego y porras. Tenían gas lacrimógeno y pistolas eléctricas. Y se sabe que los policías de Seattle suelen ponerse nerviosos con facilidad.

Denny siguió sus instrucciones. Apoyó las manos sobre el mostrador y separó las piernas. El policía lo cacheó a conciencia.

—Por favor, vuélvase y ponga las manos en la espalda —dijo el policía.

—No es necesario esposarlo —dijo Craig, airado—. ¡No se va a escapar!

—¡Señor! —gritó el policía—. ¡Silencio!

Denny se dio la vuelta y puso las manos como le indicaban. El policía lo esposó.

—Tiene derecho a permanecer en silencio. Todo lo que diga puede ser usado en su contra...

—¿Cuánto tiempo llevará esto? —preguntó Denny—. Debo ir a buscar a mi hija.

—Le sugiero que lo haga otra persona —dijo el otro policía.

—Puedo ir yo, Denny —se ofreció Mike.

—No estás en la lista de personas autorizadas.

—¿A quién llamo?

—Se le designará un abogado...

—Telefonea a Mark Fein —dijo Denny, desesperado—. Su número está en el ordenador.

—¿Entiende usted los derechos que acabo de leerle?

—¿Necesitas que pague tu fianza? —preguntó Craig—. Cualquier cosa que necesites...

—No tengo ni idea de lo que necesito —dijo Denny—. Llama a Mark. Tal vez él pueda recoger a Zoë.

—¿Entiende usted los derechos que acabo de leerle?

—¡Sí, los entiendo! —respondió Denny, impaciente—. Los entiendo.

—¿Por qué te arrestan? —preguntó Mike.

Denny miró a los policías, que no dijeron nada. Esperaron a que Denny respondiera a la pregunta. Sabían bien lo que hay que hacer para romper la resistencia de un acusado. Lograr que confiese su propio crimen.

—Abuso en tercer grado —dijo Denny.

—Estupro criminal —aclaró uno de los policías.

—Pero no violé a nadie —alegó Denny—. ¿Quién está detrás de esto? ¿De qué menor hablan?

Se produjo un largo silencio. Los que esperaban en el vestíbulo miraban, fascinados. Denny estaba de pie ante todos ellos, con las manos esposadas a la espalda. Todos veían que era un prisionero, que no podía usar sus manos, que no hubiese podido conducir un coche. La atención se concentraba en los policías, con sus camisas de color azul grisáceo, con hombreras, y sus negras pistolas, porras y fundas de cuero pendientes del

217

cinturón. Era todo un espectáculo. Todos querían saber la respuesta a la pregunta: «¿Qué menor?».

—De la menor que violó —repuso secamente el policía.

Aunque me pareció despreciable, debo admitir que admiré su sentido de lo teatral. Sin una palabra más, los policías se llevaron a Denny.

Capítulo
33

No fui testigo de la mayor parte de lo que le ocurrió a Denny en el juicio por custodia ni en el proceso penal por estupro en tercer grado. Estos sucesos ocuparon casi tres años de nuestras vidas, pues una de las tácticas de Maxwell y Trish fue hacer que el proceso se prolongara para que Denny perdiera tanto su dinero como su voluntad de luchar. También, para manipular la situación a favor de sus deseos de que Zoë se criara en lo que consideraban que sería un ambiente de amor y atención. Se me negó acceso a mucha información. Por ejemplo, no se me invitó a ninguna de las instancias legales. Sólo se me permitió asistir a unas pocas de las reuniones que Denny mantuvo con su abogado, Mark Fein; para ser preciso, las que tuvieron lugar en el Café Victrola. Y es que a Mark le gustaba la chica del *piercing* en la ceja y los ojos marrón chocolate que trabajaba en la barra. No acompañé a Denny a la comisaría de policía cuando lo arrestaron. No estuve cuando le tomaron los datos, cuando se presentó a la audiencia preliminar, ni cuando lo sometieron al detector de mentiras.

Buena parte de lo que les contaré sobre el calvario que siguió a la muerte de Eve es una reconstrucción compilada por mí a partir de información de segunda mano, conversaciones espiadas y procedimientos legales que aprendí en la tele, en particular en *Ley y orden* y sus derivados, como *Unidad de víctimas especiales*, *Acción criminal* y el injustamente vapuleado *Proceso con jurado*. Otros detalles vinculados a los métodos y la terminología policial proceden de uno de los mejores programas de la historia de la televisión, *Los casos de Rockford*, protagonizado por James Garner, quien también tuvo un papel destacado en *Grand Prix*, ese clásico del automovilismo cinematográfico. Y, claro, del mejor programa policial de todos los tiempos, *Colombo*, con el fabuloso, excepcionalmente inteligente Peter Falk en el papel que le da nombre a la serie. (Peter Falk está sexto en mi lista de actores preferidos). Y, en fin, mi conocimiento de lo que ocurre en un tribunal se basa únicamente en la obra del mayor dramaturgo judicial de todos los tiempos, Sidney Lumet, cuyas películas, entre ellas *Veredicto final* y *Doce hombres sin piedad,* me han influido mucho. Y hago un inciso para decir que el hecho de que Lumet haya seleccionado a Al Pacino para *Tarde de perros* linda con la genialidad.

Lo que busco es relatar nuestra historia de una manera que combine lo dramático con lo verídico. Aunque los hechos no hayan ocurrido exactamente como los presento, por favor entended que las emociones son verdaderas. Mi intención es verdadera. Y, en dramaturgia, la intención lo es todo.

Capítulo
34

Lo llevaron a una habitación pequeña con una mesa grande y muchas sillas. En los muros se abrían ventanas que daban a la oficina adyacente, llena de detectives que hacían su labor policial sentados ante sus escritorios, tal como se ve en *Ley y orden.* Persianas de madera filtraban la luz azul que entraba en la habitación, pintando la mesa y el suelo con largas sombras ondulantes.

Nadie lo molestó. No había un policía malo que le tirase de las orejas ni lo golpease con la guía telefónica, le aplastara los dedos en la puerta o le estrellase la cabeza contra la pared, como suele ocurrir en la tele. No. Tras registrar su ingreso, tomarle las huellas dactilares y fotografiarlo, lo dejaron solo en el cuarto, como si la policía se hubiera olvidado de él. Se quedó allí sentado, a solas. Durante horas, sin nada. Ni café, ni agua, ni lavabo, ni radio. Sin distracciones. Su crimen, su castigo y él. Nada más.

¿Se desesperó? ¿Despotricó contra sí mismo en silencio por haber permitido que eso ocurriese? ¿O se habrá dado cuenta, al fin, de lo que se siente al ser, como yo, un perro? Con el correr de esos minutos interminables, ¿entendió que estar solo no es lo mismo que sentirse solo? ¿Que estar solo es un estado neutral? ¿Que es como ser un pez ciego en el fondo del mar, sin ojos, y, por lo tanto, sin discernimiento? ¿Es posible? Lo que me rodea no afecta a mi ánimo. Mi ánimo afecta a lo que me rodea. ¿Es verdad? ¿Es posible que Denny haya apreciado la naturaleza subjetiva de la soledad, que es algo que sólo existe en la mente, no fuera de ella, y, que, como un virus, es incapaz de sobrevivir sin un anfitrión que lo acoja?

Me gusta pensar que, durante ese lapso, estuvo solo pero no se sintió solo. Me gusta pensar que pensó en lo que le ocurría, pero sin desesperar.

Entonces, Mark Fein irrumpió en la comisaría Este de la policía de Seattle. Irrumpió y se puso a gritar. Ése es el estilo de Mark Fein. Vehemente. Osado. Espectacular. Belicoso. Brama. Ruge. Intimida. Irrumpió, arremetió contra el mostrador de recepción, apabulló al sargento de guardia, sacó a Denny bajo fianza.

—¿De qué mierda va esto, Denny? —Mark lanzó la pregunta en cuanto llegaron a la esquina.

—No es nada. —Denny no tenía ganas de hablar.

—¿Cómo que «nada»? ¡Ella tiene quince años, hombre de Dios! ¿Cómo que no es nada?

—Miente.

—¿Sí? ¿Tuviste relaciones con esta chica?

—No.

—¿Penetraste alguno de sus orificios con tus genitales o con cualquier otro objeto?

Denny le clavó la mirada a Mark Fein, pero no respondió.

—Esto es parte de un plan, ¿no te das cuenta? —dijo Mark, frustrado—. No podía entender por qué se embarcaban en un pleito de custodia sin tener argumentos, pero esto lo cambia todo.

Denny seguía sin responder.

—Un pedófilo. Un delincuente sexual. Un estuprador. Un abusador de menores. ¿Te parece que esos términos sugieren algo beneficioso para tu hija?

Denny rechinó los dientes. Los músculos de sus mandíbulas se tensaron.

—Nos vemos en mi despacho mañana a las ocho y media —dijo Mark—. En punto.

Denny ardía de furia.

—¿Dónde está Zoë? —preguntó.

Mark Fein se plantó sobre la acera.

—La recogieron antes de que yo pudiese hacerlo. Parece que fue una operación bien sincronizada.

—Voy a buscarla —dijo Denny.

—¡No! —ladró Mark—. Déjalos en paz. No es momento de hacerse el héroe. Cuando caes en arenas movedizas, lo peor que puedes hacer es moverte.

—¿Así que caí en arenas movedizas? —preguntó Denny.

—Denny, en este momento estás en la más movediza de las arenas, en el pantano más peligroso.

Denny se dio la vuelta y emprendió la marcha.

—Y no abandones el estado —dijo la voz de Mark a sus espaldas—. Y, por Dios, Denny, no se te ocurra ni siquiera mirar a otra chica de quince años.

Pero Denny ya había dado la vuelta a la esquina.

Capítulo
35

Las manos son las ventanas que dan al alma.

Mira las filmaciones de carreras que se hacen desde el interior de la cabina de un coche, y verás que lo que digo es cierto. La presa tensa y rígida sobre el volante de cierto piloto refleja su estilo de conducción tenso y rígido. La forma nerviosa en que algún otro cambia las manos de lugar refleja que no está cómodo en su vehículo. Las manos de un piloto deben mantenerse relajadas, sensibles, conscientes. El volante de un coche transmite mucha información. Una presa demasiado ceñida o nerviosa impide que esa información llegue al cerebro.

Dicen que los sentidos no operan en forma independiente, sino que se combinan en una parte especial del cerebro que crea una representación de la totalidad del cuerpo. Los sensores de la piel le cuentan al cerebro todo lo relativo a la presión, el dolor, el calor; los sensores de las articulaciones y los tendones le hablan al cerebro de la posición del cuerpo en el espacio; los sensores del oído informan del equilibrio, y los de los órganos internos, del estado emocional. Que un piloto restringiera voluntariamente un canal de información sería una estupidez; por el contrario, permitir que toda la energía fluya libremente es divino.

Ver que las manos de Denny temblaban me preocupó, y también a él. Tras la muerte de Eve, solía mirarse las manos, poniéndoselas frente a los ojos como si no le pertenecieran. Las alzaba y las veía temblar. Trataba de hacerlo cuando nadie lo veía.

«Nervios», me decía, cuando notaba que yo miraba. «Tensión». Se las metía en los bolsillos del pantalón y las dejaba allí, donde nadie las veía.

Cuando Mike y Tony me llevaron a casa, más tarde esa noche, Denny aguardaba en el porche, a oscuras y con las manos en los bolsillos.

—No sólo no quiero hablar —dijo—, sino que Mark me dijo que no lo hiciera. Así son las cosas.

Se quedaron en el caminillo de entrada, mirándolo.

—¿Podemos pasar? —preguntó Mike.

—No. —Denny no estaba para charlas. Luego, consciente de su brusquedad, quiso explicarse—. No tengo ganas de estar con nadie.

Se lo quedaron mirando.

—No hace falta que hables de lo que está ocurriendo —dijo Mike—. Pero hablar es bueno. No puedes guardarlo todo en tu interior. No es saludable.

—Es probable que tengas razón —replicó Denny—. Pero no funciono así. Necesito... asimilar... lo que ocurre antes de hablar. Pero ahora no puedo hacerlo.

Ni Mike ni Tony se movieron. Era como si estuviesen decidiendo si debían respetar el deseo de soledad de Denny, o irrumpir en la casa para acompañarlo por la fuerza. Se miraron y olí su ansiedad. Deseé con todas mis fuerzas que Denny entendiera cuánto se preocupaban por él.

—¿Estarás bien? —preguntó Mike—. ¿No tenemos que preocuparnos por la posibilidad de que dejes abierto el horno de gas y enciendas un cigarrillo o algo así?

—Es eléctrico. Y no fumo.

—Estará bien —le dijo Tony a Mike.

—¿Quieres que Enzo venga con nosotros o alguna otra cosa? —preguntó Mike.

—No.

—¿Quieres que te hagamos algo de compra?

Denny meneó la cabeza.

—Estará bien.—Tras repetir su comentario, Tony tiró del brazo de Mike encaminándose hacia su coche.

—Mi teléfono siempre está encendido —dijo Mike—. Admito consulta por todo tipo de crisis las veinticuatro horas. Si necesitas hablar, o cualquier otra cosa, llámame.

Se retiraron por la senda. Cuando se alejaban Mike gritó:

—¡Ya le dimos de comer a Enzo!

Se marcharon, y Denny y yo entramos. Sacó las manos de los bolsillos y se las miró. Temblaban.

—A los violadores no les dan la custodia de sus niñitas. ¿Entiendes lo que ocurre? —dijo.

Lo seguí hasta la cocina, temiendo, durante un momento, que hubiese mentido a Mike y Tony y que tal vez tuviese, a fin de cuentas, horno de gas. Pero no fue al horno, sino que tomó una copa del aparador. Luego, eligió una botella de la alacena. Se sirvió un trago.

Era absurdo. Estaba deprimido, tenso, con las manos temblorosas, ¿y se iba a emborrachar? No estaba dispuesto a tolerarlo. Le ladré.

Copa en mano, bajó la vista hacia mí. Le devolví la mirada. De haber tenido manos, lo hubiese abofeteado.

—¿Qué pasa, Enzo, no puedes soportar semejante comportamiento, una vulgaridad tan grande?

Volví a ladrar. Se trataba de una vulgaridad demasiado patética.

—No me juzgues —dijo—. Ésa no es tu tarea. Tu trabajo es apoyarme, no juzgarme.

Se bebió su copa y me fulminó con la mirada. Y no le hice caso, lo juzgué. Se estaba comportando como querían que se comportase. Lo hacían perder la serenidad, y estaba a punto de darse por vencido, y eso sería el fin, y yo tendría que pasar el resto de mi vida con un borracho que no haría más que mirar con ojos sin vida las imágenes que centellean en la pantalla de su televisor. Éste no era mi Denny. Era un personaje patético, surgido de un trillado drama televisivo. Y no me caía nada bien.

Salí de la estancia dispuesto a irme a dormir, pero no quería hacerlo en la misma habitación que ese impostor que se hacía pasar por Denny. Ese falso Denny. Fui al cuarto de Zoë, me tendí en el suelo junto a su cama y procuré dormir. Zoë era lo único que me quedaba.

Más tarde, no sé cuánto, apareció en el umbral.

—La primera vez que te llevé a pasear en coche, cuando eras un cachorro, vomitaste en el asiento —me dijo—. Pero no por ello renuncié a ti.

Alcé la cabeza. No entendía adónde quería llegar.

—Guardé la copa, no me la tomé entera. ¿Estás contento? ¿Te crees que soy un borracho?

Se volvió y se marchó. Lo oí deambular por la sala de estar antes de encender el televisor.

De modo que no se perdió en la botella, refugio de los débiles y los quejicas. Me entendió. Los gestos son todo lo que tengo.

Lo encontré en el sofá, mirando un viejo vídeo donde salíamos Eve, Zoë y yo en Long Beach, en la costa de Washington. Zoë estaba empezando a andar. Recuerdo bien ese fin de semana; parecíamos tan jóvenes, persiguiendo cometas en la amplia playa, de muchos kilómetros de longitud. Me senté junto al sofá y miré. Éramos tan ingenuos. No sabíamos adónde nos llevaría el camino, no teníamos ni idea de que nos separaríamos. Playa, mar, cielo. Estaban ahí para nosotros y nada más que para nosotros. Un mundo sin fin.

—Ninguna carrera se gana en la primera curva —dijo—. Pero muchas se pierden allí.

Lo miré. Tendió la mano, me la posó en la cabeza y me rascó las orejas como acostumbraba a hacer.

—Así es —me dijo—. Si vamos a ser vulgares, seamos vulgarmente positivos.

Sí, la carrera es larga. Y para ganarla, debes llegar al final.

Capítulo
36

Pocas cosas me gustan más que un buen paseo bajo la llovizna de Seattle. No me agrada la pesadez de la verdadera lluvia; me agrada la neblina, la sensación de gotas diminutas en el morro y las pestañas. La frescura del aire, repentinamente cargado de ozono y de iones negativos. Una lluvia intensa puede anular los olores, mientras que la llovizna los intensifica; libera las moléculas, les da vida a los aromas y los lleva por el aire hasta mis fosas nasales. Y por eso amo Seattle más que ningún otro lugar, incluido el circuito de carreras de Thunderhill. Porque, aunque los veranos son muy secos, una vez que comienza la estación húmeda, es raro que pase un día sin mi bien amada llovizna.

Denny me sacó a pasear bajo la llovizna, y me encantó. Eve había muerto hacía muy poco, pero desde ese momento yo me sentía encerrado, congestionado, agobiado por pasar tantas horas con Denny en la casa, respirando el mismo aire rancio una y otra vez. También

Denny parecía anhelar algún cambio; en lugar de vestir, como de costumbre, unos vaqueros, una camiseta y su impermeable amarillo, se puso unos pantalones oscuros y su gabardina negra sobre un jersey de cachemira de cuello alto.

Nos dirigimos al norte, rumbo a Madison Valley y al Arboreto. Cuando al fin pasamos la parte peligrosa, donde no hay acera y los coches van a mucha más velocidad de la permitida, Denny me soltó.

Esto es algo que me encanta hacer: correr por un campo de hierba húmeda que no haya sido cortada recientemente. Me gusta con locura correr, manteniendo el morro cerca del suelo, de modo que la hierba y las gotas de agua me cubran la cara. Me imagino que soy una aspiradora que absorbe olores, vida, alguna brizna de hierba estival. Me recuerda mi infancia en la granja de Spangle. Allí no había lluvia, pero sí hierba y campos por los que corría.

Ese día, corrí y corrí. Y Denny caminaba, avanzando sin detenerse. Llegamos al punto donde generalmente damos la vuelta, pero siguió adelante. Cruzamos el puente peatonal y llegamos a Montlake. Denny me puso la correa, cruzamos una calle importante ¡y nos encontramos en un nuevo parque! También me encantó, aunque era distinto.

—Interlaken —dijo Denny, soltándome.

Interlaken. Este parque no estaba compuesto de campos llanos. Era una cañada llena de vueltas y recodos, plagada de enredaderas, matas, hierbajos, cubierta por el dosel que formaba el ramaje de árboles altísimos. Era maravilloso. Mientras Denny avanzaba por el sendero, yo me precipité ladera abajo, escondiéndome en los matorrales, jugando a que era un agente secreto, o corriendo tan deprisa como podía entre los obstáculos, sintiendo que era un depredador como los de las películas, que rastreaba a una presa para cazarla.

Caminamos y corrimos por ese parque durante mucho tiempo. Yo daba cinco pasos por cada uno de los de Denny, y terminé por quedar agotado y sediento. Dejando el parque, salimos a un barrio desconocido para mí. Denny se detuvo en un bar para tomarse una taza de café. Me trajo agua, en una taza de papel, lo que hacía difícil beberla, pero aun así aplaqué mi sed.

Y seguimos caminando.

Siempre me agradó la actividad, en especial caminar con Denny, mi compañero preferido, y sobre todo bajo la llovizna. Pero debo admitir que para ese momento estaba bastante cansado. Llevábamos más de dos horas de paseo, y, tras una caminata como ésa, me agrada regresar a casa y que me den una juguetona friega con la toalla antes de tenderme a dormir una larga siesta. Pero no hubo siesta. Seguíamos andando.

Reconocí la Avenida Quince cuando llegamos, y conozco bien el parque de los Voluntarios. Pero me sorprendió que entráramos en el cementerio de Lake View. Por supuesto que conocía la importancia del cementerio de Lake View, aunque nunca había estado allí. Lo había visto en un documental sobre Bruce Lee. Está sepultado en él, junto a su hijo Brandon, quien fue un actor maravilloso hasta su prematura muerte. Sentí mucho lo de Brandon Lee, porque cayó víctima de la maldición familiar y también porque la última película que hizo fue *El cuervo*, un título poco feliz para una película poco feliz, basada en un tebeo escrito por alguien que evidentemente no tenía una idea clara de cómo son en realidad los cuervos y las cornejas. Pero ése es otro tema. Entramos en el cementerio pero no buscamos las tumbas de Bruce y Brandon Lee, esos dos excelentes actores. Buscábamos otra cosa. Seguimos el camino empedrado con dirección norte, rodeamos la colina central y llegamos a una estructura temporal en forma de toldo, bajo la cual se refugiaban muchas personas.

Todos iban bien vestidos, y aquellos que no estaban bajo el toldo se protegían de la llovizna con sus paraguas. Enseguida vi a Zoë.

Ah. La bombilla se encendió al fin. Está encendida o no lo está. Denny se había vestido así para aquel acontecimiento.

Nos acercamos a la gente, que parecía ligeramente desorganizada; se arremolinaban, con su atención colectiva fragmentada. La ceremonia aún no había comenzado.

Nos acercamos más, y entonces, de pronto, alguien se desprendió del grupo. Un hombre. Después otro, y otro más. Los tres vinieron hacia nosotros.

Uno era Maxwell. Los otros, los hermanos de Eve, cuyos nombres yo no conocía, porque era raro que se hiciesen ver.

—No eres bienvenido aquí —dijo el suegro, severo.

—Es mi esposa —replicó Denny con tranquilidad—. La madre de mi hija.

Y ahí estaba la hija. Zoë vio a su padre. Lo saludó con la mano y él le devolvió el saludo.

—No eres bienvenido aquí —repitió Maxwell—. Vete inmediatamente o llamo a la policía.

Los dos hermanos se irguieron en belicosas poses.

—Te gusta llamar a la policía, ¿verdad? —preguntó Denny.

Maxwell lo miró con sorna.

—Te lo advertí —dijo.

—¿Por qué haces esto?

Maxwell se le acercó tanto que violaba su espacio personal.

—Nunca fuiste bueno con Eve —dijo—. Y después de lo que le hiciste a Annika jamás te confiaría a Zoë.

—Esa noche no ocurrió nada...

Pero Maxwell ya le había dado la espalda.

—Por favor, acompañad al señor Swift a la salida. —Dio la orden a sus dos hijos antes de alejarse.

En la distancia, vi que Zoë, incapaz de seguir conteniéndose, se levantaba de su asiento y corría hacía nosotros.

—Largo —ordenó uno de los hombres.

—Es el entierro de mi mujer —dijo Denny—. Me quedo.

—Fuera de aquí. —El que ahora habló dio un leve puñetazo a Denny en las costillas.

—Pégame si quieres —dijo Denny—. No me defenderé.

—¡Violador de menores! —El cuñado insistía, y le dio un empujón. Denny ni se movió. Un hombre que conduce un coche de mil kilos de peso a trescientos kilómetros por hora no le teme al graznido de los gansos.

Zoë llegó hasta donde estábamos y saltó a los brazos de Denny. Él la alzó en el aire, y apoyándosela en la cadera, le besó la mejilla.

—¿Cómo está mi bebé? —preguntó.

—¿Cómo está mi papi? —respondió ella.

—Me las arreglo. —Volviéndose al hermano que acababa de empujarlo, le dijo—: Disculpa, no entendí lo que dijiste. Tal vez podrías repetirlo delante de mi hija.

El hombre dio un paso atrás y en ese momento apareció Trish. Se interpuso entre Denny y sus hijos. Les dijo que se marcharan antes de volverse a Denny.

—Por favor —suplicó—. Entiendo por qué estás aquí, pero no es el modo de hacerlo. Realmente me parece que deberías marcharte. —Titubeó un instante antes de seguir hablando—. Lo lamento. Debes de sentirte muy solo.

Denny no respondió. Lo miré y vi que tenía los ojos llenos de lágrimas. Zoë también lo notó y se puso a llorar con él.

—Llorar es bueno —dijo la niña—. La abuela dice que llorar ayuda porque lava el dolor.

Denny y Zoë se miraron largamente. Luego, él suspiró con tristeza.

—Ayuda a los abuelos a ser fuertes, ¿de acuerdo? Tengo que ocuparme de algunos asuntos importantes. Cosas de mami. Debo hacerlas y luego nos reuniremos.

—Lo sé —dijo ella.

—Te quedarás un tiempo más con los abuelos, hasta que yo lo resuelva todo, ¿de acuerdo?

—Me dijeron que tal vez me quede con ellos un tiempo más.

—Sí —comentó él en tono abatido—. A los abuelos se les da bien planear las cosas con antelación.

—Podemos negociar —dijo Trish—. Sé que no eres mala persona...

—No hay nada que negociar —dijo Denny.

—Con el tiempo, te darás cuenta de que esto es lo mejor para Zoë.

—¡Enzo! —Zoë pareció entusiasmarse al verme debajo de ella. Se soltó del abrazo de Denny y me tomó del pescuezo—. ¡Enzo!

La alegría de su saludo me sorprendió y me halagó, así que le lamí el rostro.

Trish se acercó a Denny.

—Debías de echar terriblemente de menos a Eve —le susurró—. Pero aprovecharse de una chica de quince años...

Denny se enderezó abruptamente, alejándose de ella.

—Zoë —dijo—. Enzo y yo iremos a verlo todo desde un lugar especial. Vamos, Enzo.

Se inclinó y la besó en la frente antes de marcharse.

Zoë y Trish miraban mientras nos alejábamos. Seguimos camino por la senda circular hasta llegar a la cumbre de una baja colina. Allí, protegidos por los árboles de la leve lluvia que caía, vimos lo que ocurría. Los asistentes, de pie, atentos. El hombre que leía de un libro. La gente que ponía rosas sobre el ataúd. Los coches que se marcharon, llevándose a todo el mundo.

Nos quedamos. Esperamos a que vinieran los encargados de desmontar la tienda. También acudieron otros, que bajaron el ataúd a la fosa con una suerte de grúa.

Nos quedamos. Vimos cómo los hombres, con una pequeña excavadora, echaban tierra sobre ella. Esperamos.

Cuando todos se fueron, bajamos de la colina y, de pie ante la sepultura, lloramos. Nos arrodillamos, lloramos y tomamos puñados de tierra, abrazamos el túmulo, sintiendo su última partícula, lo último de ella que podíamos aferrar. Lloramos.

Y al fin, cuando ya no pudimos hacer más, nos levantamos. Iniciamos el largo camino de regreso a casa.

Capítulo
37

A la mañana siguiente, apenas me podía mover. Tenía el cuerpo tan dolorido que no me pude ni levantar. Denny tuvo que venir a buscarme, porque normalmente me levanto enseguida y lo ayudo con el desayuno. Yo tenía ocho años, dos más que Zoë, aunque me sentía más su tío que su hermano mayor. Y, aunque era demasiado joven como para sufrir de artritis en la cadera, eso era exactamente lo que me ocurría. Artritis degenerativa producida por displasia de la cadera. Era una dolencia desagradable, sí; pero en cierto modo, era un alivio tener que concentrarme en mis propias dificultades más que centrarme en otras cosas que me preocupaban. Para ser precisos, que Zoë estuviese en poder de los Gemelos.

Yo era muy joven cuando me di cuenta de que había algo anormal en mis caderas. Pasé mis primeros meses de vida corriendo y jugando con Denny, sólo nosotros dos, de modo que no tuve mucha oportunidad de

compararme con otros perros. Cuando tuve edad suficiente como para frecuentar los parques para perros, me
di cuenta de que el hecho de que me resultara más cómodo mantener juntas las patas traseras al andar era
un evidente indicio de un defecto en mis caderas. Lo último que hubiese querido era ser tomado por un anormal, así que me entrené para caminar de un modo que
ocultara mi defecto.

Cuando maduré y el cartílago protector del extremo de mis huesos se desgastó, como suele ocurrir,
el dolor se hizo más intenso. Pero aun así, procuré ocultar mi problema y no quejarme. Quizá me parezco más
a Eve de lo que estoy dispuesto a admitir, pues desconfío inmensamente del mundo de la medicina. Así que,
para evitar un diagnóstico que indudablemente habría
acelerado mi fin, encontré maneras de compensar mi incapacidad.

Como dije, no conozco el origen de la desconfianza de Eve ante la medicina. El motivo de mi recelo, en
cambio, es muy claro. Cuando yo era un cachorro de no
más de una semana o dos de vida, el hombre alfa de la
granja de Spangle me presentó a uno de sus amigos. El
amigo me puso sobre su regazo y me acarició, palpando detenidamente mis patas delanteras.

—No será difícil quitarlos —le dijo al hombre
alfa.

—Yo lo sujeto —dijo el hombre alfa.

—Necesitará anestesia, Will. Tendrías que haberme llamado la semana pasada.

—No voy a derrochar mi dinero en un perro, doctor —dijo el hombre alfa—. Corta.

Yo no tenía ni idea de qué estaban hablando. El hombre alfa me sujetó firmemente el torso. El otro, el «doctor», me agarró la pata derecha y, con unas brillantes tijeras que relucían al sol, me amputó el espolón de esa extremidad. Mi pulgar derecho. El dolor, un dolor insoportable, inmenso, se propagó por mi cuerpo. Era sangriento, horrible, y gemí. Pugné por librarme con todas mis fuerzas, pero el hombre alfa me tenía agarrado tan estrechamente que apenas me permitía respirar. Entonces, el doctor me tomó la pata izquierda y, sin un instante de vacilación, me cortó el pulgar. Clic. Recuerdo más eso que el dolor. El sonido. Clic. Tan fuerte. Después, sangre por todas partes. El dolor fue tan intenso que me dejó débil y tembloroso. Después, el doctor me aplicó un ungüento en las heridas y me las vendó estrechamente, mientras me susurraba al oído:

—El que no paga por un poco de anestesia local para sus cachorros es un maldito avaro.

¿Veis? Por eso desconfío de ellos. El que corta sin anestesia porque no se la pagan es un maldito avaro.

Al día siguiente del entierro de Eve, Denny me llevó al veterinario, un hombre delgado con olor a heno y profundos bolsillos llenos de golosinas. Me palpó las caderas y traté de contener mis quejidos. Pero no pude evitarlos cuando oprimió ciertos puntos. Hizo su diagnóstico, me recetó un antiinflamatorio y dijo que no podía hacer más, a no ser que, algún día, en el futuro, me sometiera a una cara cirugía para reemplazar mis partes defectuosas.

Denny le dio las gracias. Subimos al coche para regresar a casa.

—Tienes displasia de cadera —me dijo.

De haber tenido dedos, me los hubiese metido en los oídos hasta reventarme los tímpanos. Cualquier cosa para no oírlo.

—Displasia de cadera. —Lo decía meneando la cabeza con aire de incredulidad.

Yo también moví la cabeza. Sabía que el diagnóstico marcaba el comienzo de mi fin. Quizá fuera lento. Sin duda sería gradual. El veterinario se encargaría de marcar los hitos del proceso. Lo visible se vuelve inevitable. El coche va a donde van los ojos. Fuera cual fuese el trauma que hizo que Eve desconfiara de la medicina, yo sólo presencié sus consecuencias: le fue imposible desviar la vista del lugar que otros le indicaron que mirara. Es raro que alguien, ante un veredicto de enfermedad terminal, se niegue a aceptarlo y escoja otro camino. Pensé en Eve, y en la prontitud con que aceptó la muerte desde el momento en que los que la rodeaban lo hicieron. Pensé en mi propio fin. En esa muerte que, dicen casi todos, está llena de sufrimiento y dolor. Y traté de desviar la mirada.

Capítulo
38

Debido a las acusaciones penales contra Denny, los Gemelos obtuvieron una orden de alejamiento temporal. Ello significaba que hasta que la justicia no se pronunciara sobre su reclamación a ese respecto, quizá dentro de muchos meses, Denny no podía ver a Zoë en absoluto. Minutos después del arresto de Denny, Maxwell y Trish iniciaron acciones legales para quitarle el derecho a todo tipo de custodia, pues era evidente que no era un padre adecuado. Se trataba de un pedófilo. Un delincuente sexual.

Bueno. Todos jugamos con las mismas reglas. Pero algunas personas se pasan más tiempo estudiándolas para ponerlas a su servicio.

He visto películas donde aparecen niños secuestrados. Muestran la pena y el terror que abruman a los padres cuando un desconocido se lleva a sus hijos. Ése era el dolor que sentía Denny, y yo, a mi manera, también. Aunque sabíamos dónde estaba Zoë.

Y quién se la había llevado. Pero no podíamos hacer nada.

Mark Fein dijo que hablarle a Zoë de la batalla legal sería contraproducente, y sugirió que Denny inventara una historia sobre carreras en Europa para justificar su prolongada ausencia. Mark Fein también negoció un intercambio epistolar. Denny recibiría notas y dibujos de Zoë, y además mi amo podría enviarle cartas, si aceptaba que fuesen censuradas por los abogados de los Gemelos. Te diré que todas las superficies verticales de la casa estaban decoradas con las obras de arte de Zoë. Y que Denny y yo pasamos largas noches pensando las cartas para Zoë, en que le contaba sus hazañas en los circuitos europeos.

Aunque me hubiese gustado mucho ver a Denny actuar, desafiar a los poderes establecidos de una forma atrevida y apasionada, respetaba su capacidad de contención, su autodominio. Denny siempre admiró al legendario piloto Emerson Fittipaldi. «Emmo», como lo llamaban sus colegas, era un campeón de gran estatura y consistencia, conocido por su pragmatismo. Correr riesgos no es una buena idea si una mala maniobra basta para hacer que te estrelles contra un muro, lo que convertiría tu coche en una ardiente escultura metálica, mientras las llamas invisibles del etanol incendiado te desprenden la piel y consumen la carne y los huesos. Emmo no sólo nunca perdía la cabeza, sino que jamás se metía en una situación en la que ello pudiera ocurrirle. Como Emmo, Denny no corría riesgos innecesarios.

Bueno, aunque yo también admiro a Emmo y procuro emularlo, creo que me agradaría más ser un piloto como Ayrton Senna, lleno de emoción y osadía. Me habría gustado cargar nuestras maletas con lo más esencial y echarlas al BMW. Luego, pasaríamos por la escuela a buscar a Zoë y pondríamos rumbo a Canadá. Desde Vancouver, conduciríamos hasta Montreal, donde tienen estupendos circuitos y un gran premio de Fórmula 1 para los veranos. Allí viviríamos en paz por resto de nuestras vidas.

Pero quien decidía no era yo. No estaba al volante. Mi opinión no le interesaba a nadie. Y por eso fue por lo que todos sintieron pánico cuando Zoë les dijo a sus abuelos que quería verme. Es que nadie se había encargado de atribuirme un papel. Como los Gemelos no sabían qué lugar darme en sus complicadas ficciones, telefonearon de inmediato a Mark Fein, quien a su vez llamó a Denny para explicarle la situación.

—Ella se lo cree todo. —Mark no hablaba, gritaba en el teléfono, a pesar de que Denny tenía el auricular apretado contra la oreja—. Así que dime, ¿dónde le diremos que está el jodido perro? Podríamos decirle que te lo habías llevado contigo, pero existen las cuarentenas. ¿Ella sabe algo de eso?

—Dile que por supuesto que puede ver a Enzo —respondió Denny, sereno—. Hay que decirle que Enzo se queda con Mike y Tony mientras yo estoy en Europa; a Zoë le caen bien y lo creerá. Haré que Mike le lleve a Enzo el sábado.

Y así fue. A primera hora de la tarde, Mike me recogió y me llevó en coche a la isla Mercer. Pasé la tarde jugando con Zoë en el gran jardín. Antes de la cena, Mike me vino a buscar y me llevó de regreso a casa de Denny.

—¿Cómo está? —le preguntó Denny a Mike.

—Preciosa. Tiene la sonrisa de su madre.

—¿Se divirtió con Enzo?

—Mucho. Jugaron todo el día.

—¿A «buscar»? —Denny estaba ávido de detalles—. ¿Le tiraba un palo o jugaban a perseguirse? A Eve no le gustaba que lo hicieran.

—No, casi siempre jugaron a «buscar» —dijo el bueno de Mike.

—A mí no me importaba que jugaran a perseguirse, porque conozco a Enzo, pero Eve siempre...

—Fue hermoso —añadió Mike—, varias veces se tumbaban juntos sobre la hierba y se abrazaban. Era muy tierno.

Denny se sonó la nariz, conmovido.

—Gracias, Mike —dijo—. De verdad. Muchas gracias.

—De nada —contestó Mike.

Aprecié los esfuerzos de Mike por tranquilizar a Denny. Pero no le decía la verdad. Quizá no viera lo que yo veía. Tal vez no oía lo que yo oía. La profunda tristeza de Zoë. Su soledad. Cómo me susurraba que ella y yo nos escaparíamos de algún modo a Europa para encontrar a su padre.

Ese verano sin Zoë fue muy doloroso para Denny. No sólo no podía ver a su hija, sino que su trabajo se resentía. No pudo aceptar la oferta de volver a correr con el mismo equipo del año anterior, pues el juicio penal en su contra exigía que permaneciese en el estado de Washington, so pena de que su libertad quedara revocada. Ello tampoco le permitía aceptar ninguno de los lucrativos trabajos de instructor y ofrecimientos comerciales que le surgían. Después de su espectacular actuación en Thunderhill, era muy buscado por la industria publicitaria, y el teléfono sonaba con relativa frecuencia para comunicarle ofertas de ese sector. Se trataba de trabajos que, por lo general, eran en California, a veces en Nevada o Texas, ocasionalmente en Connecticut. Así que estaban prohibidos para él. Estaba prisionero en el estado.

Aun así...

Se nos permite vivir nuestra existencia física para que aprendamos más acerca de nosotros mismos. De modo que entiendo por qué Denny, en un nivel profundo, se permitió caer en la situación en la que se encontraba. No diré que la creó. Sí que la permitió. Porque necesitaba probarse. Quería saber cuánto tiempo podía mantener el pie sobre el acelerador sin levantarlo. Había escogido su vida y, por lo tanto, también aquella batalla.

A medida que el verano avanzaba, mis visitas a Zoë se hicieron más frecuentes. Y me di cuenta de que yo también participaba de aquel sistema de vida. Era parte integral de la situación. Cuando, al fin de esas tardes de julio, Mike me llevaba de regreso a casa de Denny, después de que aquél contara los sucesos del día antes de regresar a su propio mundo, Denny se quedaba sentado junto a mí en el porche trasero y me interrogaba.

—¿Jugasteis a «tirar y buscar»? ¿A disputaros el palo? ¿A perseguiros? —No se cansaba de preguntar. Y seguía—: ¿Os abrazasteis? ¿Cómo está? ¿Come fruta? ¿Le dan los alimentos apropiados?

Yo lo intentaba. Con todas mis fuerzas, intentaba formar palabras para responderle, pero en vano. Trataba de hacerle llegar mis pensamientos por vía telepática. Procuraba transmitirle las imágenes que tenía en la mente. Ladeaba la cabeza. Asentía. Alzaba las patas.

Hasta que, al fin, me sonreía y se levantaba.

—Gracias, Enzo —decía—. No estás demasiado cansado, ¿no?

Yo me incorporaba y meneaba el rabo. Nunca estoy demasiado cansado.

—Vamos, pues.

Tomaba la pelota de tenis y me llevaba al parque para perros y jugábamos a tirar y buscar hasta que la luz disminuía y los mosquitos salían de sus escondrijos, sedientos.

Capítulo
39

Una vez, ese verano, Denny consiguió un trabajo de instructor en Spokane, y Mike, nuestro supuesto intermediario intercontinental, les preguntó a los Gemelos si me podían alojar durante el fin de semana. Aceptaron, pues se habían acostumbrado a mi presencia en su casa, donde yo siempre me comportaba con la mayor dignidad. No ensuciaba sus caras alfombras, nunca pedía comida, jamás babeaba cuando dormía.

Hubiese preferido ir a la academia de pilotaje con Denny, pero entendí que contaba con que yo protegiese a Zoë. También, con que yo fuese una suerte de representante suyo. Por más que no pudiera relatarle los detalles de mis visitas, creo que el solo hecho de que las hiciera lo tranquilizaba.

Un viernes por la tarde, Mike me entregó al ansioso abrazo de Zoë. Enseguida me hizo entrar en su dormitorio, donde jugamos a disfrazarnos. Decir que me sacrifiqué por el equipo sería quedarme corto, dadas las increíbles prendas que me vi obligado a usar. Pero quien dice eso es mi ego. Lo cierto es que aceptaba mi papel de bufón en la corte de Zoë y desempeñaba esa función de buena gana.

Esa noche, Maxwell me sacó a pasear antes de lo acostumbrado, instándome a que «hiciera mis cosas». Cuando volví a entrar, me llevaron al dormitorio de Zoë, donde ya habían instalado mi cama. Al parecer, había pedido que durmiese con ella, no ante la puerta trasera ni, tiemblo al pensarlo, en el garaje. Me acurruqué y no tardé en dormitar.

Desperté al cabo de un rato. La luz estaba baja. Zoë seguía despierta y en movimiento. Rodeaba mi cama con montones de sus animales de peluche.

—Te acompañarán —me susurró.

Parecían ser cientos. De todas las formas y tamaños. Me rodeaban ositos y jirafas, tiburones y perros, gatos, aves y serpientes. Ella seguía trabajando y yo mirando hasta que quedé convertido en un minúsculo atolón del océano Pacífico. Los animales eran mi arrecife de coral. Me pareció divertido y conmovedor que Zoë quisiera compartir así sus animales conmigo. Me volví a dormir, sintiéndome protegido y a salvo.

Cuando desperté, más tarde por la noche, vi que el muro de animales que me rodeaba había alcanzado una considerable altura. Aun así, pude cambiar de postura para ponerme más cómodo. Pero al hacerlo, una visión aterradora me sacudió. Uno de los animales, el de más arriba, me clavaba los ojos. Era la cebra.

La cebra sustituta. La que Zoë escogió para reemplazar al demonio que, tanto tiempo atrás, se destripó a sí mismo en mi presencia. La horrible cebra del pasado.

El demonio había regresado. Y aunque la habitación estaba a oscuras, sé que vi un brillo en sus ojos.

Como imaginarán, esa noche dormí poco. Lo último que quería era despertar entre una carnicería de animales de peluche, sólo porque el demonio había vuelto. Me obligué a permanecer en vela, pero no podía evitar amodorrarme. Cada vez que abría los ojos me encontraba con la mirada de la cebra. Como una gárgola encaramada en lo alto de esa catedral de animales de peluche, me observaba. Los otros animales no tenían vida. Eran juguetes. La única consciente era la cebra.

Estuve adormilado todo el día, pero hice cuanto pude por actuar normalmente, y procuré recuperar el sueño perdido con breves siestas. Sin duda, a cualquiera que me hubiese mirado le habría parecido contento. Pero lo cierto es que aguardaba la llegada de la noche con ansiedad. Temía que la cebra volviera a atormentarme con su mirada burlona.

Por la tarde, cuando, según su costumbre, los Gemelos sorbían su alcohol en el jardín y Zoë veía la tele, dormité al sol. Los oí.

—Sé que es lo mejor —dijo Trish—. Pero aun así él me da pena.

—Es lo mejor —replicó Maxwell.

—Lo sé. Pero...

—Se propasó con una adolescente —dijo Maxwell en tono severo—. ¿Qué clase de padre se aprovecha de una chica inocente?

Alcé la cabeza de la tibia madera del suelo del porche y vi que Trish lanzaba una risita y meneaba la cabeza.

—¿De qué te ríes? —quiso saber Maxwell.

—Por lo que cuentan, ella no es muy inocente que digamos.

—¡Por lo que cuentan! —repitió Maxwell, sarcástico—. ¡Abusó de una muchacha! ¡Eso es violación!

—Ya lo sé, ya lo sé. Sólo que el momento que ella escogió para decirlo es... una gran coincidencia.

—¿Sugieres que se lo inventó?

—No —dijo Trish—. Pero ¿por qué Peter sólo nos lo dijo después de que te quejaras amargamente de que nos sería imposible obtener la custodia de Zoë?

—Nada de eso me importa —contestó Maxwell—. Él no era lo suficientemente bueno para Eve y tampoco lo es para Zoë. Y si es tan estúpido como para que lo sorprendan con los pantalones bajados y el pito en la mano, te aseguro que yo no dejaré de aprovechar la ocasión. Zoë tendrá una mejor infancia con nosotros. Tendrá una mejor formación moral, mejor posición económica y una vida de familia mejor. Y tú lo sabes, Trish. ¡Lo sabes!

—Lo sé, lo sé. —La mujer sorbía su líquido de color ámbar, en cuyo fondo se ahogaba una cereza de un rojo brillante—. Pero él no es mala persona.

El tipo se acabó su copa antes de posarla bruscamente sobre la mesa de teca.

—Es hora de ocuparse de la cena —dijo, y entró.

Me quedé atónito. Yo también había notado la coincidencia, y tenía mis sospechas desde el principio. Pero oír las palabras de Max, la frialdad de su tono, era otra
cosa.

Imagínate esto. Imagina que tu mujer muere de
pronto a causa de un cáncer cerebral. Imagina que sus
padres te atacan sin piedad para obtener la custodia de
tu hija. Imagina que sacan provecho de acusaciones
de abuso sexual contra ti. Que contratan abogados caros e inteligentes porque tienen mucho más dinero que
tú. Imagina que te prohíben todo contacto con tu hija
de seis años durante meses. Imagina que limitan tus posibilidades de ganar dinero para sustentarte a ti, y, según
esperas, también a tu hija. ¿Cuánto tardaría en quebrarse
tu voluntad?

No tenían ni idea de con quién estaban tratando.
Denny no se arrodillaría ante ellos. Nunca se daría por
vencido. Jamás cedería.

Asqueado, los seguí a la casa. Trish comenzó sus preparativos y Maxwell tomó su frasco de pimientos del
refrigerador. En mi interior bullía una especie de oscuridad. Mentirosos. Manipuladores. Para mí, habían dejado de ser personas. Eran los Gemelos Malignos. Gente
mala, horrible, traicionera, que se atiborraba de ardien-
tes pimientos para alimentar la bilis de sus tripas. Cuando reían, les brotaban llamas de las narices. Esas perso-

nas no merecían vivir. Eran criaturas horribles, formas de vida nitrogenadas que habitaban en los rincones más oscuros de los lagos más profundos, donde la luz no llega y la presión lo aplasta todo, convirtiéndolo en arena.

Mi furia contra los Gemelos Malignos alimentó mi afán de venganza. Y no me importaba nada recurrir a mi condición perruna para ejercerla.

Me acerqué a Maxwell mientras él se metía otro pimiento en la boca y lo machacaba con los dientes de cerámica que se quita por la noche. Me senté frente a él y alcé una pata.

—¿Quieres algo bueno? —De su tono se deducía que, evidentemente, estaba sorprendido por mi actitud.

Ladré.

—Aquí tienes, chico.

Extrajo un pimiento del frasco y lo sostuvo junto a mi nariz. Era muy grande, largo, de un verde artificial, y apestaba a sulfitos y nitratos. Un caramelo del diablo.

—No creo que los perros puedan comer eso —dijo Trish.

—A él le gustan —replicó Maxwell.

Mi primera idea fue tomar el pimiento y, con él, uno o dos dedos de Maxwell. Pero ello hubiese creado verdaderos problemas, entre ellos, que me sometieran a una eutanasia antes de que Mike tuviera tiempo de rescatarme. Así que no le mordí los dedos. Sí tomé el pimiento. Sabía que me sentaría mal y que, a corto plazo, me produciría incomodidades. Pero también sabía que éstas pasarían, dejando, sí, un efecto secundario, que era lo que yo buscaba. A fin de cuentas, no soy más que un perro estúpido, indigno hasta del desdén humano, sin suficiente criterio como para ser responsable de mis funciones corporales. Un tonto perro.

Observé atentamente la cena, pues quería hacer ciertas constataciones. Los gemelos le dieron a Zoë un plato hecho a base de pollo cubierto de salsa cremosa. No sabían que, aunque a Zoë le encantaba la pechuga de pollo, jamás la comía con salsa, menos aún si contenía crema, cuya consistencia le desagradaba. Cuando no comió las judías verdes de la guarnición, Trish le preguntó si prefería un plátano. Cuando Zoë respondió en forma afirmativa, Trish le sirvió unas rodajas de plátano, que Zoë apenas probó, pues estaban cortadas de cualquier manera y moteadas de puntos marrones. Y Denny, cuando le preparaba un plátano, cuidaba de que todas las rodajas tuviesen el mismo espesor y les quitaba todas las partes oscuras que encontraba.

¡Y estos agentes del mal, estos mal llamados abuelos, creían que Zoë estaría mejor con ellos! ¡Ya! No se dedicaban ni un instante a pensar en el bienestar de Zoë. Después de la cena, ni le preguntaron por qué no había comido su plátano. Le permitieron dejar la mesa sin casi haber comido. Denny nunca lo habría hecho. Le hubiese preparado algo que le gustara, y se habría asegurado de que comiese lo suficiente como para que siguiese desarrollándose de modo saludable.

Mientras miraba, me enfurecía. Y, a todo esto, una repulsiva poción se cocinaba en mis entrañas.

Cuando llegó la hora de sacarme, Maxwell abrió la puerta trasera y comenzó a recitar su estúpida jaculatoria:

—¡Busca, chico! ¡Busca!

No salí. Lo miré y pensé en lo que estaba haciendo, en cómo destrozaba nuestra familia, cómo desgarraba el tejido de nuestras vidas, lleno de ciega autocomplacencia. Pensé en qué poco cualificados estaban Trish y él para ser tutores de Zoë. Me acuclillé ahí mismo, en la casa, y evacué un inmenso chorro de diarrea acuosa sobre su maravillosa, carísima, alfombra bereber de color lino.

—¿Qué haces? —me gritó—. ¡Perro malo!

Me volví y emprendí un alegre trote en dirección al dormitorio de Zoë.

«¡Busca, hijo de puta! ¡Busca!», dije mientras me alejaba. Pero, claro, no me oyó.

Mientras me acomodaba en mi arrecife de animales de peluche, oí a Maxwell maldecir en voz alta y llamar a Trish para que limpiase mis excrementos. Miré a la cebra, que seguía encaramada sobre su trono de animales sin vida, y le dediqué un gruñido bajo, pero muy amenazador. Y el demonio entendió. Entendió que no debía meterse conmigo esa noche.

Ni esa noche, ni en ninguna otra ocasión.

Capítulo
40

Oh, septiembre!

Se acabaron las vacaciones. Los abogados volvían a su trabajo. Los tribunales funcionaban de nuevo. Se terminaron las postergaciones. ¡Se sabría la verdad!

Esa mañana, Denny salió vistiendo su único traje, un arrugado dos piezas de color caqui, de Banana Republic, y una corbata oscura. Le sentaba muy bien.

—Mike vendrá a la hora de comer y te sacará a pasear —me dijo—. No sé cuánto tiempo llevará esto.

Mike vino y me sacó a pasear por el barrio, para que no me sintiese solo. Después se marchó. Más tarde, Denny regresó. Me sonrió.

—¿Vosotros ya os conocéis? —preguntó con tono de broma.

¡Y detrás de él estaba Zoë!

Di un brinco. Salté. ¡Ya lo sabía! ¡Denny vencería a los Gemelos Malignos! ¡Me hubiese gustado poder dar saltos mortales! ¡Eve había regresado!

GARTH STEIN

Fue una tarde increíble. Jugamos en el patio. Corrimos y reímos. Nos abrazamos y acariciamos. Coci-
namos juntos y nos sentamos a la mesa y comimos. ¡Qué
bueno era volver a estar juntos! Después de la cena, tomaron helado en la cocina.

—¿Vuelves a Europa pronto? —preguntó Zoë de
repente.

Denny se quedó paralizado. El cuento había fun-
cionado tan bien que Zoë aún se lo creía. Se sentó.

—No, no vuelvo a Europa —dijo.

El rostro de Zoë se iluminó.

—¡Viva! —vitoreó—. ¡Vuelvo a mi habitación!

—En realidad —dijo Denny—, me temo que aún
no.

Zoë arrugó la frente y frunció los labios, procurando entender la afirmación de su padre. Yo también
estaba desconcertado.

—¿Por qué no? —preguntó al fin, con tono de frustración—. Quiero volver a casa.

—Ya lo sé, cariño, pero los abogados y jueces deben decidir dónde vivirás. Es una de las cosas que ocurren cuando muere la mamá de alguien.

—Entonces, díselo —exigió ella—. Sólo diles que
vuelvo a casa. No quiero vivir más con los abuelos. Quiero vivir aquí contigo y con Enzo.

—Es un poco más complicado que eso —dijo
Denny, incómodo.

—Sólo díselo —repitió, enfadada—. ¡Sólo díselo!

—Zoë, alguien me acusó de hacer algo muy malo...

—Díselo, y nada más.

—Alguien dice que hice algo muy malo. Y aunque no es verdad, ahora debo ir al tribunal y probárselo a todos.

Zoë se lo pensó durante un momento.

—¿Fueron los abuelos? —preguntó.

Quedé muy impresionado por la quirúrgica precisión de su pregunta.

—No... —comenzó a decir Denny—. No, no fueron ellos. Pero... están enterados del asunto.

—Hice que me amaran demasiado. —Zoë hablaba ahora en voz baja y contemplando su cuenco de helado derretido—. Debí haber sido mala. Tendría que haber conseguido que no quisieran quedarse conmigo.

—No, cariño, no —exclamó Denny, espantado—. No digas eso. Debes brillar con toda tu luz todo el tiempo. Solucionaré esto. Te prometo que lo haré.

Zoë meneó la cabeza sin mirarlo a los ojos. Comprendiendo que no había más que decir, Denny levantó el cuenco de helado y se puso a lavar los platos. Yo estaba afligido por ambos, pero sobre todo por Zoë, que debía afrontar situaciones llenas de sutilezas que le era imposible comprender, complicaciones contaminadas por los deseos enfrentados de quienes la rodeaban, que peleaban por la supremacía como enredaderas rivales que trepan por una codiciada pared. Entristecida, se fue a su dormitorio a jugar con los animales que había dejado allí.

Más tarde, sonó la campanilla de la puerta de entrada. Denny acudió a abrir. Mark Fein estaba allí.

—Es la hora —dijo.

Denny asintió con la cabeza y llamó a Zoë.

—Ha sido una gran victoria para nosotros, Denny —declaró Mark—. Es muy importante. Lo entiendes, ¿no?

Denny volvió a asentir, pero estaba triste. Como Zoë.

—Fines de semana. Desde el viernes después del colegio hasta el domingo después de la cena, es tuya —dijo Mark—. Y todos los miércoles, la recoges de la escuela y la devuelves antes de las ocho. ¿De acuerdo?

—Sí —contestó Denny.

Mark Fein lo contempló en silencio durante un momento.

—Estoy muy orgulloso de ti —dijo al fin—. No sé qué estará ocurriendo en tu cabeza, pero eres todo un competidor, un luchador magnífico.

Denny respiró hondo.

—Eso es lo que quiero scr —asintió.

Y Mark Fein se llevó a Zoë. Acababa de regresar y ya tenía que marcharse. Me llevó algún tiempo entender la situación, pero al fin terminé por deducir que la audiencia que había tenido lugar esa mañana no era parte del pleito penal contra Denny, sino de otro, por la custodia. Y que se trató de una audiencia que se había postergado una y otra vez porque los abogados se tenían que ir a sus casas en la isla López con sus familias, y el juez debió marcharse a su finca de Cle Elum. Me sentí traicionado. Sabía que esas personas, esos funcionarios del tribunal, no tenían ni idea de los sentimientos que yo había notado, presenciado esa noche a la hora de la cena. Si la hubieran tenido, lo habrían aplazado todo, cancelado sus otras obligaciones y dado una rápida solución a nuestro problema.

La cuestión era que sólo habíamos dado un primer paso. El veredicto que impedía todo contacto había sido aplastado. Denny ganó el derecho a las visitas. Pero Zoë seguía a cargo de los Gemelos Malignos. Denny aún estaba procesado por una acusación penal de la que era inocente. Nada estaba resuelto.

Pero los había visto juntos. Los había visto mirarse uno al otro, y reír, aliviados. Lo que confirmaba mi fe en el equilibrio del universo. Y aunque comprendía que sólo habíamos sorteado la primera curva de una carrera muy larga, sentí que las cosas pintaban bien. Denny no era dado a cometer errores, y, con neumáticos nuevos y una carga completa de combustible, le mostraría a quien lo desafiase que era un adversario formidable.

Capítulo
41

L a furia relampagueante de las carreras de velocidad es maravillosa. Las carreras de quinientas mi-
llas son espectaculares por sus exigencias de estrategia y
habilidad. Pero lo que verdaderamente pone a prueba a
un piloto son las competiciones de resistencia. Ocho horas, doce. Veinticuatro. A veces, veinticinco. Te hablaré de uno de los nombres más olvidados de la historia
del automovilismo deportivo: Luigi Chinetti.

Chinetti fue un piloto infatigable que participó en
todas las competiciones que se hicieron en Le Mans entre 1932 y 1953. Es conocido, sobre todo, por haberle dado a Ferrari su primera victoria en ese circuito, en las Veinticuatro horas de 1949. Chinetti condujo durante más de
veintitrés y media de esas veinticuatro horas. Durante
veinte minutos, le cedió el control de la máquina a su copiloto, el barón escocés Peter Mitchell-Thompson, propietario del automóvil. Eso fue todo. Chinetti condujo
todo el tiempo, menos esos veinte minutos. Y ganó.

Luigi Chinetti fue un brillante piloto, mecánico y hombre de negocios. Posteriormente, convenció a Ferrari de que comercializara sus vehículos en Estados Unidos. Y también de que le concedieran la primera, y durante muchos años, única, agencia de la marca en este país. Vendió caros coches rojos a gente muy rica, dispuesta a pagar precios muy altos por sus juguetes. Chinetti siempre mantuvo en secreto su lista de clientes. No le interesaba la ridícula notoriedad del consumo conspicuo.

Luigi Chinetti era un gran hombre. Inteligente, astuto, lleno de recursos. Murió en 1994, a los noventa y tres años. Suelo preguntarme dónde estará ahora, quién tiene su alma. ¿Los niños conocen sus propios antecedentes, su linaje espiritual? Lo dudo. Pero sé que, en algún lugar, hay un niño que se sorprende a sí mismo con su resistencia, su velocidad mental, la habilidad de sus manos. En algún lugar, un niño logra con facilidad lo que por lo general cuesta grandes esfuerzos. Y el alma de este niño, ciego ante su pasado, pero cuyo corazón aún se estremece ante la emoción de pilotar, despierta.

Y un nuevo campeón anda por la tierra.

Capítulo
42

Cuánta prisa.

Con cuánta prisa pasa un año, como un bocado de alimento arrebatado a las fauces de la eternidad.

Cuánta prisa.

De forma relativamente tranquila, los meses fueron pasando, hasta que nos encontramos al borde del otoño. Y, sin embargo, lo que cambió fue muy poco. Hacia delante y hacia atrás, para un lado y para el otro, los abogados danzaban y seguían con su juego, pues para ellos sólo era eso, un juego. Para nosotros, no.

Puntualmente, Denny se llevaba a Zoë, fin de semana de por medio, los miércoles por la tarde. La llevaba a lugares de significación cultural. Museos de arte, de ciencias. El zoológico y el acuario. Le enseñaba cosas. Y a veces, en secreto, íbamos a los kartings.

Ah, esos coches eléctricos. Cuando la llevó por primera vez, ella apenas tenía la talla suficiente para llegar al volante. Y era buena conductora. Entendió enseguida al vehículo, como si hubiese nacido para él. Era rápida.

Muy rápida.

No necesitó muchas instrucciones antes de sentarse al volante. Metió el dorado cabello bajo un casco, abrochó su arnés y partió. Sin temor. Sin dudas. Sin esperar.

—¿La llevas a Spanaway? —fue la pregunta obvia del encargado a Denny después de la primera sesión.

Spanaway era un lugar al sur de la ciudad donde los chavales disputaban carreras de karting en un circuito abierto.

—No —respondió Denny.

—Porque esta niña te ganaría hasta a ti —dijo el hombre.

—Lo dudo —rió Denny.

El joven encargado le echó una nerviosa mirada al reloj. Miró hacia la barrera de vidrio que lo separaba de los cajeros. Era media tarde. Había pasado el gentío de la hora del almuerzo y el próximo estallido de actividad sería al atardecer. Sólo nosotros estábamos allí. Me habían dejado pasar porque ya me conocían y sabían que no causaba problemas.

—Dad unas vueltas, hay tiempo —dijo el chaval—. Si ella gana, pagas. Si ganas tú, no pagas.

—Vale. —Denny tomó un casco de los que estaban colgados para los clientes. Ni se le había ocurrido llevar el suyo.

La carrera comenzó a toda velocidad. Denny le dio una ligera ventaja a Zoë, para no presionarla. Se mantuvo a la zaga durante varias vueltas, de modo que ella sintiera su presencia. Después, trató de pasarla.

Y ella le cerró el paso.

Trató de adelantarla otra vez. Y ella volvió a cerrarle el paso.

Otra vez. Con el mismo resultado. Era como si la niña supiese dónde estaba él todo el tiempo. El karting no tenía espejos retrovisores. Y el casco no permitía una visión periférica. Ella sentía. Sabía.

Cuando él hacía un intento, ella lo bloqueaba. Todas las veces.

Hay que decir que Zoë le llevaba una gran ventaja, pues pesaba menos de treinta kilos y él cerca de setenta y cinco. Tratándose de kartings, es una diferencia inmensa. Pero así y todo, debe tenerse en cuenta que él era un piloto de carreras semiprofesional de treinta años y ella una neófita de siete. Piénsalo.

Ella ganó, Dios la bendiga. Cruzó la meta antes que su padre. Y yo me sentí muy feliz. Estaba tan feliz que no me importó esperar en el coche mientras ellos iban a Andy's Diner a comer patatas fritas y batidos.

¿Cómo conseguía Denny soportar su calvario? Porque sabía un secreto: que su hija era mejor que él, más astuta y más rápida. Y, aunque los Gemelos Malignos habían restringido su acceso a ella, en los momentos en que la veía, recibía toda la energía que necesitaba para mantenerse cuerdo.

Capítulo
43

Ésta no es una conversación que me agrade tener.
—Mark Fein se reclinó en su silla de metal, que
gimió, abrumada—. La mantengo con demasiada frecuencia.

Otra vez estábamos en primavera. En el Victrola.
Donde estaba la chica de los ojos color chocolate.

Yo dormitaba a los pies de mi amo en la acera de la
Avenida Quince, calentada por el sol hasta tal punto que
parecía que se hubiese podido cocinar en ella. Dormía,
despatarrado, levantando un poco la cabeza para agra-
decer la ocasional caricia de algún transeúnte. Todos
ellos, de alguna manera, querían parecerse más a mí y
ser capaces de disfrutar de una siesta al sol sin sentir culpa, sin preocuparse. No imaginaban que, de hecho, y
como siempre ocurría durante nuestros encuentros con
Mark, yo me sentía bastante inquieto.

—Estoy listo —dijo Denny.

—Dinero.

Denny asintió para sí y suspiró.

—Sí, estoy atrasado con algunas de tus cuentas.

—Me debes un montón de pasta, Denny —aclaró Mark—. Hasta ahora he sido tolerante, pero ya no puedo serlo.

—Dame treinta días —dijo Denny.

—No puedo, amigo mío.

—Sí, sí que puedes —replicó Denny con firmeza—. Sí, puedes hacerlo.

Mark sorbió su café con leche.

—Tengo investigadores. Expertos en el detector de mentiras. Empleados legales. Empleados administrativos. Tengo que pagar a esas personas.

—Mark —dijo Denny—. Te estoy pidiendo un favor. Dame treinta días.

—¿Para pagar todo lo que debes? —preguntó Mark.

—Treinta días.

Mark terminó su café y se incorporó.

—De acuerdo. Treinta días. Nuestro próximo encuentro, por cierto, es en el café Vita.

—¿Por qué en el café Vita?

—Por mis ojos color chocolate. Se marcharon. Están en el café Vita, así que nuestro próximo encuentro será allí. Siempre y cuando pagues tu deuda. Treinta días.

—Pagaré —dijo Denny—. Tú, sigue trabajando.

Capítulo
44

Mark Fein le presentó una solución a Denny: si renunciaba a reclamar la custodia de Zoë, el pleito penal desaparecería. Eso dijo Mark Fein. Así de simples eran las cosas.

Claro que era pura especulación suya. No era que los Gemelos Malignos se lo hubiesen dicho directamente; pero, remitiéndose a su experiencia, Mark Fein sabía que era así. Uno de los motivos para que así fuera era que la madre de Annika era prima de Trish. También, porque sus abogados, en las audiencias preliminares, dejaron claro que no pretendían de ninguna manera que Denny fuese a la cárcel. Se conformaban con que quedase fichado como delincuente sexual. A los delincuentes sexuales no les dan las custodias de sus niñitas.

—Son muy arteros —observó Mark—. Y también muy buenos.

—¿Tanto como tú? —quiso saber Denny.

—Nadie es tan bueno como yo. Pero son muy buenos.

En algún momento, Mark llegó incluso a aconsejarle que quizá lo mejor para Zoë fuese quedarse con sus abuelos, dado que estaban en condiciones de ofrecerle una niñez más acomodada, y de pagar su educación superior, cuando llegase el momento. Además, sugirió Mark, si Denny renunciaba a ser el principal responsable de Zoë, tendría más tiempo para dedicarle a su profesión, como instructor y como piloto, y podría aceptar trabajos fuera del estado y participar en carreras en todo el mundo. Observó que los niños necesitan un ambiente familiar estable, lo cual, dijo, es más fácil de obtener con un domicilio fijo y sin cambiar constantemente de programa educativo, y asistiendo a una escuela en los barrios residenciales o a una institución urbana privada. Mark le aseguró a Denny que aceptaría esta situación sólo si se le concedía un régimen de visitas generoso. Pasó mucho tiempo procurando convencer a Denny de la verdad de estas afirmaciones.

A mí no me convenció. Claro, yo entiendo que un piloto de carreras debe ser egoísta. Tener éxito en los primeros niveles de cualquier disciplina requiere egoísmo. Pero cuando Mark Fein le decía a Denny que debía poner su profesión por encima de su familia, pues es imposible ser triunfador en ambas cosas al mismo tiempo, simplemente se equivocaba. Muchos nos convencemos a nosotros mismos de que el compromiso es necesario para alcanzar nuestros objetivos. Que no todo aquello a lo que aspiramos es posible, y que debemos eliminar lo superfluo y no pretender que la luna puede ser nuestra. Pero Denny se negaba a aceptar ese punto de vista. Quería a su hija, y quería su carrera de piloto. Y no estaba dispuesto a sacrificar a ninguna de las dos por la otra.

Las cosas cambian deprisa en la pista. Recuerdo una carrera a la que acompañé a Denny. Me quedé con su equipo mientras él corría. Lo mirábamos desde cerca de la línea de salida, que también era la meta. Faltaba una vuelta y Denny iba tercero, detrás de otros dos coches. Pasaron frente a nosotros, y cuando lo hicieron otra vez, y ya era el momento de que bajara la bandera a cuadros, Denny iba delante. Ganó la carrera. Cuando le preguntaron cómo había hecho para pasar a los otros dos en la vuelta final, sólo sonrió y dijo que cuando vio que el asistente de pista meneaba un dedo para indicar que era la última vuelta, tuvo un relámpago de intuición y se dijo: «Voy a ganar esta competición». Uno de los que iban por delante de él se despistó, el otro hizo una mala maniobra, permitiendo que Denny lo pasara con facilidad.

—Nunca es demasiado tarde —le dijo Denny a Mark—. Las cosas pueden cambiar.

Una gran verdad. Las cosas cambian deprisa. Y, como para demostrarlo, Denny vendió nuestra casa.

No nos quedaba dinero. Lo habían exprimido hasta la última gota. Mark había amenazado con dejar de ocuparse de su defensa. A Denny no le quedó otro remedio.

Contrató un camión de mudanzas y llamó a sus amigos, y un fin de semana de verano trasladamos todas nuestras pertenencias de nuestra casa del distrito central a un apartamento de un dormitorio en Capitol Hill.

Yo amaba nuestra vieja casa. Sé que era pequeña. Dos dormitorios y un cuarto de baño. Y el patio era demasiado pequeño como para correr. Y a veces, por la noche, el ruido de los autobuses en la calle era muy intenso. Pero yo le había tomado cariño a mi lugar en el suelo de madera dura de la sala de estar, que era muy agradable en invierno, cuando el sol entraba por la ventana. Y me encantaba usar la puerta para perros que Denny había instalado para que yo pudiese entrar y salir a mi gusto. Cuando Denny estaba en el trabajo, yo solía salir por ahí al porche trasero. Cuando se trataba de un día frío y húmedo, me quedaba allí, oliendo la lluvia y mirando el movimiento de las ramas de los árboles.

Pero eso se terminó. Se fue. A partir de ese momento, pasé mis días en un apartamento con alfombras de olor químico, ventanas aislantes que no permitían suficiente ventilación y una nevera que hacía demasiado ruido y parecía esforzarse mucho por mantener fría la comida. Y sin televisión por cable.

Así y todo, traté de encontrarle el lado bueno. Me metía en el espacio que quedaba entre el brazo del sofá y la puerta de vidrio corrediza que daba a un balcón, tan pequeño que casi no era digno de ese nombre. Y si me encajaba de la manera adecuada, podía ver más allá del edificio que teníamos enfrente y contemplar la Aguja Espacial, con sus ascensores de color bronce que llevaban a los visitantes a lo alto antes de descender.

Capítulo
45

Denny le pagó lo que le debía a Mark Fein. Al poco tiempo, Mark Fein fue nombrado juez de distrito, tarea sobre la que sé poco, más allá de que es una designación vitalicia, muy prestigiosa y que no está permitido rechazar. Denny se hizo con un nuevo abogado, que no le daba cita en el café Vita, ni en el Victrola, porque no le interesaban las muchachas con *piercing* en la ceja y ojos color chocolate. Este abogado, el doctor Lawrence, como le llamaba todo el mundo, no era vehemente ni atrevido como Mark. Era lacónico, tranquilo, lúgubre... Mark tenía chispa, fuego. Éste tenía unas orejas muy grandes.

Pidió un aplazamiento, que es lo que se hace en los asuntos legales para tener tiempo de leer toda la documentación. Y, aunque entendía que era necesario, me preocupé. Mark Fein se conducía con la energía de alguien que sabe que ya ganó la partida y espera educadamente a que el adversario cuente sus fichas para que comprenda cuánto perdió. Tal vez el doctor Lawrence fuese muy capaz, pero se comportaba como un sabueso sin presa que perseguir. Su rostro triste tenía una expresión que decía: «Dime cuándo comenzamos». Y cada vez que parecía que nos aproximábamos a un resultado, el horizonte se alejaba de pronto de nosotros a toda velocidad, y nos quedábamos esperando, una vez más, a que las ruedas de la justicia se echasen a andar de nuevo, cosa que hacían, pero con mucha lentitud.

Al poco tiempo de que Denny comenzara a trabajar con nuestro nuevo representante, recibimos nuevas malas noticias. Los Gemelos Malignos le habían puesto un pleito para que se ocupase de la manutención de Zoë.

Canallescos, así los había descrito Mark Fein. Y ahora, no conformes con quitarle a su hija, exigían que él pagase la comida con que la alimentaban.

El doctor Lawrence defendió esta indigna acción, pues, dijo, aunque implacable, se trataba de una táctica perfectamente legal. Le hizo una pregunta a Denny:

—¿El fin siempre justifica los medios? —Y él mismo la respondió—: Al parecer, para ellos, sí.

Tengo un amigo imaginario. Lo llamo Rey Karma. Sé que el karma es una fuerza del universo y que las personas como los Gemelos Malignos recibirán justicia kármica por sus actos. Sé que esa justicia llegará cuando el universo lo considere apropiado, y que ello quizá no ocurra en esta vida, sino en la próxima, o en la otra. La conciencia actual de los Gemelos Malignos quizá no experimente nunca las consecuencias que merecen sus acciones. Pero sus almas sí. Entiendo ese concepto.

Pero no me agrada. Así que mi amigo imaginario hace cosas para mí. Si eres malo con alguien, el Rey Karma bajará del cielo y te pondrá en tu lugar. Si pateas a alguien, el Rey Karma surgirá de un callejón y te dará una patada en el culo. Si eres cruel y malvado, el Rey Karma te dará el castigo adecuado.

Por la noche, antes de dormir, hablo con mi amigo imaginario y se lo envío a los Gemelos Malignos, y ejerce su justicia. No es mucho, pero es todo lo que puedo hacer. Cada noche, el Rey Karma les regala muy malos sueños. Se ven perseguidos por una jauría de perros salvajes, hasta que despiertan con un respingo. Les es imposible volver a conciliar el sueño.

Capítulo
46

Fue un invierno particularmente difícil para mí. Tal vez por las escaleras que llevaban al apartamento donde vivíamos. O quizá mi defecto genético se hacía sentir. O tal vez sólo fuera que estaba harto de ser perro.

Anhelaba desprenderme de este cuerpo, librarme de él. Me pasaba mis tristes y solitarios días contemplando a las personas que circulaban por la calle, espectáculo que veía por la ventana. Todos iban a algún lugar, todos tenían destinos importantes. ¿Y yo? No podía ni abrir la puerta para bajar a saludarlos. Y aunque hubiese podido hacerlo, tenía lengua de perro y no habría podido formar palabras para decirles nada. Tampoco podría estrecharle las manos. ¡Cuánto ansiaba hablar a esas personas! ¡Cuánto ansiaba participar en sus vidas! Quería participar, no sólo observar. Quería comprometerme con el mundo que me rodea, no ser sólo un amigo que brinda compañía.

Y, al recordar lo ocurrido, puedo decir que fue mi estado de ánimo, mi manera de ver la vida, lo que me llevó a ese coche y llevó a ese coche a mí. Tienes ante tus ojos lo que estás buscando.

Una noche, tarde, regresábamos del parque Volunteer. Habíamos alargado nuestro paseo, por lo general breve, debido a las especiales condiciones del tiempo. No hacía demasiado frío ni demasiado calor, soplaba una suave brisa y caía nieve. Recuerdo que la nieve me inquietaba. Seattle es lluvia. Lluvia templada, lluvia fría, pero es lluvia. No nieve. En Seattle hay demasiadas colinas como para que se asiente la nieve. Pero había nieve.

Denny solía dejarme sin correa cuando regresábamos del parque, y esa noche me alejé demasiado de él. Antes de llegar a la Décima Avenida, vacía de coches y personas, me quedé mirando cómo caían los copos, formando una delgada capa sobre la acera y la calle.

—¡Vamos, Zo! —Denny dio un fuerte silbido después de gritar.

Alcé la vista. Estaba al otro lado de la calle Aloha. Debía de haber cruzado sin que yo lo notara.

—¡Ven, chico!

Se dio una palmada en el muslo y yo, sintiéndome repentinamente desligado de Denny, como si entre ambos hubiese todo un mundo, no una calle de dos sentidos, salté al asfalto para ir con él.

De pronto exclamó:

—¡No! ¡Espera!

Los neumáticos no chillaron como suelen hacerlo. El suelo estaba cubierto de una fina capa de nieve. Los neumáticos rodaban en silencio. Apenas producían un siseo. El coche me atropelló.

Qué estúpido, pensé. Soy muy estúpido. Soy el perro más estúpido del planeta y tengo la cara dura de pretender llegar a ser humano. Qué estúpido.

—Tranquilo, chico.

Sus manos sobre mí. Cálidas.

—No lo vi...

—Ya lo sé.

—Apareció de pronto...

—Sí, entiendo, lo vi todo.

Denny me abrazó. Denny me levantó.

—¿Qué puedo hacer?

—Faltan algunas manzanas para llegar a casa. Es demasiado pesado como para que lo lleve en brazos. ¿Me llevas?

—Claro, pero...

—Trataste de frenar. Hay nieve en la calle.

—Nunca había atropellado a un perro.

—Apenas lo has tocado.

—No puedo creerlo...

—Está asustado, más que nada.

—Nunca había...

—Lo que acaba de ocurrir no tiene importancia —dijo Denny—. Pensemos en lo que hay que hacer ahora. Eso es lo importante. Súbete al coche.

—Sí. —Era sólo un muchacho. Me había atropellado un adolescente—. ¿Adónde vamos?

—No te preocupes. —Denny hablaba acomodándose en el asiento trasero y poniéndome sobre su regazo—. Respira hondo y arranca.

Capítulo
47

La muerte de Ayrton Senna no fue inevitable.
Esto es algo que se me ocurrió de pronto, mientras gemía de dolor en el asiento trasero del coche de Denny, rumbo al veterinario. Pensé en el circuito de Grand Prix de la ciudad de Imola. En la curva Tamburello. La muerte de Senna no fue inevitable. Podría haberse salvado.

El día anterior a la carrera, un sábado, Rubens Barrichello, amigo y protegido de Senna, resultó gravemente herido en un accidente. Otro piloto, Roland Ratzenberger, murió durante un entrenamiento. A Senna le preocupaban mucho las condiciones de seguridad de la pista. Se pasó la mañana del domingo, día de la carrera, reunido con otros pilotos para organizar un grupo dedicado a la seguridad de los competidores. Fue elegido jefe de ese grupo.

Dicen que tenía sentimientos ambiguos sobre aquella carrera, el Gran Premio de San Marino, que esa mañana de domingo consideró seriamente la posibilidad de poner fin a su carrera de piloto. Estuvo a punto de hacerlo. De salvarse.

Pero no lo hizo. Ese fatídico primer día de mayo de 1994, corrió. Y cuando entró en la célebre curva de Tamburello, curva conocida por su peligrosidad, su máquina se descontroló y se estrelló a casi trescientos kilómetros por hora contra la barrera de cemento. Una pieza de la suspensión que perforó su casco lo mató de forma instantánea.

O murió en el helicóptero que lo llevaba al hospital.

O murió en la pista, cuando lo sacaron de entre los restos de su coche.

La muerte de Ayrton Senna es tan enigmática como su vida.

La controversia sobre su muerte sigue vigente hasta hoy. La filmación tomada desde el interior del coche desapareció misteriosamente. Los relatos sobre su muerte difieren. La política de la Federación Internacional de Automovilismo tuvo algo que ver. Es cierto que, en Italia, si un corredor muere en la pista, su muerte se investiga de inmediato y la carrera se detiene. También es cierto que, si la carrera se detiene, la FIA, sus patrocinadores, la televisión, etcétera, pierden millones de dólares. Sus intereses se ven afectados. Pero si el piloto, por ejemplo, muere en el helicóptero, camino del hospital, la carrera puede continuar.

Y es cierto que Sidney Watkins, el primer hombre que llegó a donde estaba Senna después del accidente, dijo: «Lo sacamos de la cabina y lo acostamos en el suelo. Cuando lo hicimos, suspiró, y, aunque soy totalmente agnóstico, sentí que su alma partía en ese preciso instante».

¿Cuál es la verdad acerca de la muerte de Ayrton Senna, que sólo tenía treinta y cuatro años?

La conozco, y te la contaré ahora:

Era admirado, amado, festejado, honrado, respetado. En la vida y en la muerte. Fue un grande. Es un grande. Será un grande.

Murió ese día porque su cuerpo ya había cumplido con su propósito. Su alma hizo lo que vino a hacer, aprendió lo que debía aprender, así que estaba en libertad de marcharse. Y yo, mientras íbamos a toda prisa a casa del doctor que me debía curar, supe que, si ya hubiese cumplido con mi misión en la tierra, si ya hubiera aprendido lo que debo aprender, habría bajado de la acera un segundo más tarde, y ese coche me habría dado de lleno, me habría matado instantáneamente.

Pero no me mató. Porque aún no había terminado. Me quedaba trabajo por hacer.

Capítulo
48

Entradas separadas para perros y para gatos. Eso es lo que recuerdo con más claridad. Y una tercera entrada para animales con enfermedades infecciosas, que no discriminaba por especie. Al parecer, cuando perros y gatos se infectan, son iguales.

Recuerdo el dolor que sentí cuando el veterinario manipuló mis caderas. Después me puso una inyección y me sumí en un sueño muy profundo.

Cuando desperté, seguía mareado, pero ya no me dolía nada. Oí fragmentos de conversación. Términos como «displasia» y «artritis crónica» y «fractura no desplazada del hueso pélvico». También otros: «cirugía de reemplazo», «operación de emergencia», «soldadura», «umbral de dolor», «calcificación», «fusión». Y mi preferido: «viejo».

Denny me llevó al vestíbulo y me tendió sobre la alfombra marrón, que, de alguna manera, era acogedora en esa habitación en penumbra. El asistente le habló y le dijo otras cosas que, drogado como estaba, me confundieron. «Radiografía». «Sedantes». «Examen y diagnóstico». «Inyección de cortisona». «Medicamentos para el dolor». «Tarifa de emergencia nocturna». Y, claro, «ochocientos doce dólares».

Denny le tendió una tarjeta de crédito al ayudante del veterinario. Se agachó y me acarició la cabeza.

—Te pondrás bien, Zo —dijo—. Te has hecho una fisura en la pelvis, pero se curará. Sólo debes tomártelo con calma durante un tiempo y quedarás como nuevo.

—Señor Swift...

Denny se incorporó y regresó al mostrador.

—Su tarjeta ha sido rechazada.

Denny se puso rígido.

—¡Imposible!

—¿Tiene usted otra tarjeta?

—Tome.

Ambos se quedaron mirando la máquina azul donde se ponen las tarjetas y, al cabo de un momento, el ayudante meneó la cabeza.

—Se ha excedido de su límite.

Denny frunció el ceño y sacó otra tarjeta.

—Ésta es la que uso en los cajeros automáticos. Tiene que funcionar.

Volvieron a esperar. El mismo resultado.

—No lo entiendo. —Denny estaba desconcertado. Pude oír que su respiración se aceleraba, su corazón latía más deprisa—. Acabo de ingresar mi sueldo. Quizá aún no esté disponible.

El doctor apareció.

—¿Hay algún problema? —preguntó.

—Mire, tengo trescientos dólares de cuando ingresé el cheque del sueldo. Saqué un poco en efectivo. Tenga. —Denny desplegó los billetes ante el médico—. Estarán reteniendo el resto a la espera de que el cheque se confirme o algo así. —Denny tragó saliva. Había pánico en su voz—. Sé que tengo dinero en esa cuenta. Si no, puedo transferir algo mañana desde mi caja de ahorros.

—Tranquilo, Denny —le calmó el doctor—. Estoy seguro de que se trata de un malentendido.

Luego le dijo al ayudante:

—Hazle un recibo por los trescientos al señor Swift y déjale a Susan una nota diciéndole que volveremos a probar la tarjeta por la mañana.

El ayudante tomó el dinero. Denny se quedó mirando atentamente mientras el otro escribía el recibo.

—¿Podría quedarme con veinte? —Seguía titubeando. Noté que le temblaban los labios. Estaba agotado, conmovido, avergonzado—. Tengo que echarle gasolina al coche.

El ayudante miró al doctor, quien bajó la mirada y asintió en silencio antes de volverse, deseándonos las buenas noches por encima del hombro. El empleado le dio a Denny un billete de veinte dólares y un recibo, y Denny me llevó hasta el coche.

Cuando llegamos a casa, Denny me depositó en mi cama y, tomándose la cabeza entre las manos, se quedó sentado un largo rato en la oscuridad del cuarto, apenas alumbrado por las lámparas de la calle.

—No puedo —dijo—. No puedo más.

Alcé la vista. Me hablaba a mí. Me miraba.

—Han vencido —añadió—. ¿Te das cuenta?

¿Cómo iba a responderle? ¿Qué podía decir?

—No puedo ni hacerme cargo de ti. No puedo ni pagar la gasolina de mi coche. No me queda nada, Enzo. No queda nada en esta vida.

¡Dios, cuánto deseé poder hablar! Y tener pulgares. Lo habría agarrado del cuello de la camisa. Lo hubiese acercado a mí, tanto como para que sintiera mi aliento en su piel, y le habría dicho: «Sólo es una crisis. Algo pasajero. Apenas una cerilla que se enciende en la oscuridad implacable del tiempo. Tú eres el que me enseñó que nunca hay que darse por vencido. Tú me enseñaste que surgen nuevas oportunidades para los que están preparados, los que están listos. ¡Debes conservar la fe!».

Pero no podía decírselo. Sólo podía mirarlo.

—Lo intenté —dijo.

Lo dijo sólo porque no podía oírme. Porque no había oído ni una sola de mis palabras. Porque soy un perro.

—Tú has sido testigo —insistió—. Lo intenté.

Si me hubiese podido levantar sobre mis patas traseras. Si hubiera podido abrazarlo. Hablarle.

«No sólo lo he sido —le habría dicho—, aún lo soy».

Y entonces él habría entendido lo que quería decirle. Y se habría dado cuenta de todo.

Pero no podía oírme. Porque soy lo que soy.

Así que volvió a cubrirse la cara con las manos y se quedó allí sentado.

Yo no podía darle nada.

Estaba solo.

Capítulo
49

Días después. Una semana. Dos. Desde que Denny se dio por vencido, el tiempo no significaba mucho para mí. Parecía enfermizo, sin energías ni fuerza vital. Yo también. En algún momento, cuando mis caderas aún no estaban curadas del todo, pero ya no me producían mucho dolor, aunque sí incomodidad, fuimos a visitar a Mike y Tony.

No vivían lejos de nosotros. Su casa era pequeña, pero demostraba que sus ingresos eran más altos que los nuestros. Denny me contó una vez que a Tony le tocó estar en el lugar y en el momento justos como para no volver a preocuparse por el dinero nunca más en su vida. Así es la vida. Así son las cosas. Tu coche va a donde van tus ojos.

Estábamos sentados en su cocina. Denny tenía frente a sí una taza de té y una carpeta marrón. Tony no estaba. Mike daba vueltas, nervioso.

—Es la decisión correcta, Den —dijo Mike—. Estoy contigo al cien por cien.

Denny no se movió ni habló. Se quedó mirando la carpeta con ojos carentes de expresión.

—Se trata de tu vida, de tu juventud —afirmó Mike—. Es tu momento. Los principios son importantes, pero tu vida también lo es. Y tu reputación.

Denny asintió con la cabeza.

—Lawrence obtuvo lo que querías, ¿no?

Denny asintió.

—El mismo régimen de visitas, al que se suman dos semanas en verano, una durante las vacaciones de Navidad y otra en las vacaciones escolares de febrero, ¿no?

Denny asintió.

—Y no tienes que pagar más manutención. La matricularán en una escuela privada de la isla Mercer. Y pagarán su educación universitaria.

Denny asintió.

—Y quedarás fichado sólo como infractor en un caso de acoso, en libertad provisional. No tendrás antecedentes por delitos sexuales.

Denny asintió.

—Denny —añadió Mike, serio—. Eres un tipo inteligente. De los más inteligentes que conozco. Te diré una cosa: es una decisión inteligente. Lo sabes, ¿no?

Durante un momento, Denny pareció confundido. Escrutó la mesa, estudió sus propias manos.

—Necesito un bolígrafo —dijo.

Mike tomó un bolígrafo de la mesa del teléfono, que tenía a sus espaldas. Se lo alcanzó a Denny.

Denny vaciló, con la mano levantada sobre los documentos de la carpeta. Miró a Mike.

—Siento como si me hubiesen abierto el vientre, Mike. Como si me hubiesen abierto y cortado los intestinos y tuviese que pasar lo que me queda de vida acarreando una bolsa de plástico llena de mierda. Tendré esta bolsa de cagar amarrada a la cintura, conectada con un tubo, toda mi vida, y cada vez que vaya a vaciarla al inodoro recordaré el momento en que me abrieron y disimularé con una sonrisa fingida en la cara, y me diré: «Bueno, al menos no me arruiné».

Mike pareció desconcertado.

—Es difícil —dijo.

—Sí —coincidió Denny—. Es difícil. Bonito bolígrafo.

Denny alzó el bolígrafo. Era uno de esos que se hacen como recuerdo, con una pieza móvil sobre un fondo de plástico transparente que se ve al mover el capuchón.

—Del parque zoológico Woodland —dijo Mike.

Miré mejor. En la parte superior del bolígrafo. Bajo el plástico transparente, se veía una sabana en miniatura. ¿Y la pieza móvil? Una cebra. Cuando Denny inclinó el bolígrafo, la cebra se deslizó por la sabana. La cebra está en todas partes.

De repente, me di cuenta de algo. La cebra. No es algo que está fuera de nosotros. La cebra es algo que está dentro. La cebra es lo peor de nosotros, cuando nos encontramos en el peor de los momentos. ¡El demonio que llevamos en nuestro interior!

Denny acercó la punta del bolígrafo al papel. Vi cómo la cebra se deslizaba hacia abajo, acercándose poco a poco a la línea donde iba la firma. Supe que quien firmaba no era Denny. ¡Era la cebra! ¡Denny nunca renunciaría a su hija a cambio de unas pocas semanas de vacaciones de verano y una exención de pagos por manutención!

Yo era un perro viejo. Recientemente atropellado por un coche. Pero reuní cuantas fuerzas pude. El resto, debo agradecérselo a los medicamentos para el dolor que Denny me había administrado antes. Me erguí, apoyándole las patas delanteras en el regazo. Estiré el pescuezo. Y, al momento siguiente, me encontré en la puerta de la cocina con los papeles entre los dientes. Mike y Denny me miraban, atónitos.

—¡Enzo! —ordenó Denny—. ¡Suéltalo!

No le hice caso.

—¡Enzo! ¡Suelta! —gritó.

Meneé la cabeza.

—Ven, chico —dijo Mike.

Lo miré. Tenía un plátano. Hacía de policía bueno; Denny, de malo. Aquello era totalmente injusto. Sabe cuánto me gustan los plátanos. Así y todo, lo rechacé.

—¡Enzo, ven aquí, demonios! —vociferó Denny, lanzándose sobre mí.

Me escabullí.

Dado que mi movilidad era limitada, se trató de una persecución a baja velocidad. Pero aun así, se trató de una persecución. Hice amagos, fintas, regates, y me evadí de las manos que intentaban agarrarme del collar. No pudieron conmigo.

Cuando al fin me acorralaron en la sala de estar, aún tenía los papeles. Fui consciente de que todavía no estaba todo perdido, incluso en ese momento, cuando estaban a punto de agarrarme y arrancarme los papeles de la boca. Denny me enseñó que la carrera no termina hasta que no baja la bandera a cuadros. Miré a mi alrededor y vi que una de las ventanas estaba entornada. No parecía muy abierta, y tenía un mosquitero de alambre tejido. Pero bastaba.

A pesar de mi dolor, salté. Me propulsé con todas mis fuerzas. Pasé por la abertura, me estrellé contra el mosquitero, que cedió, y seguí camino. Y me encontré en el porche. Me escabullí al patio trasero.

Mike y Denny salieron a toda prisa por la puerta trasera. Jadeaban, pero ya no me perseguían. Más bien, parecían impresionados por mi hazaña.

—Se tiró —dijo Mike, con la respiración agitada.

—Por la ventana —concluyó Denny.

Sí. Me tiré por la ventana.

—Si lo hubiésemos grabado en vídeo nos podríamos ganar diez mil dólares en *El vídeo casero más cómico de los Estados Unidos*.

—Dame los papeles, Enzo —dijo Denny.

Los agité vigorosamente sin soltarlos. Mike se rió de mi empecinamiento.

—No es gracioso —refunfuñó Denny.

—Tiene su gracia —se defendió Mike.

—Dame los papeles —repitió Denny.

Dejé caer los papeles y los revolví con las patas delanteras. Los arañé, tratando de enterrarlos.

Mike volvió a reír.

Pero Denny estaba muy enfadado. Me fulminó con la mirada.

—Enzo —dijo—, te estoy advirtiendo.

¿Qué podía hacer yo? ¿No me había expresado con claridad? ¿No había comunicado mi mensaje? ¿Qué más podía hacer?

Sólo una cosa. Levanté una pata y oriné sobre los papeles.

Los gestos son lo único que tengo.

Cuando me vieron hacerlo, no pudieron evitarlo: se echaron a reír, esta vez los dos. Denny y Mike. Se rieron mucho. Hacía años que no veía a Denny reír así. Las caras se les pusieron rojas. Apenas podían respirar. Cayeron de rodillas y rieron hasta que no pudieron reír más.

—Muy bien, Enzo —dijo Denny—. Está bien.

Entonces, me acerqué, dejando los papeles empapados de orina sobre la hierba.

—Llama a Lawrence —le sugirió Mike a Denny—. Que los vuelva a imprimir para que puedas firmar.

Denny se incorporó.

—No —dijo—. Estoy con Enzo. Yo también me meo en su acuerdo. No me importa si firmarlo es, o no, lo más inteligente. No he hecho nada malo y no me voy a dar por vencido. No me rendiré jamás.

—Se van a enfurecer —suspiró Mike.

—Que se vayan a la mierda —dijo Denny—. O gano o me quedo sin combustible en la última vuelta. Pero no abandonaré. Se lo prometí a Zoë. No voy a abandonar.

Cuando llegamos a casa, Denny me dio un baño y me secó. Después encendió el televisor de la sala de estar.

—¿Cuál es tu preferido? —preguntó mirando el anaquel donde tenía sus vídeos, las carreras que nos encantaba ver juntos—. Ah, aquí hay uno que te gusta.

Lo puso. Ayrton Senna en el Gran Premio de Mónaco, 1984, surcando la lluvia a la zaga de quien encabezaba la carrera, Alain Prost. Senna habría ganado esa carrera si no la hubiesen suspendido por las condiciones climáticas. Cuando llovía, nunca llovía sobre Senna.

Vimos todo el vídeo sin interrupción, hombro con hombro, Denny y yo.

Capítulo
50

Llegó el verano de mi décimo cumpleaños, y nuestras vidas recuperaron algo de su equilibrio, aunque no eran satisfactorias. Aún pasábamos fines de semana alternos con Zoë, que se había puesto muy alta y que no dejaba pasar ocasión de cuestionar algún punto de vista establecido o encontrarle fallos a una teoría, o presentar alguna idea que hacía que Denny sonriese, orgulloso.

Mis caderas no quedaron del todo bien después del accidente, pero estaba decidido a no hacerle gastar a Denny más dinero del que tuvo que desembolsar aquella noche en la consulta del veterinario. Me aguanté el dolor, que a veces me impedía dormir durante toda la noche. Hice cuanto pude por seguir con el ritmo de nuestras vidas. Pero mi movilidad estaba tan severamente limitada que ya no podía correr, aunque sí trotar razonablemente bien. Creo que llevé dignamente las cosas, pues a veces oía a las personas que me conocen comentar qué vivaz se me veía y cómo los perros se curan deprisa y se adaptan a sus limitaciones.

El dinero seguía siendo un problema permanente, pues Denny se veía obligado a darle parte de su salario a los Gemelos Malignos, y el doctor Lawrence, sensato abogado, insistía en que sus pagos se mantuvieran al día. Afortunadamente, los jefes de Denny se mostraban generosos, pues le permitían cambiar sus horarios para que pudiese ocuparse de sus muchas obligaciones extralaborales, y también para que, algunos días, diera clases de conducción en circuitos Pacific, lo que le permitía sacar con facilidad algún dinero adicional para pagar al abogado.

A veces, los días que daba clases de pilotaje, Denny me llevaba a la pista y, aunque nunca me permitían acompañarlo en el coche, me gustaba quedarme en las gradas y verlo enseñar. Me gané alguna fama como perro de la pista. En especial, me agradaba trotar por el *paddock*, mirando cuál era la última moda en materia de coches para los jóvenes hombres y mujeres cuyas cuentas bancarias estaban colmadas de fondos producidos por inversiones bursátiles en el área tecnológica. Desde el delicado Lotus Exige hasta el espectacular Lamborghini, pasando por el clásico Porsche, siempre había algo bueno que ver.

Un día caluroso de fines de julio estábamos enseñando. Recuerdo que todos se encontraban en la pista y que vi que un hermoso Ferrari F430 rojo pasaba frente al *paddock* y se detenía frente a la sede de la escuela. Un hombre menudo, más bien viejo, se bajó del coche y el propietario de la escuela, Don Kitch, fue a su encuentro. Se abrazaron y hablaron durante unos minutos. Luego, el recién llegado se acercó al arcén para ver el circuito, y Don ordenó por radio a los encargados de pista que dieran por terminada la sesión y avisaran a los estudiantes de que ya era la hora de la pausa para comer.

Mientras los conductores bajaban de sus vehículos y los instructores les daban consejos y sugerencias útiles, Don llamó a Denny, que se aproximó. Lo seguí, pues sentía curiosidad por ver qué ocurría.

—Necesito que me hagas un favor —dijo Don a Denny.

Y, de pronto, el hombrecillo del Ferrari estaba con nosotros.

—Recuerdas a Luca Pantoni, ¿no? —preguntó Don—. Fuimos a cenar a tu casa hace un par de años.

—Claro. —Denny estrechó la mano de Luca.

—Su esposa preparó una cena deliciosa —dijo Luca—. Aún la recuerdo. Por favor, acepte mis sinceras y sentidas condolencias.

Al oír su acento italiano lo recordé. El hombre de Ferrari.

—Gracias —dijo Denny con voz queda.

—Luca quiere que tú le enseñes nuestro circuito —explicó Don—. ¿Puedes comerte un bocadillo entre sesiones, no? No necesitas comer en serio, ¿verdad?

—No hay problema. —Denny se puso rápidamente el casco y se dirigió al lado del acompañante del exquisito vehículo.

—Señor Swift —dijo Luca—. Si me lo permite, preferiría que usted condujera, así puedo mirar mejor.

Sorprendido, Denny miró a Don.

—¿Quiere que yo conduzca ese coche? —No era extraña su sorpresa. Al fin y al cabo, el F430 vale casi un cuarto de millón de dólares.

—Asumo toda responsabilidad —contestó Luca. Don asintió.

—Con mucho gusto —dijo Denny.

Y se metió en la cabina.

Era un coche bellísimo, equipado para la competición, no para usarlo en la calle. Tenía asientos y arneses de una sola pieza homologados por la FIA, jaula antivuelco completa, y, tal como yo sospechaba, volante de Fórmula 1. Los dos se abrocharon los cinturones, Denny pulsó el botón de encendido electrónico, y el motor despertó con un rugido.

Ah, ¡qué sonido! El zumbido del fantástico motor combinado con el ronquido gutural del inmenso tubo de escape. Denny apenas tocó el volante y cruzaron lentamente el *paddock* hasta llegar al comienzo de la pista.

Seguí a Don al aula, donde los estudiantes se habían repartido gruesos trozos de un bocadillo gigante y los masticaban, mientras conversaban y reían. La intensa mañana de clases de automovilismo les alegraría toda la semana.

—Si quieren ver algo especial —dijo Don—, tomen sus bocadillos y salgan a la pista. Hay una sesión inesperada, aprovechando la hora de comer.

El Ferrari era el único coche en la pista, que normalmente se cierra a la hora de comer. Pero ésta era una sesión excepcional.

—¿Qué ocurre? —le preguntó uno de los instructores a Don.

—Van a probar a Denny —respondió Don, con tono misterioso.

Todos salimos a tiempo para ver a Denny salir de la curva nueve y avanzar por la recta.

—Calculo que necesitará tres vueltas para entender la palanca de cambios secuencial —dijo Don.

En efecto, Denny comenzó poco a poco, como lo hizo cuando lo acompañé en Thunderhill. ¡Dios, cómo quisiera haberme encontrado en el lugar del afortunado Luca! Ser copiloto de Denny en un F430 debe de ser una experiencia increíble.

Empezó despacio, pero cuando pasó frente a nosotros por tercera vez, se produjo una evidente transformación en el vehículo. Ya no era un coche, sino un borrón rojo. Ya no zumbaba, sino que, al tomar la recta a tal velocidad que los estudiantes se miraron y rieron como si alguien acabase de contar un chiste verde, aullaba. Denny mostraba lo que sabía.

Al cabo de un instante, tan breve que uno se preguntaba si no habría tomado un atajo, el Ferrari apareció detrás del soto que marcaba la salida de la curva siete. Iba por lo más elevado del peralte, y sus alerones parecían completamente desplegados, como si fuera un avión. Luego oímos el ruido característico que se produce cuando la palanca electrónica baja rápidamente de sexta a tercera. Vimos los discos de freno cerámicos, tan calientes que relumbraban entre los rayos de magnesio de las ruedas. Enseguida, el motor rugió cuando el paso de combustible se abrió al máximo y vimos que el coche sorteaba la curva ocho como si fuese un trineo a reacción, como si corriera sobre rieles. La ardiente goma de sus neumáticos especiales se aferró al resbaladizo asfalto como si fuese velcro; oímos otra vez el ruido de los cambios, y el coche pasó como un proyectil frente a nosotros al tomar la curva nueve a no más de cinco centímetros de la barrera de cemento. El efecto *doppler* convirtió el ronquido del motor en un gruñido feroz, y, con un nuevo ruido de la palanca, el coche entró en la recta como un cohete y se perdió de vista.

—¡A la mierda! —dijo uno de los estudiantes.

Los miré y tenían la boca abierta. Todos permanecimos en silencio. Oímos el sonido de los cambios al pasar cuando Denny se dispuso a entrar en la curva cinco A, al otro lado del circuito. Aunque no lo veíamos, los maravillosos efectos de sonido nos permitían imaginarlo. Una vez más, Denny pasó frente a nosotros a un millón de kilómetros por hora.

—¿Se está acercando al límite de velocidad? —preguntó alguno.

Don sonrió y meneó la cabeza.

—Hace rato que pasó el límite —dijo—. Estoy seguro de que Luca le dijo que mostrara de qué es capaz, y eso es lo que está haciendo. —Luego, se volvió hacia los espectadores y bramó—: ¡Jamás conduzcan de esa manera! ¡Denny es un piloto de carreras profesional y el coche no es suyo! ¡No tiene que pagarlo si lo rompe!

Siguieron dando vueltas hasta que quedamos mareados y exhaustos de verlos. Luego, el coche aminoró la marcha para dar una vuelta de enfriamiento, y finalmente se detuvo en el *paddock*.

Todos los estudiantes se congregaron para ver cómo Denny y Luca emergían del ardiente vehículo. Los estudiantes cuchicheaban mientras tocaban, maravillados, la caliente ventana de cristal que protegía el magnífico motor.

—-¡Todos al aula! —ladró Don—. Veamos cómo se comportaron en las curvas esta mañana.

Mientras los otros se marchaban, Don le dio un firme apretón en el hombro a Denny.

—¿Cómo fue?

—Increíble —dijo Denny.

—Me alegro. Te lo mereces.

Don se fue a dar su clase. Luca se nos aproximó con la mano extendida. En ella tenía una tarjeta.

—Quisiera que trabajase para mí. —Habló a Denny con su fuerte acento italiano.

Yo estaba sentado junto a Denny, que, por costumbre, bajó la mano y me rascó la oreja.

—Se lo agradezco —dijo Denny—. Pero no creo tener condiciones para vender coches de ese grado de exigencia.

—Yo tampoco creo que las tengas —convino Luca.

—Pero trabaja para Ferrari.

—Sí, en Maranello, en la sede de Ferrari. Ahí tenemos un estupendo circuito.

—Entiendo —dijo Denny—. Y me dice que quisiera que trabaje... ¿dónde?

—En el circuito. Necesitamos un instructor. A menudo, nuestros clientes lo necesitan cuando nos compran un coche.

—¿De instructor?

—Es una de las cosas que nos hacen falta. Pero más que nada, se ocuparía de probar los vehículos.

Denny abrió mucho los ojos y tomó una gran bocanada de aire. Yo también. ¿Ese tipo estaba diciendo lo que creíamos?

—En Italia —dijo Denny.

—Sí. Le proporcionaríamos un piso para usted y para su hija. Y, claro, también un coche, un Fiat, a nuestro cargo, como parte del paquete de compensación.

—Vivir en Italia y probar Ferraris —dijo Denny.

—Sí.

Denny estiró el cuello. Dio una vuelta completa y, mirándome, rió.

—¿Por qué yo? —preguntó—. Hay mil tipos capaces de conducir ese coche.

—Don Kitch dice que es excepcionalmente bueno en tiempo lluvioso.

—Lo soy. Pero el motivo no puede ser ése.

—No —dijo Luca—. Tiene razón. —Fijó sus ojos celestes en Denny y sonrió—. Pero le hablaré más acerca de mis motivos cuando nos encontremos en Maranello y vaya a cenar a mi casa.

Denny asintió y se mordió los labios. Golpeó la tarjeta de Luca con la uña del pulgar.

—Aprecio su generoso ofrecimiento. Pero me temo que hay ciertas cosas que me impiden abandonar el país, el estado incluso, en este momento. Así que no puedo aceptar.

—Estoy al tanto de sus problemas —dijo Luca—. Por eso estoy aquí.

Denny alzó la vista, sorprendido.

—Mantendré el puesto disponible para usted hasta que su situación se resuelva y pueda tomar su decisión sin que en ello pesen circunstancias pasajeras. Mi número de teléfono está en la tarjeta.

Luca sonrió y volvió a estrechar la mano de Denny. Se metió en el Ferrari.

—Me gustaría saber por qué me escogió.

Luca alzó un dedo.

—Cuando cenemos en casa. Entonces lo entenderá.

Se marchó.

Denny meneó la cabeza, atónito. Los estudiantes salieron del aula y se dirigieron a sus coches. Don se acercó.

—¿Y bien? —preguntó.

—No lo entiendo —dijo Denny.

—Le interesa tu carrera desde que te conoció —explicó Don—. Siempre que hablamos me pregunta cómo te va.

—¿Por qué le importa tanto?

—Te lo quiere decir él mismo. Lo único que puedo adelantarte es que admira la forma en que peleas por tu hija.

Denny pensó durante un momento.

—¿Y si no gano, qué?

—Perder la carrera no es deshonroso —dijo Don—. Lo deshonroso es no correr por temor a perder. —Se interrumpió—. Ahora, Saltamontes, ocúpate de tu estudiante. Ve a la pista, ¡ése es tu lugar!

Capítulo
51

Necesitas salir? Salgamos.
Tenía mi correa. Vestía sus pantalones vaqueros y una chaqueta ligera para protegerse del fresco del otoño. Me ayudó a incorporarme sobre mis inestables patas y me ató. Salimos a la oscuridad. Yo me había dormido, pero era hora de salir a orinar.

Mi salud se había deteriorado. No sé si el accidente del invierno anterior había aflojado mis cañerías o si lo que me ocurría tenía que ver con los muchos medicamentos que tomaba. Pero la cuestión es que había desarrollado una incómoda incontinencia urinaria. Hasta la actividad más leve me hacía dormir profundamente, y a menudo, cuando despertaba, me encontraba con que había mojado mi rincón. Por lo general, eran apenas unas gotas, a veces más, y siempre me producía un terrible embarazo.

Mis caderas también me traían muchos problemas. Una vez que me incorporaba y echaba a andar, una vez que mis coyunturas y ligamentos entraban en calor, me sentía perfectamente bien y me movía sin inconvenientes. Pero cuando dormía o me quedaba tumbado en un mismo lugar durante algún tiempo, se me agarrotaban las articulaciones de las patas traseras y me costaba volver a moverme, incluso incorporarme.

El resultado de mis trastornos de salud fue que Denny ya no me podía dejar solo durante toda su jornada laboral. Comenzó a visitarme a la hora del almuerzo, para que saliera a aliviarme. Fue muy bondadoso, explicándome que lo hacía por él mismo. Se sentía atado, me dijo, y frustrado. Los abogados seguían avanzando a paso de tortuga, y Denny no podía hacer nada para que se dieran prisa. Así que la corta caminata que debía dar para buscarme en el apartamento le servía de tónico. Sí, representaba una módica cantidad de ejercicio cardiovascular, pero, sobre todo, le daba un propósito, una misión, algo que hacer que no fuese esperar.

Esa noche —sé que eran cerca de las diez porque *Carreras asombrosas* acababa de terminar— Denny me sacó. El aire nocturno era estimulante, y disfruté de la manera en que me despertaba al entrar por mis fosas nasales. Pura energía.

Cruzamos la calle Pine y vi que a las puertas de Cha Cha Lounge había un grupo de gente que había salido a fumar. Me esforcé por ignorar mi deseo de olfatear el arroyo. Me negué a meter la nariz en el trasero de algún otro perro que hubiese salido a pasear. Pero oriné en la calle como un animal, porque no me quedaba más remedio. Soy un perro.

Caminamos hacia la ciudad por Pine, y fue entonces cuando la vimos.

Ambos nos detuvimos. Contuvimos el aliento. Había dos mujeres jóvenes en una mesa de la acera de la cafetería y librería Bauhaus. Una de ellas era Annika.

¡Tentadora! ¡Seductora! ¡Zorra!

¡Qué espanto, tener que encontrarnos precisamente con esa horrible muchacha! ¡Quería lanzarme sobre ella, apresar su nariz entre mis dientes y retorcerla! Detestaba a esa muchacha que había atacado a Denny con su sexualidad desenfrenada, para luego culparlo a él por el ataque. Me parecía despreciable que fuese capaz de destrozar una familia por puro placer y puro despecho. ¡Menuda mujer despechada! Kate Hepburn la hubiese aplastado de un solo golpe, sin dejar de reír mientras lo hacía. Ardí de ira.

Allí estaba, sentada en una mesa del Bauhaus, con otra muchacha. En ese enrollado bar de moda de nuestro vecindario, bebiendo café y fumando cigarrillos. Ahora debía de tener al menos diecisiete años, tal vez dieciocho, y podía andar sola por el mundo. Legalmente, podía sentarse en cualquier café de la ciudad, disfrutando de su maldad. Y yo no podía detenerla. Lo que hiciera aquella inmadura acusadora, aquella enemiga, no me concernía.

Supuse que cruzaríamos la calle para evitar la confrontación. Pero fuimos directamente hacia ella. No lo entendí. Quizá Denny no la había visto. No se había dado cuenta.

Yo sí, así que me resistí. Me planté y bajé la cabeza.

—Vamos, chico. —Denny, según hablaba, tiraba de mi correa.

No le hice caso.

—¡Vamos! —dijo, severo.

¡No! ¡No iría con él!

Entonces se inclinó. Se puso de cuclillas, me cogió del hocico y me miró a los ojos.

—Sí, la he visto —me dijo—. Comportémonos con dignidad.

Me soltó el morro.

—Esto puede beneficiarnos, Zo. Y quiero que vengas conmigo y la ames como nunca amaste a nadie.

No entendí su estrategia, pero obedecí. Al fin y al cabo, quien tenía la correa era él.

Cuando pasamos frente a la mesa, Denny se detuvo, adoptando una expresión de sorpresa.

—¡Caramba, hola! —dijo en tono alegre.

Annika alzó la vista. También ella fingió sorpresa. Evidentemente, ya nos había visto, pero esperaba que no hubiese saludo alguno.

—Denny. ¡Qué placer verte!

Represente mi papel. La saludé con entusiasmo. La hurgué con el morro, le clavé la nariz en la pierna. Me senté y la miré con expresión expectante, cosa que a la gente siempre le cae bien. Pero, por dentro, se me revolvían las tripas. Ese maquillaje. Ese cabello. El jersey ceñido, su seno palpitante. Puaj.

—¡Enzo! —saludó ella.

—Oye —dijo Denny—. ¿Podemos hablar un momento?

La amiga de Annika hizo ademán de levantarse.

—Voy a buscar más café —dijo.

—No. —Denny la detuvo con un gesto—. Por favor, quédate.

Ella titubeó.

—Es importante que seas testigo de que aquí no ocurre nada impropio —le explicó Denny—. Si te marchas, yo también debo marcharme.

La chica miró a Annika, que asintió con la cabeza.

—Annika —dijo Denny.

—Denny.

Él arrastró una silla de otra mesa, que estaba vacía. Se sentó junto a ella.

—Entiendo muy bien lo que está ocurriendo —dijo Denny.

Lo cual era extraño, porque yo no lo entendía en absoluto. Ella lo había atacado. Después, lo había acusado de ser el atacante, y debido a ello, sólo podíamos ver a Zoë ciertos días de la semana. No pude comprender por qué le hablábamos cuando deberíamos estar asándola clavada a un gancho.

—Quizá te haya enviado señales sin querer —continuó Denny—. Es culpa mía y de nadie más. Pero uno no deja de mirar para ambos lados antes de cruzar la calle sólo porque el semáforo está en verde.

Annika hizo una mueca de incomprensión y miró a su amiga.

—Una metáfora —explicó la amiga.

¡Fascinante! ¡Dijo «metáfora»! ¡Fantástico! ¡Al menos va con una amiguita que entiende inglés! ¡Postergaremos su suplicio, no la asaremos hasta mañana!

—Tendría que haber manejado la situación de otra manera —dijo Denny—. No tuve ocasión de decirte esto antes porque no podíamos vernos. Pero todos los errores fueron míos. Todo fue por mi culpa. No hiciste nada malo. Eres una mujer atractiva, y entiendo que el hecho de que yo reconociera que es así quizá me haya hecho comportarme de un modo que te hizo pensar que estaba disponible. Pero, como sabes, no lo estaba. Mi mujer era Eve. Y tú eras demasiado joven.

Annika agachó la cabeza al oír el nombre de Eve.

—Tal vez hasta te vi como a Eve durante un momento —siguió Denny—. Y quizá te haya mirado como solía mirar a Eve. Pero, Annika, aunque comprendo que puedas estar muy enfadada, me pregunto si realmente entiendes qué está ocurriendo, cuáles son las consecuencias. No me dejan tener a mi hija. ¿Te das cuenta de lo que es eso?

Annika lo miró y se encogió de hombros.

—Quieren que quede fichado como delincuente sexual, y eso significa que debo presentarme a la policía, viva donde viva, siempre. Y nunca más podré ver a mi hija sin supervisión de otros. ¿Te contaron eso?

—Dijeron... —Intentó hablar con voz queda. No pudo seguir. Se interrumpió.

—Annika, cuando vi a Eve por primera vez se me cortó el aliento. No podía caminar. Sentía que si la perdía de vista durante un momento, despertaría y descubriría que no había sido más que un sueño. Todo mi mundo giraba en torno a ella.

Se detuvo y todos callamos durante un momento. Un grupo de gente salió de un restaurante al otro lado de la calle. Se despidieron en voz alta y entre muchas risas, besándose y abrazándose antes de separarse.

—Una relación entre tú y yo jamás hubiese podido funcionar. Por un millón de razones. Mi hija, mi edad, tu edad, Eve. ¿En otro momento, otro lugar? Tal vez. Pero no ahora. No hace tres años de eso. Eres una mujer maravillosa, y sé que hallarás tu pareja perfecta y serás feliz durante el resto de tu vida.

Ella lo miró. Sus ojos parecían enormes.

—Lamento no poder ser yo, Annika —dijo él—. Pero sé que algún día encontrarás a alguien que hará que el mundo se detenga para ti, como me ocurrió a mí cuando conocí a Eve.

Ella clavó la mirada en su café con leche.

—Zoë es mi hija. La amo como tu padre te ama a ti. Por favor, Annika, no me la quites.

Annika no levantó la vista de su café. Miré de soslayo a su amiga. Había lágrimas en sus pestañas.

Nos quedamos allí un momento más antes de seguir camino. Hacía años que yo no percibía tanta elasticidad en el paso de Denny.

—Creo que me escuchó —dijo.

Yo también lo creía, pero ¿cómo responder? Ladré dos veces.

Me miró y rió.

—¿Más rápido? —preguntó.

Volví a ladrar dos veces.

—Más rápido, pues —dijo—. ¡Vamos! —Y trotamos durante todo el camino de regreso.

Capítulo
52

La pareja que estaba ante la puerta me era totalmente desconocida. Eran viejos y frágiles. Vestían ropas raídas. Llevaban antiguas maletas que abultaban por todos los lados. Olían a naftalina y a café.

Denny abrazó a la mujer y la besó en la mejilla. Tomó su maleta con una mano y con la otra estrechó la diestra del hombre. Entraron en el apartamento con paso vacilante. Denny se hizo cargo de sus abrigos.

—Ésta es vuestra habitación. —Llevó las maletas al dormitorio—. Yo dormiré en el sofá.

Los dos recién llegados no dijeron nada. Él era calvo, a excepción de una medialuna de opaco pelo negro. Su cráneo era largo y angosto. Sus ojos y sus mejillas estaban hundidos. Tenía el rostro cubierto de una incipiente barba gris que daba la impresión de pinchar mucho. La mujer tenía el pelo blanco, tan ralo que se le veía el cuero cabelludo. Llevaba gafas de sol, que no se quitó al entrar. Se quedaba totalmente quieta, a la espera de que el hombre que tenía al lado se moviera antes de hacerlo ella.

Le susurró algo en el oído a su acompañante.

—Tu madre necesita ir al baño —dijo el hombre.

—Yo la llevo. —Denny se colocó junto a la mujer y la tomó delicadamente del brazo.

—No, la llevo yo —dijo el hombre.

Ella lo tomó del brazo y él la condujo al vestíbulo donde estaba la entrada al lavabo.

—El interruptor está detrás de la toalla de mano.

—Ella no necesita luz —dijo el hombre.

Cuando entraron en el cuarto de baño, Denny se volvió y se frotó la cara con las manos.

—Cuánto me alegro de veros. —Habló sin apartar las manos del rostro—. Ha pasado tanto tiempo...

Capítulo
53

De haber sabido que eran los padres de Denny, me habría mostrado más receptivo ante aquellos desconocidos. Pero nadie me advirtió nada, así que mi sorpresa estaba totalmente justificada. Aun así, me habría agradado recibirlos como corresponde a unos familiares.

Se quedaron con nosotros durante tres días, y apenas salieron del apartamento. Uno de esos días, por la tarde, Denny fue a buscar a Zoë, que estaba hermosísima, con cintas en el cabello y un lindo vestido. Evidentemente, su padre le había dicho cómo comportarse, pues se quedó sentada de buena gana en el sofá, mientras la madre de Denny exploraba su rostro con las manos. Al hacerlo, la anciana madre de Denny no dejaba de llorar, y las lágrimas caían como gotas de lluvia sobre el estampado floral del vestido de Zoë.

Denny cocinaba comidas sencillas: carne asada, judías verdes al vapor, patatas hervidas. Comían en silencio. El hecho de que tres personas pudiesen ocupar un apartamento tan pequeño e intercambiar tan pocas palabras me parecía de lo más raro.

Durante su estancia, el padre perdió algo de su aspereza y hasta le sonrió a Denny en alguna ocasión. Una vez, cuando en el apartamento silencioso yo estaba sentado en mi rincón contemplando los ascensores de la Aguja Espacial, vino y se paró detrás de mí.

—¿Qué estás mirando? —Me hablaba en voz baja. Y me rascó las orejas del mismo modo que lo hace Denny. ¡Cuánto se parece el tacto de un padre al de su hijo!

Lo miré.

—Cuida de él —me pidió.

No pude darme cuenta de si me hablaba a mí o a Denny. Y, si me hablaba a mí, ¿se trataba de una orden o de un reconocimiento? El lenguaje humano, con sus miles de palabras, es preciso, pero también puede ser maravillosamente vago.

En la última noche de su visita, el padre de Denny le entregó un sobre.

—Ábrelo —dijo.

Denny hizo lo que le decía y se quedó mirando el contenido del sobre.

—¿De dónde demonios ha salido esto? —preguntó.

—De nosotros —respondió su padre.

—Vosotros no tenéis dinero.

—Tenemos una casa, una granja.

—¡No puedes vender tu casa! —exclamó Denny.

—No lo hicimos —replicó el padre—. Lo que hicimos se llama hipoteca inversa. El banco se quedará con la casa cuando muramos, pero nos pareció que tú necesitas dinero ahora, no en el futuro.

Denny miró a su padre, que era muy alto y muy delgado. Las ropas le colgaban como les cuelgan a los espantapájaros.

—Pa... —Denny intentó hablar, pero los ojos se le llenaron de lágrimas y sólo pudo menear la cabeza. Su padre le tendió los brazos y lo estrechó con emoción. Le acarició el pelo con sus largos dedos de grandes uñas con medialunas pálidas en la base.

—Nunca nos portamos bien contigo —dijo el viejo con voz trémula—. Nunca te dimos lo que mereces. Con esto, reparamos un poco la falta.

Se marcharon a la mañana siguiente. Como el último viento fuerte de otoño, que sacude el árbol hasta que caen las pocas hojas que quedan, indicando que la estación está a punto de cambiar y que también la vida se reanuda.

Capítulo
54

Un piloto debe tener fe. En su talento, su juicio, el juicio de los que lo rodean, la física. Un piloto debe tener fe en su equipo, su coche, sus neumáticos, sus frenos, él mismo.

Sale mal de una curva. Se ve forzado a dejar el carril por el que transitaba. Va a demasiada velocidad. Los neumáticos pierden agarre. La pista está resbaladiza. Y de pronto, se encuentra a la salida de la curva, fuera de la pista y yendo demasiado rápido.

Cuando la grava del arcén se le acerca, el piloto debe tomar decisiones que afectarán a la carrera, a su futuro. Frenar sería catastrófico. Detener el movimiento natural de las ruedas delanteras sólo serviría para provocar un trompo. Tratar de volver a la pista no sería mejor, pues le quitaría tracción a sus ruedas traseras. ¿Qué hacer?

El piloto debe aceptar su destino. Debe aceptar el hecho de que se equivocó. Cometió errores de cálculo.

Tomó malas decisiones. Una suma de circunstancias lo ha puesto en esta situación. El piloto debe aceptarlas y estar dispuesto a pagar el precio que corresponda. Debe salir de la terrible situación.

Con dos ruedas. Incluso con las cuatro. Es una sensación horrible para un piloto, como tal y como competidor. La grava que golpea el chasis. La sensación de nadar en el lodo. Mientras sus ruedas están fuera de la pista, otros conductores lo pasan. Ocupan su lugar, siguen adelante. El único que se detiene es él.

En ese momento, el piloto experimenta una tremenda crisis. Debe volver a pisar el acelerador. Debe regresar a la pista.

¡Dios! ¡Qué locura!

Piensa en todos los pilotos que debieron abandonar carreras cuando rompieron el volante por corregir en exceso una mala maniobra, lo que los dejó haciendo trompos en medio del asfalto. Una fea posición para un piloto.

Un ganador, un campeón, aceptará su destino. Dejará las ruedas en el arcén. Hará cuanto pueda por mantener el coche alineado y volverá gradualmente a la pista cuando sea seguro hacerlo. Sí, se atrasa un poco. Sí, queda en desventaja. Pero sigue en carrera. Sigue vivo. La carrera es larga. Correr dentro de las propias posibilidades y terminar detrás de los otros es mejor que apresurarse y chocar. Que no correr.

Capítulo
55

En los días siguientes, surgió mucha información, gracias a Mike, que acosaba a preguntas a Denny, sin ceder hasta que obtenía respuesta. Acerca de la ceguera de su madre, que le sobrevino cuando él era niño. Cuidó de ella hasta que, al terminar la secundaria, se marchó de su casa. Información sobre cómo su padre le dijo que, si no se quedaba para ayudar con la granja y con su madre, no tenía sentido que mantuvieran contacto alguno. De cómo Denny los telefoneó durante años por Navidad, y cómo su madre, al atender el teléfono, se quedaba escuchando sin hablarle; hasta que, una vez, al cabo de años de llamadas, le respondió, preguntándole cómo le iba y si era feliz.

Me enteré de que los padres de Denny no habían pagado su curso de preparación en Francia, como él decía. Lo pagó él mismo con un préstamo hipotecario que tomó sobre nuestra casa. Me enteré de que sus padres no habían contribuido al patrocinio de su temporada en la categoría de turismos, como dijo Denny. Él, a instancias de Eve, lo pagó con una segunda hipoteca.

Siempre viviendo al límite. Al borde de la ruina. Hasta el punto de telefonear a su madre ciega para pedirle ayuda, cualquier clase de ayuda para conservar a su hija. Y me enteré de que ella le respondió que lo daría todo por conocer a su nieta. Sus manos sobre el rostro esperanzado de Zoë; sus lágrimas sobre el vestido de Zoë.

—Una historia triste. —Mike se quedó en silencio, sirviéndose otra copita de tequila.

—En realidad —dijo Denny, estudiando su lata de refresco—, creo que tiene un final feliz.

Capítulo
56

Todos de pie! —dijo el ujier. Su anticuada forma-lidad contrastaba con el estilo contemporáneo de los nuevos tribunales de Seattle: paredes de cristal y vi-gas metálicas que sobresalen de todos los ángulos, suelos de cemento y escaleras con peldaños de caucho, todo alumbrado por una extraña luz azulada.

—El honorable juez Van Tighem.

Un hombre de edad, enfundado en una toga negra, entró en el recinto. Era bajo y fornido, y llevaba su abun-dante cabello gris peinado hacia un lado. Sus oscuras y pobladas cejas caían sobre los ojos como orugas pelu-das. Hablaba con acento irlandés.

—Siéntense —ordenó—. Comencemos.

***

Así empezó el juicio, al menos en mi mente. No te da-ré todos los detalles porque no los conozco. No estaba allí, porque soy un perro, y a los perros no se les permite asistir a juicios. Los únicos atisbos del proceso que tuve son las fantásticas imágenes y escenas que inventé en mis sueños. Los únicos hechos que conozco son los que colegí a partir del relato de Denny. Todo lo que sé sobre tribunales, como dije, es lo que aprendí mirando mis películas y series de televisión favoritas. Reconstruí lo ocurrido a partir de ellas, como si se tratara de un rompecabezas al que le faltan piezas. Los bordes están completos, las esquinas también, pero faltan partes en la barriga y el corazón.

El primer día del juicio se consagró a las presentaciones preliminares; el segundo, a seleccionar el jurado. Denny y Mike no hablaron mucho de esos asuntos, así que supongo que todo habrá salido como se esperaba. Esos dos días, Tony y Mike se presentaron en nuestro apartamento temprano por la mañana. Mike acompañó a Denny al juicio y Tony se quedó a cuidarme.

Tony y yo no hacíamos gran cosa durante el tiempo que pasábamos juntos. Nos quedábamos leyendo el periódico, o íbamos a dar paseos cortos, o nos acercábamos hasta el Bauhaus, para ver si tenía correo electrónico con la red wi-fi gratuita que hay allí. Tony me caía bien, a pesar del hecho de que, años atrás, hubiese lavado a mi perro. O tal vez me agradaba por ello. Ese pobre perro terminó por seguir el camino de toda carne mortal y, cuando quedó reducido a harapos, fue arrojado a la basura sin ceremonias ni elegía alguna. «Mi perro», fue todo lo que se me ocurrió decir en esa ocasión.

Mi perro. Y miré mientras Denny lo tiraba al cubo y cerraba la tapa, y eso fue todo.

A la mañana siguiente, reinaba un ambiente totalmente distinto cuando Tony y Mike llegaron. Había mucha más tensión, muchas menos observaciones banales, ninguna broma. Ese día, el caso empezaba a juzgarse en serio, y todos permanecíamos a la expectativa. El futuro de Denny estaba en juego, y eso no era cosa de broma.

Al parecer, según pude saber en su momento, el doctor Lawrence pronunció un apasionado discurso inicial. Coincidía con la afirmación del fiscal de que los abusos sexuales son una vergonzosa demostración de poder, pero señaló que las acusaciones infundadas son un arma igualmente destructiva, y que también son una forma de ejercer un poder. Y se comprometió a demostrar que Denny era inocente de todas las acusaciones que se le formulaban.

La fiscalía comenzó su alegato con un desfile de testigos, a todos los cuales habíamos conocido aquella semana en Winthrop. Cada uno de ellos atestiguó que Denny se había comportado de una manera indebidamente seductora con Annika, acechándola como un predador. Sí, concedieron, ella jugaba con él, ¡pero no era más que una niña! («¡También lo era Lolita!», podría haber gritado James Mason). Denny era un hombre inteligente, fuerte y apuesto, dijeron los testigos, y tendría que haberse dado cuenta de lo que ocurría. Uno a uno, fueron pintando un cuadro en el que Denny maniobraba arteramente para estar con Annika, rozarse con ella, tocarle la mano clandestinamente. Cada convincente testimonio era seguido de otro aún más persuasivo, que, a su vez, era seguido por otro y otro más. Hasta que, finalmente, la supuesta víctima fue llamada al estrado.

Vestida con una sobria falda y una chaquetilla de cuello alto, con el cabello recogido y los ojos bajos, Annika procedió a catalogar cada mirada, actitud y respiración, cada toque casual, o que estuvo a punto de ocurrir. Admitió ser una cómplice voluntaria, entusiasta, incluso. Pero dijo que, niña como era, no sabía en qué se estaba metiendo. Para el momento en que el interrogatorio de Annika concluyó, ni uno solo de los allí presentes, a excepción del propio Denny, podía afirmar con absoluta certeza que él no se tomó libertades con ella esa semana. En realidad, hasta el propio Denny dudaba.

A primera hora de esa tarde del miércoles, el clima resultaba opresivo. Las nubes eran densas, pero la lluvia se negaba a caer. Tony y yo fuimos al Bauhaus para que él bebiera su café. Nos sentamos en la acera y nos quedamos mirando el tránsito de la gente en la calle Pine hasta que mi mente se cerró y perdí la noción del tiempo.

—Enzo...

Alcé la cabeza. Tony se metió su móvil en el bolsillo.

—Era Mike. El fiscal pidió un receso especial. Algo pasa.

Se quedó callado, esperando mi respuesta. No dije nada.

—¿Qué hacemos? —preguntó.

Ladré dos veces. Debíamos ir al tribunal.

Tony cerró el móvil. Avanzamos a buen paso por Pine y cruzamos el puente de la autopista. Él caminaba muy deprisa y a mí, perro viejo, me costaba seguirlo. Cuando sentía que la correa se tensaba, miraba hacia atrás y disminuía la marcha.

—Debemos apresurarnos si queremos llegar —decía. Yo también quería llegar a tiempo, pero me dolían mucho las caderas. Seguimos camino hasta la Quinta Avenida, pasando frente al teatro Paramount. Íbamos rumbo al sur a toda prisa, zigzagueando cuando había un semáforo en rojo, hasta llegar a alguno que nos diera paso. Por fin llegamos al tribunal, en la Tercera Avenida.

Mike y Denny no estaban allí. Sólo había un reducido grupo de gente en un rincón de la escalinata de entrada, hablando en tono nervioso, haciendo gestos. Nos dirigimos hacia ellos. Quizá supieran qué ocurría. Pero en ese momento comenzó a llover. El grupo se desbandó al instante y vi que Annika formaba parte de él. Tenía el rostro pálido y consumido, y lloraba. Al verme, dio un respingo y se volvió a toda prisa, desapareciendo en el interior del edificio.

¿Por qué estaba tan alterada? No lo sabía, pero me puso muy nervioso. ¿Qué podía estar ocurriendo dentro de ese edificio, en las oscuras cámaras de la justicia? ¿Qué más podía haber hecho para comprometer a Denny y destrozar su vida? Recé con todas mis fuerzas para que el espíritu de Gregory Peck, Jimmy Stewart o Raúl Juliá descendiera sobre el atrio y nos condujera a la verdad. Para que Paul Newman o Denzel Washington bajaran de un autobús para pronunciar un emocionante discurso que lo arreglara todo.

Tony y yo nos refugiamos debajo de un toldo. Esperábamos, tensos. Algo ocurría, y yo no sabía qué era. Deseé poder meterme en la sala del juicio, escabullirme allí, saltar sobre una mesa y hacer oír mi voz. Pero nadie estaba interesado en que yo participara.

—Todo terminó —dijo Tony—. No podemos cambiar el veredicto que se haya alcanzado.

¿No podemos?, me pregunté. ¿Ni un poquito? ¿Ni siquiera podemos decirnos a nosotros mismos que lo imposible se puede lograr? ¿Ni usar nuestra fuerza vital para cambiar algo, aunque no sea más que una cosa pequeña, un momento insignificante, una respiración, un gesto? ¿No podemos hacer nada por cambiar lo que nos rodea?

Sentía las patas tan pesadas que no me podía mantener en pie. Me tumbé sobre el cemento húmedo y me dormí. Extraños sueños me visitaron.

—*Señoras y señores del jurado* —*dijo el doctor Lawrence, de pie ante el tribunal*—. *Es importante hacer notar que el caso que plantea la parte acusadora es totalmente circunstancial. No hay evidencia alguna de violación. Sólo dos personas saben la verdad de lo ocurrido esa noche. Dos personas y un perro.*

—*¿Un perro?* —*preguntó el juez con tono de incredulidad.*

—Sí, juez Van Tighem. —El doctor Lawrence habló dando un paso adelante con expresión osada—. Todo el episodio fue presenciado por el perro del acusado. ¡Convoco a Enzo para que declare!

—¡Protesto! —ladró el fiscal.

—Se admite la protesta —dijo el juez—. Por el momento.

Sacó de un cajón un grueso volumen y lo revisó durante largo rato, deteniéndose de vez en cuando a leer algún pasaje.

Por fin, y sin levantar la cabeza del libro, le preguntó al doctor Lawrence:

—¿Ese perro habla?

—Con ayuda de un sintetizador de voz —dijo el abogado—, sí que habla.

—¡Protesto! —intervino el fiscal.

—Por ahora, no se admite —dijo el juez—. Hábleme de ese dispositivo, letrado Lawrence.

—Tomamos prestado un sintetizador de voz especial que fue desarrollado para Stephen Hawking —prosiguió Lawrence—. Lee los impulsos eléctricos que produce el cerebro y...

—¡Es suficiente! ¡Con lo de «Stephen Hawking» ya lo entendí!

—Con este dispositivo, el perro puede hablar —remató el implacable Lawrence.

El juez cerró el inmenso tomo.

—No procede la protesta. Que se presente, pues, ese perro. Que venga.

Había centenares de personas en el recinto. Yo, de pie, en el estrado de los testigos, estaba conectado al simulador de voz de Stephen Hawking. El juez me tomó juramento.

—¿Jura ante Dios decir la verdad, toda la verdad y nada más que la verdad?

—Sí, juro. —Lo hice con una áspera voz metálica que no se parecía nada a lo que yo imaginara. Siempre había tenido la esperanza de hablar con un tono imperativo y grave, como James Earl Jones.

—Señor Lawrence —dijo el atónito juez—. Ahí tiene a su testigo.

—Enzo —dijo entonces el abogado—. ¿Estuvo usted presente durante el supuesto abuso?

—Sí —respondí.

Se produjo un repentino silencio. Ahora, nadie se atrevía a hablar, cuchichear, respirar siquiera. Yo hablaba y ellos escuchaban.

—Cuéntenos con sus palabras qué presenció esa noche en el dormitorio del señor Swift.

—Se lo contaré —dije—. Pero antes, quiero pedir permiso para dirigirme a este tribunal.

—Puede hacerlo —dijo el juez.

—En el interior de cada uno mora la verdad —comencé—. La verdad absoluta. Pero a veces queda oculta en una galería de espejos. A veces, creemos estar viendo la realidad, cuando lo cierto es que nos encontramos ante un reflejo, una distorsión. Al oír los testimonios que se presentaron en este juicio, recuerdo la escena crucial

de una película de James Bond, El hombre de la pistola de oro. *James Bond escapa del laberinto de espejos rompiendo el cristal, destrozando las apariencias, hasta que sólo el verdadero villano está frente a él. Nosotros también debemos destrozar las apariencias. Debemos mirar nuestro propio interior y eliminar toda distorsión, hasta que aquello que nuestros corazones saben que es la perfecta verdad quede frente a nosotros. Sólo entonces será posible hacer justicia.*

Paseé la mirada por los rostros de los asistentes y vi que todos asentían con aire aprobador.

—Nada ocurrió entre ellos —dije al fin—. Nada en absoluto.

—Pero oímos muchas acusaciones —dijo el doctor Lawrence.

—Señoría —alcé la voz—, señoras y señores del jurado les aseguro que mi amo, Dennis Swift, no actuó de forma inapropiada bajo ningún concepto con esta señorita, Annika. A mí me quedó claro que ella lo amaba a él más que a nada en el mundo, y por eso se le ofreció. Él rechazó su proposición sexual. Denny sólo es culpable de irse a dormir, agotado, tras haber dedicado todas sus energías físicas a llevarnos a casa a salvo a todos, cruzando un difícil paso de montaña. Annika, esta muchacha, esta mujer, tal vez sin darse cuenta de las posibles consecuencias de su acto, asaltó a mi amo Denny.

Un murmullo se elevó entre los asistentes.

—Señorita Annika, ¿es eso cierto? —quiso saber el juez.

—*Lo es* —*respondió Annika.*

—¿*Se retracta de las acusaciones que formuló?*

—*Sí* —*balbuceó ella, sollozando*—. *Lamento haberles causado tanto dolor a todos. Me retracto.*

—¡*Ésta es una revelación asombrosa!* —*anunció Van Tighem*—. ¡*El perro Enzo habló! La verdad salió a la luz. El caso queda resuelto. El señor Denny puede marcharse. Se le concede la custodia de su hija.*

Bajé del estrado de un salto y abracé a Denny y a Zoë. Por fin volvíamos a ser una familia.

***

—Todo terminó.

La voz de mi amo.

Abrí los ojos. Vi a Denny flanqueado por Mike y por el doctor Lawrence, quien tenía un gran paraguas. No sé cuánto tiempo había pasado. Pero Tony y yo estábamos muy mojados por la lluvia.

—Los cuarenta y cinco minutos del receso fueron los más largos de mi vida —dijo Denny.

Aguardé a que prosiguiera.

—Se retractó —continuó—. Retiraron los cargos que me formulaban.

Me di cuenta de que, aunque quisiera disimularlo, le costaba respirar.

—Retiraron los cargos y estoy libre.

De haber estado solo, Denny quizá se hubiese salido con la suya, evitando el llanto. Pero Mike lo envolvió en un abrazo y Denny dejó fluir el torrente de lágrimas que llevaba años conteniendo con un dique de determinación, cada una de cuyas grietas fue tapando con los dedos. Lloró mucho.

—Gracias, doctor Lawrence.—Tony estrechó la mano del abogado—. Hizo usted un excelente trabajo.

El doctor Lawrence sonrió, tal vez por primera vez en su vida.

—No tenían pruebas físicas —dijo—. Sólo se basaban en el testimonio de Annika. Me di cuenta enseguida de que ella vacilaba, que quería decir algo más. Así que, cuando me tocó interrogarla, insistí hasta que se derrumbó. Dijo que hasta ahora había contado lo que ella quiso que sucediera. Hoy, admitió que nada había ocurrido. Una vez anulado su testimonio inicial, habría sido absurdo que el fiscal siguiera adelante con el juicio.

¿Así que ella testificó de esa manera? Me pregunté dónde estaría, qué pensaría. Paseé la mirada por el lugar y vi que salía del edificio del tribunal, acompañada de su familia. Se la veía hundida, frágil.

Miró en nuestra dirección y nos vio. Entonces me di cuenta de que no era una mala persona. Uno no puede enfadarse con otro competidor cuando se produce un accidente en la pista. Sólo cabe enfadarse con uno mismo por haber estado en el momento equivocado en el lugar equivocado.

Ella agitó su mano en un fugaz saludo a Denny, pero sólo la vi yo, pues era el único que estaba mirando. Así que ladré para responderle.

—Tienes un buen amo. —Era la voz de Tony, cuya atención seguía concentrada en su círculo más cercano y por lo tanto también en mí.

Tenía razón. Tengo el mejor de los amos.

Contemplé a Denny, que, siempre abrazado a Mike, se mecía hacia uno y otro lado. Percibí el alivio, la liberación. Supe que, aunque quizás le hubiera sido más fácil hacer las cosas de otro modo, aquélla era la única conclusión satisfactoria.

Capítulo
57

Al día siguiente, el doctor Lawrence informó a Denny de que los Gemelos Malignos habían renunciado a la demanda de custodia. Zoë era de su padre. Los Gemelos pidieron cuarenta y ocho horas para reunir sus cosas y pasar un poco más de tiempo con ella antes de entregársela a Denny, que no tenía ninguna obligación de aceptar esa solicitud.

Denny pudo haberse mostrado mezquino. Despechado. Le quitaron años de su vida. Le hicieron perder todo su dinero, lo privaron de trabajos, trataron de destruirlo. Pero Denny es un caballero. Denny siente compasión por el prójimo. Les concedió lo que pedían.

La noche anterior al regreso de Zoë, se puso a hacer galletas de avena para ella. Estaba preparando la masa cuando sonó el teléfono. Como sus manos estaban cubiertas de una pegajosa mezcla, tocó el botón del altavoz del teléfono de la cocina.

—¡Está usted en el aire! —dijo animadamente—. Gracias por llamar. ¿Quién es?

Se produjo una larga pausa llena de energía estática.

—Quisiera hablar con Dennis Swift.

—Yo soy Denny. —Hablaba sin quitar las manos del cuenco de masa—. ¿Quién es?

—Soy Luca Pantoni y estoy devolviendo su llamada. Desde Maranello. ¿Es buen momento para hablar?

Denny alzó las cejas y me sonrió.

—¡Luca! *Grazie* por responder a mi llamada. Estoy amasando, así que tendremos que hablar por el altavoz. Espero que no le moleste.

—No, para nada.

—Luca, el motivo por el que le llamé es que... Los problemas que me impedían abandonar Estados Unidos se han resuelto.

—Su tono de voz me hace suponer que de forma satisfactoria para usted.

—Ya lo creo —dijo Denny—. Sí, ciertamente. Me preguntaba si el trabajo que me ofreció sigue disponible.

—Por supuesto.

—Entonces, a mi hija y a mí, y también a mi perro, Enzo, nos encantaría cenar con usted en Maranello.

—¿Su perro se llama Enzo? ¡Qué buen augurio!

—Tiene alma de piloto de carreras —dijo Denny, sonriéndome. Adoro a Denny. Aunque lo sé todo sobre él, siempre me sorprende. ¡Había telefoneado a Luca!

—Espero conocer a su hija y volver a ver a Enzo pronto —dijo Luca—. Le diré a mi secretario que se ocupe de organizarlo todo. Para recurrir a sus servicios será necesario que firmemos un contrato. Espero que lo encuentre adecuado. La naturaleza de nuestras actividades, así como el coste de formar un piloto de pruebas...

—Entiendo. —Denny hablaba y sonreía, vertiendo masa de avena con pasas sobre una bandeja de horno.

—¿Le parecería bien un contrato de tres años? —preguntó Luca—. ¿Su hija estaría dispuesta a vivir en Italia? Si no la quiere enviar a un colegio italiano, hay uno estadounidense aquí.

—Me dijo que quiere probar en un colegio italiano —dijo Denny—. Veremos cómo le va. En cualquier caso, sabe que será una gran aventura y está entusiasmada. Está estudiando un libro de frases italianas sencillas para niños que le compré. Dice que ya sabe lo suficiente como para pedir una pizza en Maranello, y la pizza le encanta.

—*Bene!* ¡A mí también me encanta la pizza! Me agrada el modo de pensar de su hija, Denny. Me hace muy feliz formar parte del inicio de su nueva vida.

Ayudándose con una cuchara, Denny siguió derramando masa en la bandeja, casi como si se hubiese olvidado del teléfono.

—Mi secretario se pondrá en contacto con usted, Denny. Seguramente nos veamos de aquí a unas semanas.

—Sí, Luca, gracias. —Plop-plop: más masa a la bandeja—. Luca...

—¿Sí?

—¿Ahora me puede decir por qué se fijó en mí?

Otra larga pausa.

—Preferiría decírtelo...

—Sí, Luca, lo sé. Ya lo sé. En su casa. Pero me ayudaría mucho que encontrase la forma de decírmelo ahora. Para mi propia tranquilidad.

—Entiendo su necesidad —afirmó Luca—. Y se lo diré. Hace muchos años, cuando falleció mi mujer, estuve a punto de morir de pena.

—Lo siento. —Denny ya no trabajaba en la masa de los bizcochos. Sólo escuchaba.

—Gracias —dijo Luca—. Tardé mucho tiempo en comprender cómo debía responder a las personas que me daban sus condolencias. Es algo aparentemente sencillo, pero produce mucho dolor. Estoy seguro de que me entiende.

—Así es —asintió Denny.

—Yo hubiese muerto de pena, de no haber sido porque apareció un mentor que me tendió su mano. ¿Entiende? Quien me precedió en esta compañía me ofreció trabajo, me propuso que condujera para él. Me salvó la vida, y creo que en cierta medida también salvó a mis hijos. Ese hombre falleció hace poco. Era muy viejo. Pero a veces aún veo su rostro, oigo su voz, lo recuerdo. Creo que lo que me dio no es algo que deba quedarme. Mi deber es pasárselo a otro. Por eso me siento afortunado por poder tenderle la mano. Se lo debo a aquel hombre.

Denny se quedó mirando al teléfono como si viese a Luca en él.

—Gracias, Luca. Por su mano, y por contarme por qué me la tendió.

—Amigo mío —dijo Luca—, el placer es mío. Bienvenido a Ferrari. Le aseguro que no querrá marcharse.

Se despidieron, y Denny colgó el teléfono con el meñique. Se acuclilló y me tendió sus manos llenas de masa, que lamí obedientemente hasta dejarlas limpias.

—A veces creo. —Le escuché mientras yo disfrutaba de la dulzura de sus manos, sus dedos, sus envidiables pulgares oponibles—. A veces realmente tengo fe.

Capítulo
58

E l alba despunta en el horizonte y derrama su luz sobre la tierra. Siento que mi vida ha sido muy larga y al mismo tiempo muy corta. La gente habla de voluntad de vivir. Porque la gente le teme a la muerte. La muerte es oscura, desconocida, aterradora. Pero no para mí. No es el fin.

Oigo a Denny en la cocina. Huelo lo que hace. Prepara el desayuno, como solía hacer cuando éramos una familia, cuando Eve estaba con nosotros, y Zoë también. Durante todo el tiempo que pasó sin ellas, Denny comió cereales.

Recurriendo a todas mis fuerzas, consigo ponerme de pie. Aunque mis caderas están paralizadas y mis patas arden de dolor, renqueo hasta la puerta del dormitorio.

Envejecer es patético. Está lleno de limitaciones y reducciones. Sé que nos pasa a todos, pero se me ocurre que no necesariamente debe ser así. Creo que nos sucede a quienes lo pedimos. Y dado nuestro estado mental colectivo, el tedio que nos embarga a todos, es lo que escogemos. Pero un día nacerá un niño que se negará a envejecer, que se resistirá a reconocer las limitaciones del cuerpo, que vivirá con salud hasta que no necesite vivir más, no precisará respirar por rutina, hasta que su cuerpo ya no dé más de sí. Vivirá cientos de años. Como Noé. Como Moisés. Los genes de este niño pasarán a sus descendientes y vendrán otros como él. Y su configuración genética reemplazará a los genes de quienes necesitamos envejecer y decaer antes de morir. Creo que esto ocurrirá algún día. Pero también creo que no llegaré a ver ese mundo.

—¡Enzo! —me dice Denny cuando me ve—. ¿Cómo te sientes?

«Como la mierda», respondo. Pero, claro, no me oye.

—Te he hecho tortitas —anuncia en tono alegre.

Me esfuerzo en menear el rabo, pero lo cierto es que no tendría que haberlo hecho, porque ello me sacude la vejiga y siento que unas tibias gotitas de orina caen sobre mis patas.

—No hay problema, chico —dice—. Lo limpio.

Seca el charquito y me ofrece un trozo de tortita. Lo tomo en la boca, pero no puedo masticarlo ni saborearlo. Se queda sobre mi lengua, hasta que al fin cae de mi boca al suelo. Creo que Denny se da cuenta, pero no dice nada. Sigue dando vueltas a las tortitas antes de ponerlas a enfriar en la encimera.

No quiero que Denny se preocupe por mí. No quiero obligarlo a llevarme a una visita sin retorno al veterinario. Me ama mucho. Lo peor que podría hacerle a Denny sería obligarlo a que me haga daño. El concepto de eutanasia tiene sus méritos, sí, pero sus complicaciones emotivas son demasiadas. Prefiero, y mucho, la idea del suicidio asistido, desarrollada por un médico visionario, el doctor Kevorkian. Creó una máquina que le permite a un anciano moribundo pulsar un botón y responsabilizarse de su propia muerte. La máquina del suicidio no tiene nada de pasivo. Tiene un gran botón rojo. Lo pulsas o no. Es un botón de absolución.

Mi voluntad de morir. Quizá, cuando me convierta en hombre, invente una máquina de suicidio para perros.

Cuando regrese a este mundo, seré un humano. Caminaré como vosotros. Me lameré los labios con mi pequeña y hábil lengua. Estrecharé las manos de otros hombres, apresándolas firmemente con mi pulgar oponible. Y le enseñaré a la gente todo lo que sé. Y cuando vea a un hombre, mujer o niño en apuros, le tenderé la mano. A él. A ella. A ti. Al mundo. Seré un buen ciudadano. Un buen socio de esta empresa de la vida que todos compartimos.

Me acerco a Denny y le apoyo el hocico en el muslo.

—Ése es mi Enzo —dice.

Y se agacha por instinto. Llevamos juntos mucho tiempo. Me toca la cabeza y me acaricia el pliegue de las orejas. Con su toque humano.

Me ceden las patas y caigo.

—¡Enzo!

Está alarmado. Se agacha sobre mí.

—¿Estás bien?

Estoy más que bien. Me siento maravillosamente. Soy. Soy.

—¿Enzo?

Apaga el fogón que calienta la sartén. Me pone la mano sobre el corazón. El latido que siente, si es que siente algo, no es fuerte.

Todo cambió en los últimos días. Se va a reunir con Zoë. Me gustaría ver ese momento. Se van juntos a Italia. A Maranello. Vivirán en un apartamento en esa pequeña ciudad y conducirán un Fiat. Denny será un maravilloso piloto para Ferrari. Lo veo. Ya conoce el circuito a la perfección, porque es muy inteligente, muy veloz. Reconocerán su talento y lo escogerán entre los pilotos de prueba para evaluar la posibilidad de hacerlo correr en el equipo de Fórmula 1. La escudería Ferrari. Lo escogerán a él para que reemplace a Schumi, el irreemplazable.

—Pruébame —dirá, y lo probarán.

Verán su talento y lo harán piloto y no tardará en ser campeón de Fórmula 1 como Ayrton Senna. Como Juan Manuel Fangio. Jim Clark. Como Jackie Stewart. Nelson Piquet, Alain Prost, Niki Lauda, Nigel Mansell. Como Michael Schumacher. ¡Mi Denny!

Quisiera ver todo eso. Todo, desde el momento en que Zoë regrese, esta tarde, para volver a estar con su padre. Pero no creo que llegue a ver ese momento. Y, de todos modos, quien lo decida no seré yo. Mi alma aprendió lo que vino a aprender, y todas las demás cosas no son más que cosas. No podemos tener todo lo que queremos. A veces, no nos queda más remedio que creer.

—Tranquilo. —Acuna mi cabeza en su regazo. Lo miro.

Sé una cosa sobre las carreras bajo la lluvia. Sé que se trata de mantener el equilibrio. Sé que se trata de anticipar lo que va a ocurrir y tener paciencia. Sé que para tener éxito cuando llueve se requieren habilidades especiales en el manejo del coche. ¡Pero correr bajo la lluvia también tiene que ver con la mente! Con ser dueño del propio cuerpo. Con sentir que el coche no es más que una extensión del cuerpo. Sentir que la pista es una extensión del vehículo, y la lluvia una extensión de la pista y el cielo una extensión de la lluvia. Sentir que tú no eres tú; tú eres todo. Y todo eres tú.

Se suele decir que los pilotos son egoístas, ególatras. Yo mismo he dicho que son egoístas. Me equivoqué. Para ser campeón no debes tener ego alguno. No debes existir como entidad independiente. Debes entregarte a la carrera. No serías nada sin tu equipo, tu coche, tu calzado, tus neumáticos. No hay que confundir confianza y conciencia de uno mismo con egoísmo.

Una vez vi un documental. Era sobre perros en Mongolia. Decía que los perros, los perros que están preparados para dejar atrás su condición de tales, se reencarnan como humanos.

Estoy preparado.

Aun así...

Denny está muy triste. Me echará de menos. Preferiría quedarme con Zoë y él en el apartamento y mirar cómo pasan por la calle las personas y se hablan y se estrechan las manos.

—Siempre estuviste conmigo —me dice Denny—. Siempre fuiste mi Enzo.

Sí, así es. Tiene razón.

—Está bien —me dice—. Si necesitas marcharte ahora, puedes hacerlo.

Vuelvo la cabeza y ahí, ante mí, está mi vida. Mi infancia. Mi mundo.

Mi mundo es todo lo que me rodea. Los campos de Spangle, donde nací. Las redondeadas colinas cubiertas de dorada hierba que se mece al viento y me hace cosquillas en el vientre cuando camino sobre ella. El cielo, tan perfectamente azul, el sol, tan redondo.

Eso es lo que me gustaría, jugar un rato más en esos campos. Pasar un poco más de tiempo siendo yo antes de convertirme en otro. Eso es lo que me gustaría.

Y me pregunto: ¿Derroché mi condición de perro? ¿Desperdicié mi naturaleza por obedecer mis deseos? ¿Cometí un error, desdeñando el presente por anticipar el futuro?

Quizá sí. Un incómodo arrepentimiento de lecho de muerte. Tonterías.

—La primera vez que te vi —dice—, supe que éramos el uno para el otro.

¡Sí! ¡Yo también!

Una vez vi una película. Un documental. En la tele, que tanto veo. En una ocasión, Denny me dijo que no mirara tanto el aparato. Vi un documental sobre perros en Mongolia. Decía que cuando los perros mueren, regresan como humanos. Pero había algo más...

Siento su cálido aliento en el pescuezo, incluso en las patas delanteras. Se inclina sobre mí. Ya no puedo verlo, pero sé que se acerca a mi oído.

Los campos son tan vastos que podría correr para siempre en una dirección y correr para siempre al regresar. Estos campos no tienen fin.

—Está bien, chico —me dice suave, quedamente, al oído.

¡Ahora me acuerdo! El documental dice que cuando un perro muere, su alma va al mundo que nos rodea. Su alma, libre, corre por el mundo, corre por los campos, goza de la tierra, el viento, los ríos, la lluvia, el sol, el...

Cuando un perro muere, su alma es libre de correr hasta que llega el momento de renacer. Lo recuerdo.

—Está bien.

Cuando renazca como humano, buscaré a Denny. Buscaré a Zoë. Iré a donde estén ellos y les estrecharé la mano y les diré que Enzo les manda saludos. Se darán cuenta.

—Puedes irte.

Ante mí, veo mi mundo: los campos que rodean Spangle. No hay alambradas. Ni edificaciones. Ni gente. Sólo yo, la hierba, el cielo y la tierra. Sólo yo.

—Te quiero, Enzo.

Doy unos pasos por el campo. Es muy agradable, muy placentero estar en el aire fresco, oler los aromas que me rodean. Sentir el sol sobre mi piel. Sentir que estoy aquí.

—Puedes marcharte.

Reúno fuerzas y emprendo la marcha, y me gusta hacerlo. Es como si no tuviera edad, como si estuviese fuera del tiempo. Tomo velocidad. Corro.

—Está bien, Enzo.

No vuelvo la vista, pero sé que él está ahí. Ladro dos veces porque quiero que oiga, quiero que sepa. Siento sus ojos sobre mí, pero no miro atrás. Corro, internándome en el campo, en la vastedad del universo.

—Puedes marcharte —dice, detrás de mí.

Más deprisa. Corro más rápido y el viento me acaricia el rostro. El corazón me late locamente y ladro dos veces para que él, y todo el mundo, me oigan: ¡Más deprisa! Ladro dos veces para que lo sepa, para que recuerde. Lo que quiero ahora es lo que siempre quise.

¡Una vuelta más, Denny! ¡Una más! ¡Deprisa!

IMOLA, ITALIA

Cuando todo termina, cuando la última carrera ha sido ganada, el último campeón de la temporada se sienta en el arcén de la curva de Tamburello, sobre la hierba empapada por días de lluvia. El campeón, sentado, solo, es una figura llamativa con su traje de Nomex color rojo Ferrari, cubierto con las insignias de los muchos patrocinadores que lo quieren como mascarón de proa, como imagen de sus marcas, para exhibirlo ante el mundo a modo de símbolo. En Japón, en Brasil, en Italia, en Europa, en el mundo, la gente celebra su victoria. En sus camerinos, boxes y tráileres los otros pilotos, algunos de los cuales tienen la mitad de su edad, menean la cabeza, asombrados. Soportar lo que él soportó. Llegar a campeón de Fórmula Uno de repente. A su edad. Es todo un cuento de hadas.

Un vehículo eléctrico de golf se detiene en el asfalto frente a él. Lo conduce una mujer joven de largo cabello dorado. La acompañan otras dos personas, una grande, una pequeña.

La joven baja y se acerca al campeón.

—Papá —dice.

Él la mira. Habría preferido estar solo un rato más.

—Son grandes admiradores tuyos —dice ella.

Él sonríe y alza la vista al cielo. La idea de que tiene seguidores fieles, grandes o pequeños, le parece muy tonta. Es algo a lo que se tiene que acostumbrar.

—No, no. —Ella lo dice porque sabe lo que piensa él sin necesidad de oírle decir nada—. Creo que realmente te gustará conocerlos.

Él asiente con la cabeza porque sabe que ella siempre tiene razón. La joven llama con un gesto a los otros ocupantes del carrito. Baja un hombre, encorvado bajo su impermeable. Luego, un niño. Se acercan al campeón.

—¡*Dení!* —dice el hombre.

No los reconoce. No los conoce.

—¡*Dení! Speravamo di trovarlo qui!*

—*Eccomi* —responde el campeón.

—*Dení*, somos sus más grandes seguidores. Su hija nos trajo a conocerle. Dijo que no le importaría.

—Me conoce —dice el campeón, cálido.

—Mi hijo —dice el hombre—. Le idolatra. Siempre habla de usted.

El campeón mira al niño, que es menudo, con rasgos marcados, glaciales ojos azules y cabello rizado.

—*Quanti anni hai?* —pregunta.

—*Cinque* —responde el niño.

—¿Corres?

—Corre en kárting —dice el padre—. Es muy bueno. Supo cómo se conduce desde la primera vez que se sentó al volante de uno. Es muy caro para mí, pero como es tan bueno, tiene tanto talento, lo hacemos.

—*Bene, che bello* —dice el campeón.

—¿Nos firma el programa? —pregunta el padre—. Vimos la carrera desde el campo, ahí. Las gradas son demasiado caras. Venimos de Nápoles.

—*Certo.* —El campeón mira al padre. Toma el programa y el bolígrafo—. *Come ti chiami?* —le pregunta al niño.

—*Enzo* —dice el niño.

El campeón alza la vista, sorprendido. Durante un momento, no se mueve. No escribe. No habla.

—¿Enzo? —pregunta al fin.

—*Si* —dice el niño—. *Mi chiamo Enzo. Anch'io voglio diventare un campione.*

Atónito, el campeón se queda mirando al niño.

—Dice que quiere ser campeón. —El padre ha interpretado equivocadamente su pausa—. Como usted.

—*Ottima idea* —dice el campeón.

Y sigue mirando al niño, hasta que se da cuenta de que lo mira demasiado y menea la cabeza para dejar de hacerlo.

—*Mi scusi* —dice—. Su hijo me recuerda a un viejo amigo.

Mira a su hija por el rabillo del ojo antes de firmar el programa del niño y entregárselo al padre, que lo lee.

—*Che cos'é?* —pregunta el padre.

—Mi número de teléfono en Maranello —dice el campeón—. Cuando le parezca que su hijo está listo, avíseme. Me aseguraré de que reciba la instrucción necesaria y de que tenga oportunidad de conducir.

—*Grazie! Grazie mille!* —dice el hombre—. Siempre habla de usted. Dice que es el mejor campeón que nunca haya existido. ¡Dice que es mejor que Senna!

El campeón se incorpora. Su traje de automovilista aún está mojado por la lluvia. Le da una palmadita en la cabeza al niño y le desordena el cabello. El niño lo mira.

—Es un piloto de carreras de corazón —dice el campeón.

—*Grazie* —dice el padre—. Estudia todas tus carreras en vídeo.

—*La macchina va dove vanno gli occhi* —dice el niño.

El campeón ríe y alza la vista al cielo.

—Sí —dice—. El coche va a donde van los ojos. Es cierto, amiguito. Es muy, muy cierto.

Agradecimientos

Gracias a la maravillosa gente de Harper, en especial Jennifer Barth, Tina Andreadis, Christine Boyd, Jonathan Burnham, Kevin Callahan, Michael Morrison, Kathy Schneider, Brad Wetherell, Leslie Cohen; mi fantástico equipo de Folio Literary Management, en particular Jeff Kleinman, Ami Greko, Adam Latham, Anna Stein; mis expertos y consejeros residentes, entre ellos Scott Driscoll, Jasen Emmons, Joe Fugere, Bob Harrison, Soyn Im, Doug Katz, David Katzenberg, Don Kitch Jr., Michael Lord, Layne Mayheu, Kevin O'Brien, Nick O'Connell, Luigi Orsenigo, Sandy y Steve Perlbinder, Jenn Risko, Bob Rogers, Paula Schaap, Jennie Shortridge, Marvin y Landa Stein, Dawn Stuart, Terry Tirrell, Brian Towey, Cassidy Turner, Andrea Vitalich, Kevin York, Lawrence Zola...

Caleb, Eamon y Dashiell...

Y a la que hace que mi mundo sea posible, Drella.

Suma de Letras es un sello editorial del Grupo Santillana

www.sumadeletras.com

Argentina
Avda. Leandro N. Alem, 720
C 1001 AAP Buenos Aires
Tel. (54 114) 119 50 00
Fax (54 114) 912 74 40

Bolivia
Avda. Arce, 2333
La Paz
Tel. (591 2) 44 11 22
Fax (591 2) 44 22 08

Chile
Dr. Aníbal Ariztía, 1444
Providencia
Santiago de Chile
Tel. (56 2) 384 30 00
Fax (56 2) 384 30 60

Colombia
Calle 80, 10-23
Bogotá
Tel. (57 1) 635 12 00
Fax (57 1) 236 93 82

Costa Rica
La Uruca
Del Edificio de Aviación Civil 200 m al Oeste
San José de Costa Rica
Tel. (506) 220 42 42 y 220 47 70
Fax (506) 220 13 20

Ecuador
Avda. Eloy Alfaro, 33-3470 y Avda. 6 de
Diciembre
Quito
Tel. (593 2) 244 66 56 y 244 21 54
Fax (593 2) 244 87 91

El Salvador
Siemens, 51
Zona Industrial Santa Elena
Antiguo Cuscatlan – La Libertad
Tel. (503) 2 505 89 y 2 289 89 20
Fax (503) 2 278 60 66

España
Torrelaguna, 60
28043 Madrid
Tel. (34 91) 744 90 60
Fax (34 91) 744 92 24

Estados Unidos
2023 N.W. 84th Avenue
Doral, F.L. 33122
Tel. (305) 591 95 22 y 591 22 32

Guatemala
7ª Avda. 11-11
Zona 9
Guatemala C.A.
Tel. (502) 24 29 43 00
Fax (502) 24 29 43 43

Honduras
Colonia Tepeyac Contigua a Banco Cuscatlan
Boulevard Juan Pablo, frente al Templo
Adventista 7º Día, Casa 1626
Tegucigalpa
Tel. (504) 239 98 84

México
Avda. Universidad, 767
Colonia del Valle
03100 México D.F.
Tel. (52 5) 554 20 75 30
Fax (52 5) 556 01 10 67

Panamá
Avda. Juan Pablo II, n°15. Apartado Postal
863199, zona 7. Urbanización Industrial
La Locería – Ciudad de Panamá
Tel. (507) 260 09 45

Paraguay
Avda. Venezuela, 276,
entre Mariscal López y España
Asunción
Tel./fax (595 21) 213 294 y 214 983

Perú
Avda. Primavera, 2160
Surco
Lima 33
Tel. (51 1) 313 4000
Fax. (51 1) 313 4001

Puerto Rico
Avda. Roosevelt, 1506
Guaynabo 00968
Puerto Rico
Tel. (1 787) 781 98 00
Fax (1 787) 782 61 49

República Dominicana
Juan Sánchez Ramírez, 9
Gazcue
Santo Domingo R.D.
Tel. (1809) 682 13 82 y 221 08 70
Fax (1809) 689 10 22

Uruguay
Constitución, 1889
11800 Montevideo
Tel. (598 2) 402 73 42 y 402 72 71
Fax (598 2) 401 51 86

Venezuela
Avda. Rómulo Gallegos
Edificio Zulia, 1º – Sector Monte Cristo
Boleita Norte
Caracas
Tel. (58 212) 235 30 33
Fax (58 212) 239 10 51